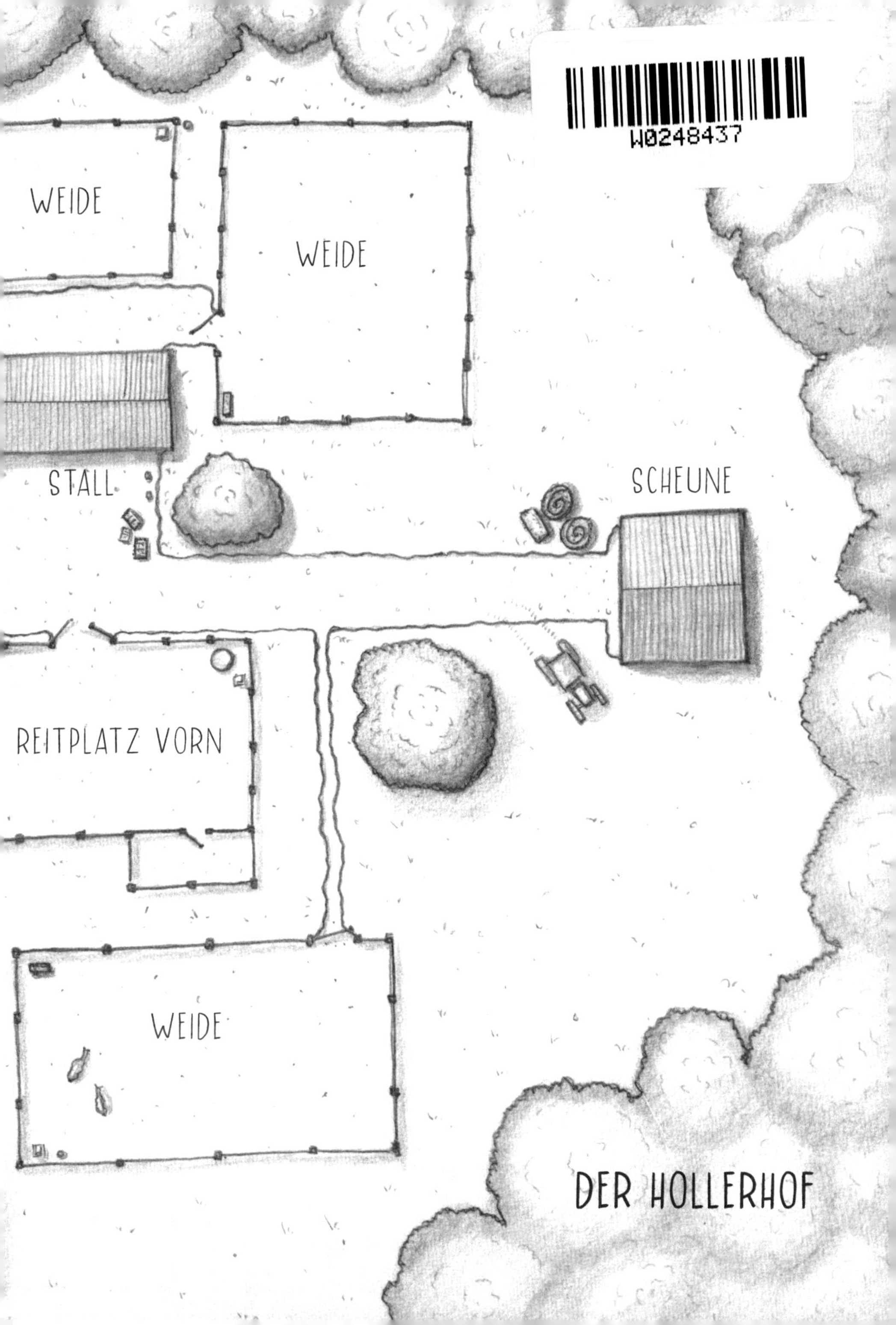
WEIDE
WEIDE
STALL
SCHEUNE
REITPLATZ VORN
WEIDE
DER HOLLERHOF

SOUL HORSE

BAND 1:

Mein Traumpferd und andere Katastrophen

Weitere Abenteuer sind in Vorbereitung

Ruth Rahlff

Soul Horse

Mein Traumpferd und andere Katastrophen

Carlsen

Für H. & M. & H.

PROLOG

Ich legte den Kopf in den Nacken und atmete tief ein. Roch irgendetwas besser als frisch gefallener Schnee? Abgesehen von Pferdefell natürlich.

»Nehmen wir die lange Strecke um den See?« Lukas drehte sich im Sattel um und sah mich fragend an.

»Klar, darauf freue ich mich schon die ganze Zeit!« Ich streichelte Lunas Hals, doch sie nahm den Kopf zur Seite und lauschte. Ihre Nüstern blähten sich und sie blieb stehen.

Ein paar Meter weiter bildeten mehrere Tannen einen Halbkreis, so dicht beieinander, dass ich dahinter kaum etwas erkennen konnte. Ich strich mir eine Haarsträhne aus der Stirn. Plötzlich fühlte ich mich merkwürdig.

Ich sah hinüber zum See. Zwischen dem Schilf hatte sich Eis gebildet und durch das leuchtende Weiß ringsum kam mir das Wasser heute viel schwärzer vor als sonst.

Ein Windstoß fuhr durch die Baumwipfel und ich fröstelte. Aus dem Augenwinkel nahm ich eine Bewegung wahr. Etwas huschte hinter den Tannen entlang. Mein Magen zog sich zusammen, als sich die Tannenzweige auseinanderbogen. Etwas Großes, Weißes kam hindurch – und dann stand auf einmal ein Pferd vor mir. Ein Pferd!

Meine Finger umklammerten die Zügel. Ich schluckte.

Es war eine Stute, ihr Fell fast so weiß wie der Schnee.

Jetzt schaute sie mich an. Ganz aufmerksam! Ihre Augen waren groß und klar und so schwarz wie der See. Ich konnte nicht wegsehen, es war, als hielte sie mich mit ihren Augen fest. Sie schnaubte leise und ein Kribbeln durchfuhr mich.

Wie wunderschön sie war!

KAPITEL 1

»Wo willst du denn hin?« Maries blasses Gesicht tauchte wie ein Gespenst hinter Lunas Widerrist auf.

Ich fuhr zurück und ließ vor Schreck die Putzbürste fallen. Luna schnaubte und schlug mit dem Schweif, wobei sie haarscharf meine Wange verfehlte.

»Oh, tut mir leid«, sagte Marie und ging in einem Bogen um Lunas Hinterhand herum. »Gehst du ausreiten?«

»Klar, bei dem tollen Wetter! Sag doch Sophia Bescheid und kommt auch mit. Lukas macht gerade schon Peanut fertig.«

Marie schüttelte den Kopf. »Wir wollen gleich noch für die Quadrille üben, willst du nicht mitmachen?«

Ich zögerte. Natürlich, die Quadrille war toll, und Lukas wäre sicher auch dabei, wenn ich ihn fragen würde. Nur wartete ich seit einer Ewigkeit auf die Gelegenheit für einen Ausritt.

Im nächsten Moment blitzte ein Bild vor mir auf. Die weiße Stute inmitten von Tannengrün.

Vor acht Wochen und drei Tagen war ich ihr begegnet. Und seitdem musste ich ständig an sie denken. Ich hatte überall herumgefragt, ob jemandem ein Pferd ausgebüxt war, aber nirgends gab es auch nur eine Spur von ihr. Wäre Lukas nicht dabei gewesen, hätte ich das alles wahrscheinlich für einen Traum gehalten, aber so hatte ich ja immerhin einen Zeugen. Heute wollte ich jedenfalls unbedingt zu der Stelle im Wald reiten. Vielleicht kam mir ja so noch eine Eingebung, wie ich sie wiederfinden könnte.

Marie stupste mich an. »Träumst du?«

Ich fuhr zusammen. »Sorry, ich war gerade total woanders. Sag mal, können wir das mit der Quadrille lieber demnächst machen? Bis zur Aufführung dauert es ja noch.«

Ich angelte den Sattelgurt unter Lunas Bauch hervor. Die richtigen Löcher für die Riemen fand ich blind, also blickte ich zu Marie hinüber.

»Schade, ich hatte mich schon so gefreut.« Sie seufzte. »Na schön, wir üben einfach ein paar Figuren und bringen sie euch dann bei. Wir wollen uns ja nicht vor Hanno blamieren. Apropos Hanno – weiß der, dass du dir Luna nimmst?«

»Nein, ich bin ihm seit gestern nicht mehr über den Weg gelaufen. Aber ich denke mal, das geht klar, es ist ja Sonntag.« Ich nahm das Zaumzeug von der Boxentür und legte Luna die Zügel über den Hals, dann streifte ich das Halfter ab.

»Okay, dann viel Spaß.«

»Bis denn.« Ich lächelte sie an und winkte Sophia, die gerade aus der Sattelkammer kam.

Die Zwillinge öffneten die Boxentüren von Caruso und Delilah. Absolut synchron, dabei waren sie noch nicht mal eineiig. Ob sie das heimlich geübt hatten? Ich schmunzelte in mich hinein, während ich Luna nach draußen führte.

Wie immer war hier alles top gepflegt. Kein Grashalm wagte sich zwischen den sorgfältig verlegten Pflastersteinen hervor. Während ich nachgurtete, ließ ich den Blick über die Anlage schweifen.

Die Einfahrt mit den vielen Bäumen mündete in einen rechteckigen Hofplatz. Zwischen den beiden lang gestreckten Stallgebäuden lag die riesige Reithalle, neben dem linken Stall waren vier exakt gleich große Reitplätze angelegt. Die Scheune, in der Futter und Arbeitsgeräte aufbewahrt wurden, befand sich neben dem rechten Stall.

Alles in allem war Birkenmoor die Traumvorstellung eines Reiterhofs. Halle, Scheune, Reiterstübchen – alles war total in Schuss. Und sogar die Weidezäune waren im Stil der übrigen Gebäude gestrichen, weiß und dunkelblau. Birkenmoor war wirklich wie aus einem Hochglanzprospekt.

Wahrscheinlich fragten deshalb auch regelmäßig Filmteams an und wollten hier drehen, was Hanno meistens ablehnte. Ich hätte es ja lustig gefunden, aber Hanno wollte »keinen Zirkus« auf dem Hof haben.

Luna spitzte die Ohren, als ein dunkelgrünes Auto vor der Halle hielt. So riesig, wie es war, hätte eine halbe Fußballmannschaft hineingepasst, doch es stiegen nur eine Frau und ein Mädchen aus. Das Mädchen war ungefähr so alt wie ich, es trug eine Reithose und hatte einen Helm dabei.

»Wo finden wir Hanno Berger?«, rief die Frau mir zu.

»Ich habe ihn heute noch gar nicht gesehen«, antwortete ich, doch im nächsten Augenblick hörte ich im Stall jemanden sprechen.

»Wo steckt denn Ylvi?«, dröhnte Hannos tiefe Stimme durch die Stallgasse.

»Sie ist eben erst raus.« Das war Sophia. »Mit Luna.«

Er brummelte etwas Unverständliches.

»Sie wollte ausreiten«, schob Marie hinterher.

Super, dann wusste er ja jetzt auch Bescheid. Nun fehlte nur noch Lukas, dann konnten wir los.

Ich wandte mich an die Frau und wies auf das Stalltor hinter mir. »Hanno ist drinnen, Sie können ihn gar nicht verfehlen.«

»Fein, danke.«

Ich zog mir die Jacke aus und warf sie über einen der Anbindebalken. Die Frühlingssonne war warm genug, da reichte mir das T-Shirt.

Die beiden machten einen Schritt auf die Tür zu, doch da stand Hanno schon auf der Schwelle.

»Ah, Ylvi, da bist du ja. Und Luna ist auch schon parat, wunderbar.«

Er nickte dem Mädchen zu. »Silvana, du kannst dich gleich ein bisschen mit ihr vertraut machen, geh ruhig näher heran.«

Die Augen des Mädchens leuchteten auf. Silvana strahlte mich kurz an, dann hielt sie Luna vorsichtig eine Hand hin.

Ich stöhnte innerlich. Noch eine Reitschülerin, dabei wurde Luna doch in letzter Zeit sowieso schon ständig im Unterricht eingesetzt.

»Ähm, ich wollte eigentlich gerade los.«

»Da hätten wir uns vorher absprechen müssen.« Hanno runzelte die Stirn. »Ich brauche Luna jetzt. Silvana bekommt Unterricht, das wird ein bisschen dauern.«

Was? Das durfte doch nicht wahr sein! Ich hatte mich schon so auf den Ausritt gefreut! Meine Wangen brannten und ich suchte nach den richtigen Worten.

»Wollen wir im Büro die Formalitäten erledigen?«, fragte Hanno die Frau. »Silvana geht einfach schon mal mit Luna in die Halle. Keine Sorge, wir haben die beiden dort die ganze Zeit über im Blick.«

Silvana guckte etwas verlegen, als ich ihr stumm die Zügel übergab, und murmelte ein kurzes »Danke«. Dann zogen die vier nach drinnen ab. Keiner von ihnen schaute zu mir zurück, noch nicht mal Luna.

Und was nun? Jetzt war meine ganze Planung im Eimer. Es war nicht zu fassen!

Hinter mir klapperten Hufe auf dem Pflaster. Lukas führte Peanut aus dem anderen Stall.

»Tut mir leid, dass es so lange gedauert hat, aber Peanut hat sich in Pferdeäpfeln gewälzt. Ich habe ewig gebraucht, um die Mistflecken zu entfernen«, keuchte er und stülpte im Gehen seine Reitkappe auf die dunkelbraunen Locken. »Wollen wir?«

Jetzt erst bemerkte er, dass mir etwas Entscheidendes fehlte. »Bist du mit Luna noch nicht fertig?«

»Nee, das hat sich gerade erledigt. Wir müssen den Ausritt verschieben, auf den Sankt-Nimmerleins-Tag oder so. Mal sehen, wann Hanno mir Luna dafür das nächste Mal überlässt.« Ich schluckte. Mist, hätte ich ihn doch bloß vorher wegen Luna gefragt!

»Was?« Lukas fiel die Kinnlade herunter, im nächsten Moment entdeckte er Luna und Silvana in der Halle.

»Tja, da kann man nichts machen. Wenn Luna meine Reitbeteiligung wäre, dann würde so was nicht passieren.«

»Und wenn dir jemand sein Pferd leiht? Wir können doch Sophia oder Marie fragen. Oder du nimmst ein anderes Schulpferd.«

Ich schüttelte den Kopf. »Die Zwillinge üben gleich

Quadrille. Und ich habe keine Lust, Hanno jetzt nach einem Pferd zu fragen.«

Bevor er noch etwas sagen konnte, marschierte ich zu den Fahrradständern. Es war aussichtslos. Ohne eigenes Pferd zog man einfach immer den Kürzeren.

»Warte, Ylvi!« Lukas lief mir hinterher. Peanuts Hufe klapperten auf dem Pflaster. »Wollen wir dann nicht etwas mit Peanut machen?«

»Was denn?«

»Keine Ahnung, uns fällt schon etwas ein.«

»Und die Quadrille?«

»Ach, die ist nächste Woche immer noch da.«

»Du willst wirklich nicht reiten?«, fragte ich ungläubig.

»Nö, das wird ihm schon nicht schaden.« Lukas zeigte auf den Grünstreifen am Parkplatz. »Lassen wir ihn ein bisschen grasen.«

»Okay. Aber nicht dort.« Ich änderte die Richtung. »Dafür weiß ich eine bessere Stelle.«

Wir umrundeten die Scheune und folgten einem Trampelpfad entlang der Koppeln.

»Hier war ich schon ewig nicht mehr«, sagte Lukas erstaunt.

»Wie auch, du bist ja immer nur in der Halle«, zog ich ihn auf.

»Hey, jetzt übertreib mal nicht!«

Hinter der letzten Koppel lag ein kleines Stückchen Wiese, wo in den geschützten Ecken die ersten zarten Grashalme wuchsen. Hierher verirrte sich fast nie jemand. Peanut verlängerte seine Schritte und rupfte voller Begeisterung ein ganzes Büschel Gras ab. Nach dem vielen Heu im Winter schmeckte das jetzt bestimmt besonders gut!

Während Lukas neben ihm stehen blieb, setzte ich mich auf einen großen Stein in die Sonne.

»Wo geht es da denn hin?« Lukas deutete auf einen schmalen Durchgang zwischen den Büschen.

»Auf den Feldweg«, erklärte ich, »von da aus ist es nur ein Katzensprung bis zum Wald.«

Ich umfasste meine Knie und lehnte mich ein wenig zurück. Ein Marienkäfer landete auf meinem Unterarm und blieb ein Weilchen dort sitzen. Ob er die Sonne auch so mochte?

Er flog erst auf, als Lukas mit Peanut herüberkam und sich neben mich hockte. Ich schloss die Augen und genoss die Wärme auf meinem Gesicht. Jetzt ging es mir schon besser. Nächstes Mal würde ich mich einfach früher darum kümmern, dass Luna frei war.

Später stieg ich aufs Rad und fuhr die Allee hinunter, von dort aus gondelte ich ziellos durch die Gegend.

Klar, zu Hause würden sie sich bestimmt freuen, wenn sie mich mal vor Sonnenuntergang zu Gesicht bekämen.

Die meiste Zeit außerhalb der Schule verbrachte ich ja im Stall. Aber dann würde ich Großtante Elvi über den Weg laufen – das war keine besonders verlockende Aussicht. Da ließ ich mir lieber noch ein bisschen Zeit. Tante Elvi redete ohne Punkt und Komma und nach jedem Besuch waren alle völlig erledigt.

Kreuz und quer zuckelte ich durchs Viertel, sauste einen Hügel hinunter, dann den nächsten wieder hinauf.

Auf dem Weg ins Zentrum bemerkte ich eine Abzweigung. Die kannte ich ja noch gar nicht! In der Richtung musste irgendwo der Fluss liegen, dort war ich ewig nicht gewesen. Ob ich den kleinen Holzsteg wiederfinden würde, an dem Papa mal versucht hatte, mir das Angeln beizubringen? Am Ende waren wir beide im Wasser gelandet, denn anstelle eines fetten Fisches hatte ich einen superschweren Metallkanister am Haken gehabt. Seitdem fuhr Papa lieber allein zum Angeln.

Ich radelte durch ein Wohnviertel, dann durch eine Kleingartenkolonie. Überall in den Hecken zwitscherten die Vögel lautstark um die Wette, so als wollten sie mich noch einmal daran erinnern, dass nun wirklich Frühling war. Nach den Schrebergärten kamen wieder einige Wohnhäuser, diesmal aber weit verstreut. Dazwischen lagen Brachland und einzelne Wiesen.

Als ich eine Koppel entdeckte, hielt ich wie immer in den

letzten Wochen an. Die Pferde hoben die Köpfe, blieben aber auf Abstand. Schon aus Gewohnheit suchte ich die Weide ab, doch es stand kein einziger Schimmel auf der Wiese. Mal wieder Fehlanzeige! Wahrscheinlich wurde es höchste Zeit, dass ich mir die weiße Stute aus dem Kopf schlug.

Ich lehnte mich gegen den Zaun und versuchte, die Pferde anzulocken. Doch die wandten sich gelangweilt ab und grasten in aller Ruhe weiter. Also fuhr ich wieder los, folgte den schmaler werdenden Straßen, bis ich zu einer Kreuzung kam.

Hier war ich definitiv noch nie gewesen. Merkwürdig, schließlich hatte ich immer geglaubt, die Stadt und die Umgebung fast so gut zu kennen wie unseren Garten zu Hause.

Als ich einen Umgebungsplan entdeckte, der in einem Schaukasten hinter einer Bank hing, warf ich einen Blick darauf. Rechts ging es zur Stadt, geradeaus tatsächlich zum Fluss und links führte der Weg in einem Bogen bis zu unserem Wohnviertel. Wenn ich mich nicht irrte, müsste die Fahrt dorthin von hier aus nur etwa eine Viertelstunde dauern.

Doch bevor ich umkehrte, wollte ich noch eben zum Fluss. Die Füße kurz ins kalte Wasser tauchen und zusehen, wie die Boote langsam vorbeizogen ... das wäre bestimmt schön!

Ich fuhr langsam weiter und betrachtete die einspurige

Straße vor mir. Kopfsteinpflaster, garniert mit Schlaglöchern.

Mit einem Mal durchfuhr mich ein Schauer – als würde mich etwas Besonderes erwarten. Wie am Tag, bevor man Geburtstag hatte. Oder vor einer langen Reise. Alles war möglich. Jetzt!

Motorbrummen kündigte ein Auto an. Ich drückte mich dicht an die Holunderbüsche, als ein alter, schlammbespritzter Wagen langsam an mir vorbeiknatterte. Hinter dem Steuer saß eine Frau, das Haar hatte sie zu einem Pferdeschwanz gebunden. Sie nickte mir zu und lächelte. Ich hob die Hand und grüßte zurück, wartete, bis der klapprige Kombi durch das Schlagloch neben mir gefahren und um die nächste Kurve verschwunden war. Dann radelte ich weiter.

Nach jeder Kurve folgte eine neue. Links und rechts der Straße wuchsen unzählige Holunderbüsche, dazwischen verschiedenes Grünzeug und schmale Bäume. Wenn alles so richtig grün geworden war, sah das bestimmt toll aus.

Mittlerweile kam es mir vor, als radelte ich seit Stunden die Straße entlang, aber als ich aufs Handy guckte, waren gerade mal ein paar Minuten vergangen.

Ich hob den Kopf. Hatte ich das eben wirklich gehört? Ein Wiehern? Wahrscheinlich eine abgelegene Weide. Ob das Pferd darauf wohl der blonden Frau im Kombi gehörte?

In diesem Moment kam die letzte Kurve. Die Straße endete hier, direkt vor einem Hof aus roten Backsteinen mit windschiefen kleinen Nebengebäuden. Dazu ein Reitplatz hinter einem Holzzaun, ein kleiner Parkplatz, mehrere Paddocks und Koppeln, so weit ich blicken konnte.

Ich las das frisch gestrichene Holzschild: »Willkommen auf dem Hollerhof!« Es war weit und breit der einzige Gegenstand, der neu aussah.

Und dann stockte mir der Atem. Ich rieb mir die Augen. Warum hatte ich sie nicht gleich bemerkt?

Vorsichtig, ganz vorsichtig stieg ich vom Rad und lehnte es gegen den Weidezaun. Auf der Koppel grasten ein kräftiges Fjordpferd, das winzigste Shetlandpony, das ich je gesehen hatte, zwei Tinker sowie ein großer Rappe und eine sehr schlanke Palominostute. Einige Meter weiter rechts knabberte ein Pferd an der Rinde eines knubbeligen Baums mit niedrigen Zweigen. Sein Fell war weiß wie frisch gefallener Schnee, hier und da durchsetzt mit grauen Flecken.

Wie angewurzelt stand ich da und starrte hinüber.

Es war die Schimmelstute aus dem Wald, das Pferd, das mir seit unserer ersten Begegnung durch den Kopf spukte. Als sich unsere Blicke begegnet waren, hatte ich das Gefühl gehabt, sie würde zu mir gehören. Ich hätte sie unter tausend Pferden wiedererkannt. Ob es ihr genauso ging?

Langsam lief ich am Zaun entlang, bis ich auf ihrer Höhe

war. Ich wartete, lockte sie leise, doch sie beachtete mich nicht.

Ohne nachzudenken, bückte ich mich unter dem Zaun durch. Das Fjordpferd sah kurz zu mir herüber, dann rupfte es das nächste Büschel Gras aus. Auch die anderen Pferde kümmerten sich nicht weiter um mich.

Ich hielt inne. Was nun?

Da hob die Stute den Kopf und sah mich an.

Als hinge ich an einem Angelhaken, bewegte ich mich langsam auf sie zu. Schritt für Schritt tastete ich mich voran, dabei schaute ich angestrengt den Baum an, denn ich wollte sie nicht verschrecken, indem ich sie anstarrte.

Als ich nur noch wenige Meter von ihr entfernt war, spitzte sie die Ohren. Sofort blieb ich stehen. Am liebsten hätte ich sie berührt, über die seidige Mähne gestreichelt, doch sie hielt den Kopf jetzt weit nach oben gestreckt. Eine falsche Bewegung und sie würde ganz sicher fliehen.

Also wartete ich. So lange, bis eines der Pferde hinter mir laut schnaubte. Die Stute zuckte kurz, dann schüttelte sie den Kopf. Die helle Mähne stand in alle Richtungen ab wie unzählige feine Antennen.

Nun wirkte ihr Hals schon etwas entspannter.

Ich wartete weiter und betrachtete sie dabei genauer. Sie war ein gutes Stück kleiner als Luna und Peanut und auch viel zierlicher, doch zugleich wirkte sie stark und robust.

Und wie stolz sie aussah! So, als kümmere sie kein bisschen, was irgendwer von ihr dachte oder wollte.

Das Gras reichte ihr fast bis zu den Fesseln und jetzt erst fiel mir auf, dass um sie herum alles voller Löwenzahn war. Die knallgelben Blüten leuchteten wie kleine Sonnen auf der Wiese.

Einmal hob sie ein Vorderbein und stampfte mit dem schmalen schwarzen Huf auf, doch gleich darauf brummelte eines der Pferde hinter mir leise und sie blieb wieder still stehen.

Irgendwann traute ich mich endlich.

Ich streckte die Hand aus. Zentimeter um Zentimeter bewegte ich mich auf die Stute zu. Sie atmete tief und beobachtete mich aufmerksam mit ihren schönen schwarzen Augen. Ein paar helle Pünktchen darin erinnerten an Sterne, die am Nachthimmel funkelten.

Gleich würde ich nah genug sein. Gleich würde ich ihr über den Hals streichen können.

Mein ganzer Körper kribbelte.

Und dann war es so weit.

Meine Fingerspitzen berührten ihre langen Tasthaare, dann streiften sie für einige Sekunden ihre dunklen Nüstern. Wie weich sie waren!

Die Stute hielt ganz still, ihr Atem wärmte meinen Handrücken. Sie roch so gut, nach Pferd natürlich, aber auch nach etwas anderem, fast ein wenig zitronig. Auf ihrer Stirn hatte sie einen dunklen Fleck, er lag genau zwischen den schwarzen Augen mit den langen Wimpern.

Im selben Moment rief jemand hinter mir: »Hey, was tust du denn da?«

Ich fuhr zusammen. Die Stute riss den Kopf herum und machte eine abrupte Wendung, haarscharf an dem Baum vorbei. Im nächsten Augenblick preschte sie los. Sie galoppierte bis ans andere Ende der Weide, dabei pflügte sie quer durch den Rest der Herde. Die anderen Pferde wichen aus, nur der Rappe und das Fjordpferd rührten sich kaum von der Stelle.

»Nein!«

Der Aufschrei klang mir in den Ohren und erst da begriff ich, dass er von mir gekommen war. Peinlich!

Ich wandte mich um. Zwei Mädchen kamen auf mich zu, beide hielten ein Halfter in der Hand. Im Gegensatz zu mir gehörten sie also hierher.

Die eine war schlank und hatte lange dunkle Haare. Sie war ungefähr so alt wie ich, aber das war auch schon das Einzige, was wir gemeinsam hatten. Sie sah aus wie ein Model. Ihre Haare glänzten im Sonnenschein, dazu war sie einen Kopf größer als ich. Das Mädchen neben ihr hatte etwas kürzere blonde Haaren. Sie war dünn, fast schon mager, und ihr ganzes Gesicht war übersät mit Sommersprossen.

Sie wirkte richtig nett.

Na ja, bis sie den Mund aufmachte. »Was willst du auf unserer Weide? Bei Willow?«

Das klang überhaupt nicht freundlich, aber ich hatte es auch nicht anders verdient.

Als ob ich es nicht besser wüsste! Nie, niemals eine fremde Weide betreten! Nicht nur gegen diesen Grundsatz hatte ich verstoßen, nein, ich hatte dazu auch noch ein völlig fremdes Pferd angefasst – das ging gar nicht.

Ich spürte, wie ich rot wurde. Meine Wangen brannten! Hätte ich den Kopf jetzt in einen Eimer Wasser getaucht, es wäre wahrscheinlich zischend verdampft.

»'tschuldigung«, stotterte ich. »Das war keine Absicht.«

»Ach wirklich?« Die Dunkelhaarige zog eine Augenbraue hoch. »Also hat dich eine fremde Macht über den Zaun katapultiert und direkt vor Willow abgestellt und du konntest absolut nichts dagegen tun?«

Ich stiefelte, so schnell ich konnte, zum Zaun, dabei achtete ich darauf, nur ja nicht den anderen Pferden zu nahe zu kommen. Noch ein paar Meter, dann hatte ich mein Fahrrad erreicht. Und dann nichts wie weg hier!

»Hey, du!«

Oh nein, was wollten sie denn nun noch von mir?

Widerstrebend drehte ich mich um. Die Dunkelhaarige war inzwischen zu dem Rappen gegangen und streifte ihm das Halfter über. Die Blonde dagegen hatte sich nicht von der Stelle gerührt. Sie verschränkte die Arme vor der Brust und starrte mich einen Moment lang einfach nur an. Dann zeigte sie auf das Gatter.

»Nimm diesmal den richtigen Weg.«

Ich nickte und schlich am Zaun entlang bis zum Weidetor, dabei fühlte ich die ganze Zeit die Blicke der Mädchen auf mir.

Meine Hände zitterten ein bisschen, als ich den Riegel hochzog. Sorgfältig schloss ich das Tor hinter mir, dann stolperte ich auf mein Fahrrad zu. Ein letztes Mal sah ich zu der weißen Stute hinüber. Sie stand immer noch ganz hinten auf der Weide. Nun wandte sie den Kopf und schaute in meine Richtung.

Wir sehen uns wieder, versprach ich ihr stumm. Auch wenn ich keine Ahnung hatte, wie ich dieses Versprechen halten sollte. Schließlich hatte ich gerade alles dafür getan, die Chance auf ein Wiedersehen zu vermasseln.

KAPITEL 2

Nach dem sonnigen Tag gestern zeigte sich der Frühling nun von seiner ungemütlichen Seite. Über Nacht war die Temperatur um ein paar Grad gefallen und während des Unterrichts heute Vormittag hatte es auch noch angefangen zu regnen. Erst mit Schulschluss war der Dauerregen in ein leichtes Nieseln übergegangen.

»Du siehst ein bisschen blass um die Nase aus«, sagte Papa, als ich nach dem Mittagessen wieder in die Schuhe schlüpfte. »Willst du heute wirklich zum Reiten?«

Ich nickte tapfer und versuchte dabei, die Nase möglichst geräuschlos hochzuziehen, was nur so halb klappte. Vielleicht war es keine gute Idee gewesen, heute Nacht bei offenem Fenster zu schlafen. Unter Papas Blick fühlte ich mich bis auf die Knochen durchleuchtet – es hätte mich nicht gewundert, wenn gleich ein Röntgenbild von meinem Skelett an der Flurwand erschienen wäre.

»Klar, alles gut.« Ich zog mir den Anorak über, dabei hatte

ich den eigentlich schon bis zum Herbst in den Schrank verbannt! »Ich muss los, Lukas wartet.«

Überzeugt sah Papa ja nicht gerade aus, doch bevor er etwas sagen konnte, drückte ich ihm einen Kuss auf die Wange und schlüpfte nach draußen.

Es war immer noch feucht und kühl, Marlenes neuer Kaschmirschal wäre jetzt perfekt gewesen. Doch erstens war ich nicht lebensmüde – meine große Schwester würde mich in der Luft zerreißen, wenn ich mich an ihrem Zeug vergriff – und zweitens stand Papa immer noch im Flur und guckte so, als würde er mich in der nächsten Sekunde doch noch mit Wärmflasche ins Bett stecken wollen.

Also verzichtete ich auf Klamotten-Upgrades und radelte los. Wenigstens konnte ich jetzt so laut schniefen, wie ich wollte.

Zumindest in dem Punkt hatte ich Papa die volle Wahrheit gesagt: Am Ende der Straße stand Lukas schon in der Einfahrt und wartete, dabei hüpfte er fröstelnd von einem Bein aufs andere. Zwischen den Gitterstäben des Tors sah die Villa hinter ihm dunkel und verlassen aus.

»Sind deine Eltern gar nicht da?«, fragte ich überrascht.

Sie arbeiteten fast rund um die Uhr in ihrem Architekturbüro, allerdings legten sie großen Wert auf gemeinsame Mahlzeiten mit Lukas. Deshalb waren sie mittags eigentlich immer zu Hause.

Er schüttelte den Kopf. »Sie sind im Büro und haben Bewerbungsgespräche. Sie schauen sich ein paar Studentinnen und Studenten an, die sie künftig unterstützen sollen.« Er grinste. »Das sind gleich erste Auswahlkriterien: Wer schafft es, pünktlich um ein Uhr mittags zu erscheinen und sich dann bei einem gemütlichen Mittagessen Löcher in den Bauch fragen zu lassen, ohne dabei das Essen aufs Tischtuch zu kleckern oder blöd zu seinen Mitbewerbern zu sein?«

Ich lachte und es ging mir gleich ein bisschen besser. So doof das gestern auch gelaufen war, ein Gutes hatte die Sache trotzdem gehabt: Jetzt kannte ich immerhin den Namen der Stute.

Willow.

Er passte genau zu ihr.

Sophia war mit Delilah schon auf dem Weg in die Halle und auch Marie zäumte Caruso bereits auf.

Ich schlüpfte in Lunas Box und kuschelte mich einen Augenblick an sie. Dann holte ich sie in die Stallgasse, band sie am Putzplatz an und legte eilig los. Das hatte gleich zwei Vorteile: Ich kam pünktlich zum Unterricht und mir wurde schnell wieder richtig warm.

Kurz darauf betrat ich mit Luna die Halle, ein paar Augenblicke nach Lukas, der noch einen Tick schneller gewesen war.

Ich war gerade aufgestiegen, da kam Hanno herein.

Verstohlen warf ich ihm einen Blick zu. Er verlor kein Wort mehr über gestern, sondern gab uns gleich ein paar Anweisungen, wie wir unsere Pferde heute aufwärmen sollten.

»Ylvi, zuerst Schritt am langen Zügel, dann beginnst du mit den Hufschlagfiguren und übst zuerst das Reiten von Schlangenlinien durch die Bahn in drei Bogen. Marie, nachdem du zehn Minuten Schritt geritten bist, kannst du Caruso schon mal antraben. Sophia und Lukas reiten bitte ein paar Minuten auf dem Zirkel.«

Wir waren gut aufeinander eingespielt, keiner kam dem anderen in die Quere. Fast wie ein reibungsloses Uhrwerk glitten wir aneinander vorbei, und auch als die Übungen schwieriger wurden, klappte alles wie am Schnürchen. Ich lächelte Marie zu, als wir aneinander vorbeiritten, und sie zwinkerte zurück.

Stolz kraulte ich Lunas Hals, die heute auch beim Rückwärtsrichten willig mitmachte.

»Sehr gut, ihr beiden«, lobte Hanno uns. »Jetzt reitest du ein paar Trab-Galopp-Trab-Übergänge.«

Auch das lief gut. Luna verstand selbst kleinste Hilfen, kein Wunder, wir waren ja seit Jahren ein festes Team.

»Auch gut, Ylvi, aber versuche, deine Übergänge noch etwas besser vorzubereiten. Du verlässt dich ein bisschen zu sehr darauf, dass Luna die Übungen sowieso schon kennt. Nimm dir vor, die Übergänge genau an einem der Bahnpunkte zu reiten. Denk daran, sie über deine Hilfengebung rechtzeitig vorzubereiten.«

Ich nickte und probierte es noch einmal, doch auch diesmal war Luna einen Tick schneller als ich.

»Ich glaube, es wird mal Zeit, dass du auf einem anderen Pferd reitest, Ylvi«, sagte Hanno nach der Stunde.

Wie bitte? Ein anderes Pferd?

»Aber ich mag Luna total gern«, protestierte ich. »Ich reite doch immer auf ihr.«

»Eben«, entgegnete Hanno trocken. »Das hat ja auch nichts mit mögen zu tun. Wenn du dich reiterlich weiterentwickeln willst, brauchst du Pferde, die dich herausfordern. Durch neue Herausforderungen lernst du dich auf unterschiedliche Pferde einzustellen.«

Ich runzelte die Stirn. Vielleicht hatte er ja recht, aber mir genügte Luna vollauf. Wir kamen doch immer richtig gut miteinander klar.

Nach der Reitstunde mussten sich alle außer mir beeilen. Sophia und Marie hatten noch Nachhilfe, Lukas wollte mit seinen Eltern ins Kino gehen.

Während ich Luna absattelte und anschließend eine Abschwitzdecke über sie legte, kam Hanno in den Stall und blieb bei uns stehen.

»Hör mal, Ylvi, Luna ist perfekt für Reiterinnen, die noch nicht so weit sind wie du«, sagte er. »Wie für Silvana zum Beispiel.«

Ich schnitt eine kleine Grimasse. An die musste er mich jetzt nicht unbedingt erinnern!

Er legte mir kurz die Hand auf die Schulter. »Wie lange reitest du jetzt bei mir? Sechs Jahre?«

»Fast sieben.«

»Eben. In der Zeit hast du eine Menge gelernt. Und so soll es doch weitergehen, oder?«

Verlegen streichelte ich Lunas Hals. Mann, was war denn da los? Lob von Hanno war ungefähr so selten wie Schnee im Sommer und so große Portionen davon verteilte er normalerweise überhaupt nicht. Das war ja fast schon wie Weihnachten und Geburtstag zusammen.

Stolz ging ich mit Luna auf den Hofplatz, um sie noch ein bisschen trockenzuführen. Das war ja richtig gut gelaufen heute.

Den ganzen Heimweg freute ich mich über die gelungene Reitstunde. Nur eins lag mir im Magen: Willow. Oder besser gesagt, der verpatzte Besuch auf der Weide. Wieder spielte sich die Situation von gestern vor meinem inneren Auge ab. Den ganzen Tag schon hatte ich mich deshalb vor lauter Peinlichkeit gewunden. Zum hunderttausendsten

Mal ärgerte ich mich, dass die beiden Mädchen mich dabei erwischt hatten. Allein bei dem Gedanken daran fingen meine Ohren wieder an zu glühen.

Das war ja wohl ein Witz! Jetzt hatte ich endlich dieses tolle Pferd wiedergefunden – und mich gleich komplett unmöglich gemacht. Wie sollte ich mich da je wieder blicken lassen?

Ich war so in Gedanken versunken, dass mir erst vor der Haustür auffiel, dass ich komplett nassgeregnet war. Schlotternd zog ich den Schlüssel aus der Hosentasche, doch die Tür stand einen Spalt offen. Weiter ging es allerdings nicht. Verdammt, was klemmte denn da? Ich biss die Zähne zusammen und presste mich gegen die Haustür. Die bewegte sich keinen Millimeter. Mit aller Kraft warf ich mich gegen die Tür. Immer noch nichts!

Ich seufzte und drückte auf den Klingelknopf. Einmal, zweimal ... Sturm!

Das Haus war hell erleuchtet. Drinnen hörte ich Mama Klavier spielen. Aus Marlenes Zimmer flackerte hysterisch rot-violett-grünes Licht. Das konnte alles bedeuten: von einer UFO-Landung bis zur Probe für ihren ersten Auftritt auf der Paris Fashion Week. Die konnte ich also auch abschreiben.

Bibbernd stiefelte ich die Treppenstufen wieder hinunter und stapfte ums Haus. Durch das Panoramafenster im

Wohnzimmer sah ich Mama am Klavier sitzen, mit geschlossenen Augen und Kopfhörern, mit denen sie aussah wie Minnie Maus und die absolut schalldicht waren.

Von Flavia gab es keine Spur, ebenso wenig von Bella – so viel zum Thema Wachhund.

In diesem Augenblick hörte ich vorn ein Auto halten. Als ich um die Hausecke bog, warf sich Papa gerade gegen die Tür.

»Vergiss es. Ich hab's auch schon versucht«, rief ich ihm zu.

Papa stöhnte – oje, das war wohl kein guter Nachmittag im Büro gewesen.

»Ein Mal«, presste er hervor. »Ich möchte nur ein einziges Mal nach Hause kommen und alles ist so wie bei anderen Familien.«

Erfreulicherweise fiel mir in dem Moment Plan B ein.

Mama war stolz darauf, sofort vorbildlich das Fenster aufzureißen, sobald einer von uns geduscht oder gebadet hatte. Sie hielt endlose Vorträge darüber, wie wichtig es war, Schimmel vorzubeugen und ein gutes Raumklima zu schaffen. Allerdings vergaß sie regelmäßig, das Fenster wieder zu schließen. Das war jetzt unser Glück.

Gemeinsam wuchteten wir die Leiter aus dem Schuppen an das Fenster im ersten Stock. Papa begann daran hochzuklettern, doch nachdem er zweimal auf derselben Sprosse abgerutscht war, zog ich ihn herunter. Das konnte ich nicht mitansehen. »Lass mich mal.«

Sekunden später zwängte ich mich durchs Badezimmerfenster, dann rannte ich die Treppe hinunter. Durch die Glasscheibe in der Haustür zeichnete sich Papas Silhouette ab.

»Ich mache auf«, brüllte ich ihm zu und zog den umgekippten Kinderwagen weg, der von innen die Tür versperrte. Wie hatte der sich bloß hinter dem Wandvorsprung verkeilt?

Ich öffnete Papa die Tür, befreite mich in der Waschküche von den nassen Klamotten und lief – nach einem winzigen Umweg zur Küche, wo ich eine Packung Kekse abstaubte – hinauf in mein Zimmer.

Gerade als ich die Türklinke hinunterdrückte, hörte ich Mama rufen: »Schon so spät! Himmel, ich habe völlig die Zeit vergessen. Was gibt's denn heute zu essen?«

Ich kicherte. Jedes Instrument beherrschte Mama virtuos. Bis auf den Kochlöffel. In der Regel war Papa bei uns für die Mahlzeiten zuständig. Zum Glück!

Papa knurrte »Chinesisch« und suchte geräuschvoll das Telefon, um Essen für alle zu bestellen.

Ich warf mich aufs Bett und schloss die Augen.

Willow. Das schönste Pferd der Welt befand sich ganz in meiner Nähe.

Es war nicht zu fassen! Da hatte ich über zwei Monate

nach ihr gesucht und dann stand sie direkt vor meiner Nase. Ich konnte jederzeit vorbeigehen.

Tja, wenn ich mich dorthintraute. Aber dann hielten die mich dort vielleicht für eine verrückte Pferde-Stalkerin und warfen mich noch mal hochkant hinaus. Oder vielleicht konnte ich ihnen die Sache auch einfach erklären, so schwer war das ja nicht.

So leicht allerdings auch nicht.

Ich seufzte, dann fasste ich einen Entschluss. Wozu hatte man schließlich Freunde? Bei nächster Gelegenheit würde ich Lukas und den Zwillingen alles erzählen. Was die wohl zu meiner Entdeckung sagen würden?

KAPITEL 3

»Ach, du hast die Stute also wiedergefunden?«, fragte Marie am nächsten Nachmittag, dabei schaute sie ununterbrochen auf ihr Smartphone.

Hm, Begeisterung sah definitiv anders aus. Auch Sophia wirkte nicht sonderlich beeindruckt von meinem Bericht. Sie verschwand in der Sattelkammer und kam kurz darauf mit Delilahs und Carusos Putzkästen wieder. Lukas saß auf einem Hocker und kaute abwesend auf einem Strohhalm herum. Hatte er mir eben überhaupt zugehört?

Na, wenigstens steckte Marie nun endlich ihr Telefon weg, doch anstatt zu antworten, holte sie Carusos Zaumzeug und Sattel.

»Wollten wir nicht die Pferde grasen lassen?«, fragte Lukas verblüfft, als sie vollbeladen von ihrem Spind zurückkam.

»Ja, eigentlich schon, aber Hanno nimmt uns noch in seine Gruppe heute rein«, erklärte sie.

Sophia grinste. »Die Nachhilfe bringt wirklich was. Wir

haben uns in Mathe von einer Fünf zu einer Drei hochgearbeitet.«

»Und dafür haben unsere Eltern uns eine Extrastunde Reitunterricht spendiert«, ergänzte Marie.

»Glückwunsch.« Ich nahm Lunas Halfter vom Haken und öffnete die Boxentür. »Aber was sagt ihr denn jetzt zu dem Ganzen?«

Sophia zuckte mit den Schultern. »Keine Ahnung. Ich meine, was willst du denn jetzt damit anfangen? Du kennst das Pferd ja gar nicht und den Besitzer auch nicht.«

»Also, mir wäre das alles echt zu peinlich«, sagte Marie und holte den Hufkratzer aus der Kiste. »Ich würde da nicht noch mal hingehen.«

Na toll. Irgendwie hatte ich mir unser Gespräch ein bisschen anders ausgemalt.

Lukas stand auf und streckte sich. »Treffen wir uns gleich hinten auf der Weide? Ich hole eben Peanut, dann bekommen eben nur unsere beiden ihren Vitaminschub.«

Zum Glück war es heute wieder viel wärmer und vor allem trockener. Doch der Regen gestern hatte auch sein Gutes gehabt. Das Gras glänzte knallgrün und sah wieder richtig saftig aus. Kein Wunder, dass Luna es so appetitlich fand! Gierig rupfte sie ein Büschel nach dem anderen aus und auch Peanut sog die Halme fast wie ein Staubsauger auf.

Lukas hatte uns eingeholt und schlenderte nun ein paar Meter vor mir.

War er eigentlich auch über Nacht größer geworden? In dem Sweatshirt wirkten seine Schultern breiter als sonst und jetzt fiel mir auf, dass seine dunklen Haare den Winter über gewachsen waren und sich nun im Nacken kräuselten.

»Also, ich finde es überhaupt nicht peinlich, wenn du da noch mal hinfährst«, sagte er plötzlich und drehte sich kurz zu mir um. »Ich meine, du hast ja nichts angestellt. Klar, es war nicht so schlau, dass du auf die Weide gegangen bist, aber es ist ja nichts passiert.«

»Hm, meinst du?« Ganz sicher war ich mir immer noch nicht. »Und was soll ich sagen, wenn wieder jemand kommt?«

Er lachte. »Die Wahrheit natürlich. Dass dir das Pferd seit Wochen nicht aus dem Kopf geht und du es nur besuchen willst. Dann kannst du gleich fragen, warum es neulich ausgebüxt ist. Das würde mich auch mal interessieren.« Er zwinkerte mir zu. »Das wäre doch verrückt, wenn du es nicht tust. Nach allem, was du in den letzten Wochen gemacht hast, um sie zu finden! Die ganzen Aushänge und Suchaufrufe im Netz und dazu hast du noch sämtliche Höfe in der Gegend abtelefoniert! Sogar die Gnadenhöfe hast du angerufen, dabei sah sie doch topfit aus!«

Ich lächelte. Er hatte recht. Was hatte ich schon groß zu verlieren?

Diesmal blieb ich brav auf der richtigen Zaunseite. Willow graste dicht neben dem Fjordpferd und blickte nicht ein Mal zu mir herüber. Das machte aber nichts! Ich lehnte mich gegen das Holz und verschränkte die Arme. Es war schon gigantisch, ihr einfach nur zuzusehen. Endlich hatte ich sie wiedergefunden – so ganz konnte ich das immer noch nicht fassen!

Ich ließ Willow nicht aus den Augen, dabei vergaß ich alles um mich herum. Bis plötzlich jemand sagte: »Hey, du bist neu hier.«

Ich drehte mich um. Neben mir war ein Mädchen aufgetaucht, vielleicht ein bisschen älter als ich.

»Die sehen ja toll aus«, sagte ich spontan und deutete auf die kleinen Perlen, die am Ende der unzähligen dünnen schwarzen Zöpfe steckten.

Das Mädchen lachte. »Mir gefallen sie auch. Wenn du willst, gebe ich dir welche. Ich hab noch eine ganze Kiste voll. Mein Vater schickt sie mir immer aus Ghana.«

»Lebt er dort? Das ist aber ganz schön weit weg.«

»Er verbringt dort nur ein paar Monate im Jahr. Die meiste Zeit reist er um die Welt und gibt Trommelkurse. Djembe. Schon mal gehört?«

Ich überlegte. »Sind das diese runden Holztrommeln, die man sich zwischen die Knie klemmt?«

»So ähnlich.« Das Mädchen lachte. »Eine Djembe kann ich dir später auch zeigen. Aber zuerst willst du bestimmt den Hof sehen. Ich bin übrigens Mila.«

»Und ich Ylvi.«

Mensch, war ich ein Glückspilz! Zu der Einladung konnte ich ja wohl nicht Nein sagen. Neugierig lief ich neben ihr über den staubigen Parkplatz.

»Woher kommt der Name ›Hollerhof‹?«

»Von den vielen Holunderbüschen in der Einfahrt«, sagte sie.

»Stimmt, die sind mir ja auch schon aufgefallen. Der Name ist echt schön!« Ich ließ den Blick umherschweifen. »Wohnst du hier etwa?«

»Ja, seit fast einem Jahr.« Sie schaute sich um, als sähe sie den Hof wie ich zum ersten Mal. »Meine Mutter hat den Hollerhof gekauft, nachdem sie aufgehört hatte, als Profidressurreiterin zu arbeiten. Jetzt reitet sie keine Turniere mehr, sondern unterrichtet nur noch.«

Seite an Seite schlenderten wir über den Hofplatz und plauderten. Die Sonne schien, Amseln und Blaumeisen zwitscherten um die Wette und wieder fühlte sich das Leben so richtig nach Frühling an.

»Das ist unser Reitplatz. Da vorn ist der Pferdestall, die

Sattelkammer ist gleich daneben.« Dann wies sie auf ein Häuschen mit spitzem Dach, das ein wenig abseits auf einem Hügel stand. Es wirkte ein bisschen wie ein Hexenhaus. »Und dort wohnen wir. Das ist privat. Na ja, theoretisch. Irgendwie stapelt sich in der Küche immer ein Haufen Leute, Reitschüler und so.«

»Wie bei uns. Meine Mutter gibt zu Hause Musikunterricht. Da treiben sich dann auch alle möglichen Schüler rum.« Ich zeigte auf eine rot gestrichene Scheune. »Und da lagert ihr Stroh und Heu?«

Sie nickte. »Und die Futtervorräte für die anderen Tiere.«

»Habt ihr denn nicht nur Pferde?«

»Zurzeit haben wir noch ein paar Hühner, dazu unseren Kater Mr Mouse«, zählte sie auf. »Und zwei Ziegen. Zeus und Hades. Die nerven Mama allerdings ziemlich, weil sie alles anfressen. Aber ich finde die beiden süß.«

Ein Auto rumpelte auf den Hof, ohne dass die Fahrerin sich die Mühe machte, die Schlaglöcher zu umkreisen. Wahrscheinlich war das sowieso unmöglich. Es war der alte Kombi von vorgestern. Die blonde Frau stieg aus und hetzte hoch ins Haus.

»Meine Mutter.« Mila verdrehte die Augen. »Was hat sie denn diesmal vergessen?«

Auf dem Rückweg blieb die Frau bei uns stehen.

»Ich habe das Portemonnaie auf dem Küchentisch liegen

lassen, das ist mir natürlich erst im Supermarkt aufgefallen«, sagte sie, noch etwas außer Atem. Sie streckte mir eine braun gebrannte, schmale Hand hin. »Hallo. Ich bin Corinna.«

Bevor ich antworten konnte, sagte Mila: »Das ist Ylvi. Ich zeige ihr den Hollerhof.«

»Prima.« Corinna drückte sie kurz an sich. »Dann bis später, Kleines.« Sie wollte gerade ins Auto steigen, da schaute sie mich noch einmal an. »Reitest du denn auch?«

Mila schlug sich gegen die Stirn. »Stimmt, das hatte ich gar nicht gefragt. Ich bin einfach davon ausgegangen.«

»Ja, schon ziemlich lange sogar«, beantwortete ich Corinnas Frage.

Corinna lächelte. »Das musst du mal in Ruhe erzählen, aber jetzt muss ich leider los. Bis dann, ciao!«

Schon knatterte der Kombi wieder vom Hof.

Mila deutete auf einen Pfad, kaum breiter als ein Pferd. »Dort geht's hinunter zum Fluss. Ganz in der Nähe ist eine prima Badestelle. Auch für Pferde. Warst du schon mal mit einem Pferd baden?«

»Nein. Aber das wollte ich immer mal machen.«

Sie klatschte in die Hände. »Dann sind wir verabredet! Für den ersten heißen Tag im Jahr.«

Wie bitte? Konnte das wirklich wahr sein? Jetzt musste ich mich aber langsam kneifen, für alle Fälle. Vielleicht steckte ich gerade mitten in einem dicken, fetten Wunschtraum.

»Autsch!« Ich war über eine Wurzel gestolpert, die aus dem Boden ragte.

Nein, der Schmerz war echt – der Beweis, dass ich mir nicht alles einbildete!

Als wir dem Pfad ein Stück folgten, sah ich erst, dass der Hollerhof von einem Ring aus Hecken und Sträuchern umgeben war. Ab und zu durchbrachen ein paar Buchen sowie Eichen mit knorrigen Zweigen das Gebüsch. Um den Hof lagen Wiesen und Felder verstreut.

Es war einfach nur traumhaft!

Mila drehte sich um und wir spazierten wieder zurück zum Hof. Es war alles so anders als auf Birkenmoor. Unkraut zwischen dem Kopfsteinpflaster, staubige Stallfenster, verwitterte Holzbalken ... das gab es bei Hanno nicht. Hier dagegen sah alles so verwildert aus. Fast schon verwunschen. Mir kam es vor, als ob die alten roten Backsteine der Gebäude ebenso lebendig wären wie die Bäume drumherum.

Als hätte Mila meine Gedanken gelesen, sagte sie: »Ist ganz schön viel Arbeit, den Hof instand zu halten. Und es kostet natürlich auch Geld.« Sie seufzte. »Das bei uns leider meistens knapp ist.«

»Bei uns auch. Aber ich finde es wunderschön hier.« Ich

berührte sie an der Schulter. »Du hast echt Glück, dass du hier zu Hause bist.«

»Ja, tausendmal besser als im Internat, wo ich vorher war.« Sie lehnte sich über den Weidezaun. Willow stand inzwischen ein bisschen abseits, wieder unter dem knorrigen Baum. Ob das ihr Lieblingsplatz war?

Das Fjordpferd trabte zum Zaun und prustete Mila ins Gesicht.

»Das ist Gonzo. Er stand in einem Reitstall in der Nähe des Internats. Stell dir vor, die wollten ihn zum Abdecker geben, weil er schon so alt ist«, sagte sie empört. »Na ja, und weil er keine Lust auf Unterricht hatte.« Sie grinste. »Gonzo hat zum Schluss immer alle Reitschüler abgeworfen. Doch seit er bei mir ist, hat er das nie wieder gemacht. Komm, ich zeig dir jetzt noch den Stall.«

Gonzo schnaubte friedlich und beschnupperte mich eingehend. Während wir weiterschlenderten, folgte er uns auf der anderen Zaunseite. Ich wäre gern noch bei Willow und den anderen Pferden geblieben, aber auf das Stallinnere war ich auch schon gespannt.

An der Tür, die ein wenig schief in den Angeln hing, blieb ich abrupt stehen. »Was ist denn das?«

Gegenüber vom Eingang führte eine breite Steinrampe mit einem Geländer an jeder Seite nach oben in den ersten Stock. Ein zweites Stockwerk in einem Pferdestall? Wo gab es denn so was? Ich musterte die Hufspuren auf der breiten Rampe, die sich auf dem Boden abzeichneten. Einige führten nach oben, andere wieder nach unten. Da würden doch nicht wirklich …?

»Oben ist einer meiner Lieblingsplätze.« Mila nahm meine Hand und zog mich die Steinrampe hinauf.

Es war unglaublich! Unter dem Stalldach öffnete sich ein weiter Raum. Große Fenster ließen viel Licht und frische Luft herein. Links war ein großer Laufstall abgetrennt, der üppig mit Stroh ausgelegt war. Hatte ich also richtig vermutet! Es liefen tatsächlich Pferde die Rampe hinauf und wieder hinunter. Verrückt!

»Hier schlafen die Ponys. Denen macht es nichts aus, abends in den ersten Stock zu marschieren«, erläuterte Mila. »Für die Großpferde haben wir unten die alten Boxenwände abgerissen und neue Wände eingezogen. So teilen sich immer mehrere Pferde eine große Box. Mit direktem Zugang zum Paddock. Und dann gibt es noch ein paar große Boxen, in denen einige Pferde nachts einzeln stehen.«

Rechts gab es eine kleine Nische mit großen Dachfenstern, die fast bis auf den Boden reichten. Von hier aus hatte man einen gigantischen Blick auf das Hofgelände, sogar bis hinunter zum Fluss.

Mila warf mir einen gespannten Blick zu. »Und, wie gefällt's dir?«

»Fantastisch!«

Im Erdgeschoss waren die Boxen hell und geräumig, wie im Bilderbuch. Die auf Birkenmoor waren ja schon nicht schlecht, aber hier hatten die Pferde noch mal mehr Platz! Wie dort gab es für jeden Bewohner ein Schild, auf dem Name, Alter, Besitzerin, Tierarzt und Pferderasse vermerkt waren, aber hier waren die Schilder per Hand geschrieben und liebevoll bemalt.

Hinter uns ertönte ein Wiehern, dann hörte ich Stimmen. Ich sah durch eines der Stallfenster und fuhr zusammen. Oh nein! Ausgerechnet die beiden Mädchen von neulich! Die hatte ich bei der ausgiebigen Hofbesichtigung total vergessen.

Nach oben über die Rampe verschwinden oder mich anderweitig unsichtbar machen konnte ich nicht mehr, die beiden banden ihre Pferde fast direkt vor der Tür an. Und nun?

Doch da zog Mila mich schon nach draußen und sagte fröhlich: »Hey, wir haben Besuch.« Sie zeigte auf den Rappen und sagte: »Der Große da ist Mortimer, er gehört Kay.«

Die Dunkelhaarige hatte sich gerade nach einem Hufkratzer aus dem Putzkasten gebückt, jetzt richtete sie sich langsam auf und sah mich verblüfft an, was Mila aber gar nicht bemerkte. Sie wies auf das blonde Mädchen.

»Sunny gehört Mieke.«

Der Palomino schnaubte und stupste mich freundlich mit

der Nase an, doch das blonde Mädchen zupfte am Halfterstrick und ließ ihn einen Schritt zur Seite machen, sodass er mich nicht mehr berühren konnte. Sie zog die Augenbrauen zusammen. »Dich kennen wir doch.«

»Wie, du warst schon mal hier?«, fragte Mila überrascht.

Ich nickte. Jetzt half nur noch die Flucht nach vorn.

»Stimmt. Es tut mir echt leid, dass ich neulich einfach so auf die Weide gegangen bin, das mache ich sonst nie. Ich war nur so überrascht, Willow dort zu sehen.«

»Wieso? Wo sollte sie denn sonst sein?«, fragte Kay.

»Ich habe sie vor ein paar Wochen im Wald getroffen«, fuhr ich rasch fort und erzählte ihnen von meiner unerwarteten Begegnung mit Willow und was ich seither alles unternommen hatte, um sie aufzuspüren. Nachdem ich fertig war, sagte einen Augenblick lang niemand etwas. Ich holte tief Luft und sah von einer zur anderen. Würden sie mir glauben? Oder fanden sie die ganze Geschichte doch zu komisch?

Kay hatte keine Miene verzogen, sie neigte nur leicht den Kopf, als würde sie alles, was ich gesagt hatte, noch einmal in Ruhe überdenken.

Mieke dagegen verzog den Mund zu einem Grinsen. »Warum hast du uns das nicht gleich erzählt? Wir haben gedacht, du wärst eine dieser Verrückten, die keine Ahnung von Pferden haben.«

Mila lächelte mich an. »Und jetzt hast du sie wiedergefunden, wie toll!« Sie schaute auf ihr Handy. »Ich muss leider los, ich habe gleich Karatetraining. Aber hast du nicht Lust, morgen wiederzukommen? Dann holen wir Willow von der Weide und du kannst sie richtig kennenlernen.«

Ob ich Lust hatte? Was für eine Frage! Ich konnte mir nichts Schöneres vorstellen.

»Wirklich? Supergern! Dann sehen wir uns morgen«, verabschiedete ich mich.

»Bis denn.« Mieke winkte und Kay zwinkerte mir zu.

»Diesmal ganz offiziell«, sagte sie verschmitzt.

KAPITEL 4

Ich streckte die Beine aus und hielt mein Gesicht in die Sonne. Noch ein paar Minuten, dann war die Pause vorbei und ich musste nur noch die letzte Doppelstunde hinter mich bringen. Ausgerechnet Chemie, nicht gerade mein Lieblingsfach, doch das konnte mir heute nicht die Laune vermiesen, auch wenn der Test, den wir zurückbekommen würden, bei mir wahrscheinlich nicht besonders glorreich ausgefallen war. Aber bis zu den Zeugnissen waren es ja zum Glück noch ein paar Monate.

»Willst du heute bei uns essen? Meine Mutter hat gestern Lasagne gemacht.« Lukas ließ sich neben mich auf die Bank plumpsen.

Ich blinzelte und richtete mich wieder auf. »Tut mir leid, aber ich bin schon verabredet.« Der Gedanke an Lasagne war absolut verlockend, doch die Aussicht, dass ich Willow nachher sehen würde, war noch viel besser. Heute früh hatte ich mir extra etwas zu essen eingepackt, um nach der

Schule nicht noch den Umweg nach Hause machen zu müssen.

Lukas guckte so neugierig, dass ich ihm von meinen Plänen erzählte.

»Ach nee, das ging jetzt aber schnell«, sagte er und stand auf, als es läutete. »Na, da bin ich ja mal gespannt, wie das heute mit deinem Traumpferd wird.«

Das war ich allerdings auch!

Hatte ich gestern doch alles nur geträumt? Dreimal fuhr ich an der Straße mit den Schrebergärten entlang. Hier musste der Weg zum Hollerhof sein. Es wimmelte nur so von Holunderbüschen, also wo war denn jetzt der verflixte Hof?

Gerade wollte ich auf meinem Smartphone nachschauen, als mein Blick auf die Abzweigung fiel. Endlich! Beschwingt holperte ich um die Schlaglöcher herum und erreichte den Hollerhof wenige Minuten später.

Er lag in der Nachmittagssonne und sah genauso verwunschen aus wie bei meinem Besuch gestern. Schwalben segelten über das Stalldach und auf einer Regentonne lag die dickste Katze, die ich je gesehen hatte. Im nächsten Moment hörte ich Hufgeklapper und dann bog auch schon das winzige Shetlandpony um die Ecke und rannte mich um ein Haar über den Haufen.

»Lucifer!« Mila kam hinterhergeschossen. »Lucifer!«

Lucifer wandte den Kopf und wartete, bis sie ihn fast erreicht hatte. Dann machte er ein paar Schritte im Zickzack und raste an mir vorbei Richtung Ausfahrt.

»Halt ihn auf!«, rief Mila und hielt sich die Seiten. »Sonst ist er gleich bei den Schrebergärten.«

Ich hechtete ein paar Meter hinterher, doch natürlich war das Pony schneller. Also sprang ich wieder auf das Rad und trat in die Pedale. Nur noch wenige Meter, dann würde er die Ausfahrt erreichen. Ich musste ihn vorher abfangen.

Ich kam näher, immer näher, jetzt hatte ich ihn überholt! Abrupt bremste ich vor dem Hofschild, das Hinterrad brach aus und schlitterte zur Seite, dabei wirbelte eine kleine Staubwolke auf. Lucifer stutzte und guckte fast ein bisschen verblüfft, dann trottete er zu mir und beschnupperte meine Fahrradklingel, bis Mila uns kurz darauf eingeholt hatte.

»Danke!«, keuchte sie. »Er ist mir ausgebüxt, als er die Flasche mit dem Bremsenmittel gesehen hat, das mag er nämlich überhaupt nicht.«

Ich kraulte Lucifers dichten Schopf, von dem die Haarsträhnen abstanden wie bei einer Drahtbürste.

»Er ist schon ein bisschen älter, oder?«

Sie prustete los. »Methusalem ist ein Teenager dagegen. Er ist sechsunddreißig oder siebenunddreißig, genau wissen wir es nicht, aber er ist noch ziemlich fit. Na ja, bis auf die Tabletten, die er braucht.« Sie beugte sich hinunter, schlang die Arme um Lucifers Hals und gab ihm einen Kuss auf eines der puscheligen kleinen Ohren. »Im Unterricht geht er zwar nicht mehr oft mit, aber als Begleitpferd ist er unschlagbar. Ganz anders, als man bei seinem Namen denken würde!«

»Der führt wirklich auf eine falsche Fährte, wenn er so lieb ist.«

»Genau, besonders bei Willow. Wenn er oder Gonzo in der Nähe sind, ist sie gleich viel ruhiger. Apropos Willow: Wollen wir gleich zu ihr?«

Mila und ich würden bestimmt gute Freundinnen werden. Sie verstand mich ja jetzt schon, dabei kannte sie mich gerade mal einen Tag.

Willow stand mit Gonzo, Sunny, Mortimer und den beiden Tinkern auf der Weide. Diesmal waren sie aber auf einer anderen Wiese hinter dem Stall untergebracht. Schon von Weitem sah ich ihr weißes Fell zwischen den Büschen leuchten.

»Ich bringe Lucifer eben noch zum Stall und sprühe ihn gegen Bremsen ein.« Sie zerzauste ihm die Mähne und schmunzelte. »Aber diesmal mache ich deinen Anbindeknoten ordentlich fest.« Sie deutete hinüber zur Koppel. »Geh ruhig schon mal vor.«

»Wirklich?«

»Klar! Deshalb bist du doch hier, oder?«

Ich spürte, wie ich rot wurde, doch sie lachte nur gutmütig und schob mich Richtung Gatter.

Meine Finger zitterten leicht, als ich den Riegel öffnete. Gonzo hob den Kopf und sah mir entgegen, auch die anderen Pferde registrierten meine Anwesenheit, wie mir ihre gespitzten Ohren verrieten. Nur Willow graste ungerührt weiter.

Langsam schlenderte ich auf sie zu. Je näher ich kam, umso schöner fand ich sie. Ihr fein geformter Kopf sah richtig edel aus. Wie alt sie wohl war?

Ich streckte die Hand aus und blieb wenige Meter vor ihr stehen. Zuerst scherte sie sich nicht groß um mich, doch als ich ihren Namen rief, bewegten sich ihre Ohren in meine Richtung. Das war immerhin ein Anfang.

»Na, komm her«, flüsterte ich. »Komm ruhig.«

Sie machte einen Schritt auf mich zu, dann noch einen. Ich hielt den Atem an. Wie gern würde ich sie streicheln! Tatsächlich, sie kam noch einen Schritt näher. Ich bewegte mich ein winziges bisschen in ihre Richtung.

Sofort hielt sie an. Also blieb auch ich, wo ich war. Sie brauchte ihre Zeit. Ich stand ganz still und wartete.

Irgendwann setzte sie sich tatsächlich wieder in Bewegung und schritt gemächlich auf mich zu. Dicht vor mir blieb sie stehen und senkte den Kopf.

Langsam, ganz langsam, ermahnte ich mich selbst.

Endlich berührten meine Fingerspitzen ihre Mähne. Ich ließ die feinen weißen Haare zwischen meinen Fingern hindurchgleiten. Dann streichelte ich über ihren Hals.

»Ich glaube, sie mag dich.«

Hinter mir standen Corinna und Mila mit Lucifer am Gatter.

»Normalerweise lässt sie Fremde nie so dicht an sich heran«, erklärte Corinna.

Mila nickte. »Eigentlich müsste sie längst dahinten am Zaun sein. Aber du darfst sie sogar anfassen. Wahnsinn!«

Meine Mundwinkel machten sich selbstständig. Wahrscheinlich reichte mein Grinsen von einem Ohr zum anderen. »Ehrlich?«

»Liebe auf den ersten Blick, würde ich sagen.« Corinna lächelte mir zu.

Als Mila das Gatter öffnete und Lucifer wieder auf die Weide brachte, reichte sie mir ein dunkelblaues Halfter. »Das gehört Willow. Willst du sie aufhalftern?«

Ich nickte, doch bevor ich damit begann, ließ ich Willow noch eine Runde daran schnuppern. Erst dann streckte ich die Arme aus und streifte ihr das Halfter über.

Willow stockte kurz, als ich mich umdrehte und Kurs auf das Gatter nahm.

»Na komm, das wird dir gefallen«, lockte ich sie leise, und wirklich – sie folgte mir ohne weiteres Zögern.

Corinna hielt mir das Tor auf und ließ uns hinaus, direkt hinter uns kam Mila mit Gonzo. In aller Ruhe führten wir die Pferde zurück zum Hof.

»Bindest du Gonzo nicht an?«, fragte ich erstaunt, während ich Willows Führstrick um den Holzbalken schlang und aus Gewohnheit kurz prüfte, ob der Sicherheitsknoten auch richtig geknüpft war.

»Ach, das brauche ich bei Gonzo nicht, der verschwindet schon nicht«, entgegnete Mila. »Außerdem liebt er Willow über alles und klebt total an ihr. Sicher würde er niemals ohne sie weglaufen.«

Das kam mir reichlich riskant vor. »Aber was ist, wenn er sich erschrickt?«, hakte ich nach.

»Schlimmstenfalls würde er einige Schritte zur Seite machen«, meinte sie. »Wenn jüngere Reitschüler in der Nähe sind, binde ich ihn trotzdem meistens an. Aber jetzt gerade ist ja alles entspannt. Und bei einem anderen Pferd außer Gonzo würde ich das natürlich nicht machen.«

Sie lief in die Sattelkammer und kam gleich darauf mit einem roten und einem grünen Putzkasten zurück.

»Kannst du mal nachschauen, wie Willows Putzkiste bestückt ist?«, bat sie und stellte den roten Kasten in einigem Abstand zu Willow hin. »Mama meinte, wir sollen aufschreiben, was noch fehlt. Dann besorgt sie neue Sachen.«

Ich klappte den Deckel der Putzkiste hoch.

»Da fehlt tatsächlich einiges«, stellte ich nach dem ersten Blick fest. »Wer hat sich denn bisher um Willow gekümmert?«

»Mama oder ich, aber wir hatten immer so wenig Zeit«, sagte Mila bedauernd. »Es ist richtig aufwendig, einen Reiterhof zu organisieren, das hätte ich echt nicht gedacht. Wir sind erst vor einem Dreivierteljahr hierhergezogen und waren die letzten Monate ganz schön am Rotieren.« Sie reichte mir ihren Hufkratzer. »Hier, nimm erst mal meinen. Willows Kratzer ist mir letzte Woche kaputtgegangen.«

Ich griff nach dem Hufkratzer und stellte mich auf Willows linke Seite. Sanft fuhr ich mit der linken Hand das Vorderbein hinunter, bis ich den Huf erreichte. Einige Sekunden lang stemmte Willow den Huf fest auf den Boden. Ich streichelte die Fessel. Hey, das klappte, Willow reagierte sofort und hob den Huf an. Sorgfältig entfernte ich die festgetretene Erde um den empfindlichen Hufstrahl.

Mila hatte Gonzo umrundet und stand jetzt neben mir.

»Es ist schön, dass dir Willow so gefällt«, sagte sie mit leuchtenden Augen. »Sie fiel bis jetzt leider etwas hinten runter abgesehen davon, dass Mama sie regelmäßig reitet, natürlich. Die beiden Tinker, die Welsh-Ponys und die drei Shetlandponys nimmt Mama für den Reitunterricht, manchmal setzt sie auch noch Gonzo dazu ein und ganz selten auch mal Lucifer. Aber die meisten anderen Pferde und Ponys sind Einsteller, sie haben alle jemanden, der sich um sie kümmert. Sobald sich hier alles mehr eingespielt hat, will Mama noch mehr Berittpferde aufnehmen, die sie dann in Ruhe ausbildet.«

»Und Willow ist so eines?«

Mila nickte. »Sie ist vor einem halben Jahr aus Florida zu uns gekommen, aber Mama kannte sie schon vorher. Sie hat sie drüben ein paar Monate lang ausgebildet. Vor einiger Zeit hatte Willow dann mit ihrer Reiterin einen Unfall.«

»Oh nein! Was ist denn passiert?«

Mila hob die Schultern. »Das habe ich nicht so richtig herausbekommen. Jedenfalls kümmerte sich danach niemand mehr um sie, deshalb ist sie auch so skeptisch Fremden gegenüber. Da meine Mutter so gut mit ihr zurechtgekommen ist, haben sich die Besitzer schließlich gemeldet und gefragt, ob Willow erst einmal herkommen kann.«

Was für ein Unfall war das wohl gewesen? Es musste etwas Schlimmeres gewesen sein. Florida war so weit weg, dass bestimmt niemand einfach so ein Pferd auf diese lange Reise schicken würde.

In Milas Hosentasche klingelte es. »Oh, mein Vater! Bin gleich wieder da.«

»Kein Problem.« Zärtlich strich ich über Willows Kruppe, dann machte ich mich daran, ihre übrigen Hufe zu säubern.

Ein paar Minuten später kam Mila wieder.

»Alles klar?«, fragte ich.

»Ja, er wollte nur die Fotos von unserem letzten Urlaub haben. Die muss ich ihm noch schicken.«

»Wo wart ihr denn?«

»Auf Island.«

»Da wollte ich auch immer schon mal hin!«

»Es ist wahnsinnig schön. Und dazu die Islandpferde – die sind natürlich am besten«, sagte Mila, doch bevor sie mir mehr davon erzählen konnte, kamen Kay und Mieke auf uns zu und bugsierten ihre Pferde neben uns an die Anbindestange. Miekes Pferd sah ganz gut aus, aber für meinen Geschmack war Sunny ein bisschen zu zappelig. Sie trat immerzu auf der Stelle und hob beim kleinsten Geräusch den Kopf.

»Hi.« Kay nickte mir zu. »Du bist ja wirklich gekommen.«

»Ja, wundert dich das etwa?« Wer wäre schon so verrückt und würde nicht ein Pferd wie Willow kennenlernen wollen?

Kay zuckte nur mit den Schultern. »Na ja, seit es den Hof gibt, sind hier schon einige Schüler hergekommen, die dann aber schnell wieder woandershin gegangen sind.«

»Warum denn das?« Ich konnte mir nichts Schöneres vorstellen. Klar, es war nicht so chic wie auf Birkenmoor, aber dafür tausendmal gemütlicher. Und cooler. Schon allein die Rampe im Pferdestall!

Mila stöhnte. »Lass uns nicht davon reden. Die Leute kommen hierher, weil sie von Mamas tollen Dressurleistungen gehört haben. Und dann denken sie, Mama bringt das ihren Kindern in zwei, drei Stunden bei. Sie kann doch nicht zaubern!«

Mieke kicherte. »Bei einigen würde das aber nur mit Zaubern funktionieren, von alleine lernen die das nie.«

Eine Weile striegelten wir einträchtig unsere Pferde. Es war überhaupt nicht hektisch! Ganz anders als in Birkenmoor, da mussten wir uns beeilen, um pünktlich für den Unterricht fertig zu sein. Meist nahmen wir unser Schulpferd direkt vorher in Empfang und im Anschluss an die Stunde wartete dann schon die nächste Reiterin auf das Pferd. Dagegen war ich hier heute einfach nur zum Spaß, ich konnte mir alle Zeit der Welt lassen. Auch die anderen hatten es anscheinend nicht eilig.

Corinna kam mit langen Schritten den kleinen Hügel vom Hexenhäuschen herunter. Mit wem redete sie denn? Im nächsten Moment bemerkte ich, dass sie sich ein Telefon ans Ohr hielt.

»Ja, prima, übermorgen passt gut«, sagte sie laut. »Klar, mach dir keine Sorgen. Wird schon schiefgehen.«

Sie beendete das Gespräch und ließ das Smartphone in der Tasche ihrer Jeansjacke verschwinden, dann lehnte sie sich gegen die Stallwand und sagte: »Ich habe gerade mit einem alten Schulfreund telefoniert. Er ist Sozialarbeiter und hat gefragt, ob einer seiner Schützlinge hier ein paar Arbeitsstunden ableisten kann.«

»Oh, ein Junge?« Kay hob die Augenbrauen. »Was für eine seltene Ehre. Jungs verirren sich doch normalerweise nie in den Stall.«

»Ein Freund von mir reitet auch«, sagte ich.

»Ach, wirklich?« Mieke warf mir einen Blick über Sunnys Rücken zu. »Aber wieso Sozialstunden?« Sie fuhr mit dem Striegel in kreisenden Bewegungen über das cremefarbene Fell. »Du hast ja noch gar nicht fertig erzählt, Corinna.«

»Stimmt«, meinte Kay und spielte mit dem Anhänger ihrer Kette herum. »Heißt das, er hat was angestellt?«

Corinna hob die Schultern. »Soweit ich weiß, nicht. Josse ist etwa in eurem Alter. Ich glaube, er hat einfach ein bisschen Pech gehabt.«

»Aber was soll er denn bei uns?«, wollte Mila wissen. Sie bückte sich und wühlte in der Putzkiste herum. »Warum wird er hierherverfrachtet?«

»Er soll mal eine andere Perspektive auf die Dinge bekommen«, erklärte Corinna. »Vor allem wird er uns im Stall und mit den Pferden helfen. Ich glaube, er war noch nie auf einem Reiterhof, also seid nett zu ihm, ja?«

Wir nickten alle.

»Gut«, sagte Corinna zufrieden und wandte sich zum Gehen. »Mieke und Kay, reitet doch bitte eure Pferde auf dem kleinen Dressurplatz warm, ich komme gleich zum Unterricht dorthin.«

Sie verschwand in der Sattelkammer und wir putzten weiter.

Einige Schwalben flogen im Sturzflug dicht über meinen Kopf und verschwanden zwitschernd im Stall. Von der Weide drangen Kinderstimmen zu uns herüber. Kichern, dann ausgelassenes Gelächter. Die hatten ja Spaß!

Neugierig machte ich mit der Wurzelbürste in der Hand einige Schritte um die Stallecke. Auf einer der Koppeln sprangen drei jüngere Reitschülerinnen neben ihren Shetlandponys über ein paar niedrige selbstgebaute Hindernisse. Es war ein richtiges Wettrennen! So etwas hätte es auf Gut Birkenmoor nie gegeben.

Ich drehte mich wieder um und ging zurück. Dort stand Willow und sah mir entgegen. Mein Bauch kribbelte. Sie war bestimmt das schönste Pferd auf diesem Planeten. Liebevoll strich ich über ihre glänzende Mähne. Jetzt durfte ich mich sogar ein bisschen um sie kümmern. Das hatte ich mir in all den Wochen so gewünscht!

Sie schnaubte leise, als hätte sie verstanden, was mir gerade durch den Kopf ging. Ich kraulte sie zärtlich hinter den Ohren.

War ich ein Glückspilz!

Mila und ich pusselten noch eine Weile mit Willow und Gonzo herum, bis Mila irgendwann auf die Uhr sah und seufzte.

»Ich muss jetzt leider los«, sagte sie und schnitt eine Grimasse. »Wir schreiben morgen eine Physikarbeit, dafür muss ich noch einiges tun. Aber du kommst wieder, oder?«

»Natürlich!«

Wir brachten die Pferde zurück auf die Koppel und sahen ihnen noch einen Augenblick dabei zu, wie sie Seite an Seite über die Wiese trotteten und dabei zufrieden grasten.

Beim Zurückgehen warf ich einen Blick aufs Telefon.

»Kommst du noch in den Stall? Wir wollen heute das Sattelzeug putzen.«

Oh, die Nachricht von Marie hatte ich total verpasst! Und da waren ja noch drei von Sophia ... Mist, das mit dem Putzen wollten wir schon ewig machen, nun kam ich bestimmt viel zu spät.

Ich sah auf die Uhr. Wenn ich mich beeilte, wäre ich in weniger als einer halben Stunde in Birkenmoor. Dann konnte ich zumindest noch ein bisschen mithelfen, bevor alle zum Abendessen nach Hause mussten.

Während ich kräftig in die Pedale trat, freute ich mich über den Nachmittag mit Willow. Und mit Mila war es auch toll gewesen – anscheinend waren wir wirklich auf einer Wellenlänge!

»Ach, du kommst ja doch noch«, begrüßte mich Marie, als ich in die Sattelkammer stürzte. Sie strich sich den Pony aus der Stirn und beugte sich wieder über die Dose mit der Sattelseife.

»Wo warst du denn?« Sophia guckte vorwurfsvoll. »Ich habe tausendmal versucht, dich zu erreichen.«

»Wo ist Lukas?«, fragte ich statt einer Antwort.

Marie zuckte mit den Schultern. »Er macht heute spontan ein Probetraining beim Hockey, deshalb haben wir ihm gar nicht erst Bescheid gesagt.«

»Aber vielleicht guckt er nachher noch mal rein, das macht er ja meistens«, ergänzte Sophia. Sie stupste mich an. »Also, du treulose Tomate, wo hast du gesteckt?«

Ich nahm Lunas Zaumzeug vom Haken und rieb das Leder mit einem feuchten Schwamm sauber.

»Ich war bei Willow.« Bei dem Gedanken an sie musste ich schon wieder lächeln. Es war einfach zu fantastisch!

Als ich hochguckte, schaute Sophia mich misstrauisch an.

»Willow?« Sie warf die Haare zurück. »Das ist doch das Pferd aus dem Wald, oder?«

»Ja, genau, ich habe sie heute auf dem Hollerhof besucht.«

»Was ist das denn für ein Reitstall? Von dem habe ich noch nie gehört«, sagte Marie. Es klang ein bisschen abfällig.

Sie nahm so viel Sattelseife auf ihren Schwamm, dass es

für das Sattelzeug von drei Reitställen gereicht hätte. Dann rieb sie die Zügel ein, dabei stiegen lauter winzige Seifenblasen hoch. Eigentlich sah das total lustig aus, doch nach den Sprüchen eben war mir das Lachen vergangen.

»Es ist voll schön da«, begann ich, doch dann biss ich mir auf die Unterlippe. Das hatte keinen Sinn – offensichtlich wollten sie das sowieso nicht hören. Warum waren sie denn so beleidigt? »Ihr hättet mir ja früher Bescheid sagen können, dass ihr das Putzen heute machen wollt.«

»Normalerweise müssen wir dir nicht extra sagen, dass du in den Stall kommen sollst«, meinte Marie schnippisch. »Du bist doch fast jeden Nachmittag hier, so wie wir auch.«

Da flog die Tür der Sattelkammer auf und Lukas stand im Rahmen. »Was ist denn hier los? Ihr guckt ja alle, als hätte euch jemand das Reiten verboten. Oder habt ihr euch gestritten?«

»Nein, haben wir nicht«, sagte Sophia bissig, »wir wundern uns nur gerade, warum Ylvi den ganzen Nachmittag auf einem anderen Hof verbringt und dabei so beschäftigt ist, dass sie nicht mal unsere Nachrichten liest.«

Lukas drehte einen Metalleimer um und setzte sich darauf. »Stimmt, das hatte ich total vergessen. Wie war es denn mit deinem Traumpferd?«

»Super.« Wenigstens er schien mich zu verstehen. »Und immerhin habe ich es ja noch hierhergeschafft.« Ich schrubbte so heftig über das Genickstück, dass auch das letzte Fitzelchen Dreck abging.

»Ach, du wusstest das also schon, Lukas?« Marie machte große Augen. »Was hast du da denn den ganzen Nachmittag gemacht?«

»Ich habe mir alles angesehen, der Hof ist total anders als Birkenmoor. Sie haben da sogar eine Rampe, die in den ersten Stock führt.«

»Wozu das denn?«

»Oben ist noch ein Laufstall für die Ponys.«

Marie schnaubte. »Was ist das denn für ein Blödsinn?«

Was sollte ich darauf antworten?

Im nächsten Moment sprang Lukas mir bei. »Ist doch logisch, sie hat ewig nach dieser Stute gesucht. Da wird sie dort nicht sofort wieder abhauen. Aber egal, jetzt ist sie ja hier. Habt ihr schon mit den Sätteln angefangen?«

»Nee, dazu sind wir noch nicht gekommen«, entgegnete Sophia säuerlich.

Lukas stand vom Eimer auf. »Los, wir bringen alles nach draußen, dann machen wir dort weiter.«

Die Zwillinge sahen nicht gerade begeistert aus, doch sie kamen trotzdem mit. Wir suchten uns ein Fleckchen Gras in der Nähe des Stalls, breiteten ein paar alte Decken auf dem Boden aus und verteilten die Sättel und Putzsachen darauf.

Vielleicht hatte der Ortswechsel geholfen oder es lag daran, dass Sophia sich an die Riesentafel Haselnussschokolade in ihrem Rucksack erinnerte – jedenfalls besserte sich die Stimmung hier draußen rapide.

»Hast du vorhin wenigstens ein paar Fotos gemacht?«, fragte Sophia versöhnlich und reichte mir einen Riegel Schokolade.

»Das habe ich total vergessen! Aber keine Sorge, das hole ich nach.«

»Unbedingt.« Marie legte mir kurz den Arm um die Schultern. »Wir wollen doch wissen, wie das Wunderpferd aussieht.«

Ich lächelte und tauchte ein Tuch in das Sattelfett, dann rieb ich in großen Kreisen über das Leder.

Ob Willow ein Wunderpferd war? Keine Ahnung. Aber eins wusste ich auf jeden Fall: Für mich war sie etwas ganz Besonderes.

KAPITEL 5

Die folgenden Tage hatte ich so viel mit der Schule zu tun, dass ich es gerade noch zu Hannos Unterricht am frühen Abend nach Birkenmoor schaffte, aber ein Besuch auf dem Hollerhof war leider nicht mehr drin.

Samstag ergab sich endlich die nächste Gelegenheit.

Ich stellte gerade mein Rad am Zaun ab, da kam schon Mila auf mich zugerannt. »Du, Willow ist weg.«

»Was, schon wieder?«

»Ich fasse es auch nicht!« Sie stöhnte. »Das ist total blöd gelaufen.«

Sie nahm mich am Arm und wir rannten am Reitplatz vorbei zum Stall. »Eines der jüngeren Reitkinder wollte Lucifer von der Weide holen, als irgendein Auspuff oder so was geknallt hat. Willow hat sich an Lucifer und dem Kind vorbei durchs Gatter gedrängt und ist abgehauen. Das ging alles so schnell, dass wir nicht mal nicht wissen, in welche Richtung sie verschwunden ist.«

»Oh nein!«

»Mama sucht schon mit Mieke und Kay die kleinen Straßen bei den Schrebergärten ab. Ihr müsst euch eben knapp verpasst haben.«

Sie blieb neben einem schlaksigen Jungen mit verstrubbelten Haaren stehen, der vor der Tür zur Sattelkammer wartete.

Oh, wer war das denn? Den hatte ich hier ja noch nie gesehen.

»Ich wollte mit den Reitkindern über die Koppeln laufen, vielleicht ist sie ja zum Wald galoppiert«, erklärte Mila. Sie wandte sich an den Jungen. »Josse, kannst du mit Ylvi am Fluss suchen?«

Er nickte.

Ach, Josse, natürlich! Das war der Junge, den Corinnas Freund vorbeigeschickt hatte. Der mit den Problemen.

»Gut, dann haben wir alles abgedeckt. Irgendwo muss sie ja sein. Also bis gleich. Hoffentlich!« Sie rannte zur Scheune, wo sich bereits ein Trupp jüngerer Mädchen versammelt hatte und auf sie wartete.

Auch Josse und ich liefen sofort los. Ich hatte nur einen Gedanken im Kopf: Hoffentlich war Willow nichts passiert!

»Wo müssen wir denn lang?«, fragte Josse, als wir den Hofplatz fast überquert hatten.

»Richtig toll kenne ich mich auch nicht aus, aber Mila hat

erwähnt, dass der Weg da vorn zum Fluss führt.« Ich schlug den Trampelpfad ein, den Mila und ich neulich schon ein paar Meter weit gegangen waren.

»Ach, bist du auch neu hier?«

»Kann man so sagen. Ich habe den Hollerhof erst vor ein paar Tagen entdeckt.«

Hauptsache, das hatte sich jetzt nicht schon wieder erledigt. Wenn Willow etwas zugestoßen war … Nein, das durfte einfach nicht sein!

Irgendwie musste ich mich ablenken, also musterte ich Josse verstohlen. Mir gefiel sein offenes Gesicht mit den Sommersprossen. Er lief gleichmäßig neben mir her und schien nicht das kleinste bisschen erschöpft, ich dagegen fing schon nach den paar Hundert Metern an zu schnaufen.

In den letzten Tagen waren die Büsche rechts und links des Weges schon viel grüner geworden. Zwischen den Zweigen der Hecken und Bäume schimmerten rechts die Wiesen durch, auf der linken Seite tauchte ein kleines Waldstück auf. Ich hielt überall Ausschau nach einer weißen Gestalt – vergeblich.

Immer wieder machte der Pfad einen Bogen. Noch war der Fluss nicht in Sicht, aber es konnte nicht mehr weit sein, ich hatte ihn ja aus dem Stallfenster im ersten Stock gesehen.

Plötzlich blieb Josse stehen. »Guck mal.«

Er zeigte auf den Boden. Ich blinzelte, dann erkannte ich es auch: ein Hufabdruck in der feuchten Erde.

»Du hast ja Adleraugen! Der ist mir gar nicht aufgefallen.«

Er zuckte nur gleichmütig mit den Schultern.

Ich suchte den Wegrand ab und entdeckte an einer anderen Stelle platt getretenes Gestrüpp. »Da ist noch ein Abdruck!«

Der musste von Willow stammen, es konnte gar nicht anders sein!

Ich schob ein paar Zweige zur Seite und zwängte mich zwischen zwei stacheligen Büschen hindurch. Josse fluchte leise hinter mir, doch ich achtete nicht darauf, sondern schob mich, so schnell ich konnte, durch das Unterholz.

Auf einer kleinen Lichtung im Wald verlor ich ihre Spur. Das durfte doch nicht wahr sein! Ich drehte mich ringsum im Kreis. Die Bäume und Büsche wuchsen fast so dicht wie eine Wand, ich konnte kaum erkennen, aus welcher Richtung wir eben gekommen waren.

Ich stöhnte. Willow konnte sich doch nicht einfach in Luft aufgelöst haben!

Josse ging tief gebückt die Lichtung ab. Ich machte es ihm nach. Irgendwo musste es doch eine weitere Spur geben!

Der Boden war mit trockenem Laub bedeckt, dazwischen wuchsen Buschwindröschen.

Da! Zwischen den vielen weißen Blüten war noch ein Abdruck. Und nur wenige Zentimeter weiter war der Farn zertrampelt.

Wir drückten uns zwischen ein paar jungen Buchen hindurch. Dahinter war der Wald nicht mehr so dicht und wir kamen schneller voran. Nach ein paar Metern ging der Wald in einen schmalen Sandstrand über. Vor uns lag der Fluss.

Und dort war sie.

Sie stand am Ufer und beschnupperte den Sand.

Mein Herz klopfte wie wild und ich stützte erleichtert die Hände auf die Knie. Wir hatten sie gefunden!

Josse war neben mir stehen geblieben. »Und jetzt? Rufen oder pfeifen wir und sie kommt hinter uns her?«, fragte er halblaut.

»Sie ist doch kein Hund.« Trotzdem musste ich bei der Vorstellung grinsen.

Willow spielte mit den Ohren. Sie hatte natürlich mitbekommen, dass wir da waren.

»Ach, verdammt, ich habe ganz vergessen, ein Halfter mitzunehmen.« So ein Anfängerfehler, das hätte ich eigentlich wissen müssen.

»Ein Halfter?«

»Damit kannst du ein Pferd führen.« Ich seufzte. »Das hätten wir jetzt gut gebrauchen können.«

»Was willst du tun?«, wisperte er.

Natürlich könnte ich Corinna anrufen. Willow war ihr vertraut, wahrscheinlich kam sie problemlos mit ihr mit, abgesehen davon würde sie natürlich Halfter und Strick mitbringen. Das wäre die schlauste Variante. Das Telefon lag schon in meiner Hand, doch dann steckte ich es wieder weg. Nein. Ich wollte es selbst versuchen.

Ich spürte Josses Blick in meinem Rücken, als ich langsam auf Willow zuging. Sofort hob sie den Kopf und schaute mich an. Sie wirkte plötzlich anders, irgendwie wachsamer, ihr ganzer Körper schien jetzt leicht angespannt.

Mir blieb nur eine Chance. Vermasselte ich es, war sie über alle Berge, rannte vielleicht auf die Straße oder es passierte sonst etwas Schlimmes.

Langsam streckte ich meine Hand aus und trat noch einen winzigen Schritt nach vorn. Wenn sie wollte und den Kopf ein wenig beugte, konnte sie mich nun berühren.

Einen Augenblick lang passierte nichts. Um uns herum war alles still.

Willow wollte.

Sie schnupperte in aller Ruhe meine Handfläche ab, dann ging sie sogar einen Schritt auf mich zu und fuhr mit der Nase über mein Gesicht und die Schultern.

Ich hob die Hand höher und berührte ihren Mähnenansatz.

Das machte ihr nichts aus, denn sie blieb still neben mir stehen und ließ zu, dass ich nun ihre Mähne streichelte. Jetzt kam es drauf an. Ich musste ihr irgendwie Sicherheit geben, sie überzeugen, dass sie gefahrlos mit mir mitgehen konnte.

»Dann wollen wir mal.« Meine Stimme klang etwas brüchig. Ich räusperte mich. »Komm mit, ich bringe dich zurück zum Hollerhof.«

Einen winzigen Moment zögerte Willow, doch dann senkte sie den Kopf und drängte vorwärts.

Ich fasste mit der rechten Hand in Willows Mähne. Sollte sie doch davonrennen wollen, konnte ich sie zwar nicht daran hindern, aber irgendwie schien es uns beide zu beruhigen.

Sie blieb bei mir.

Wir gingen ein paar Meter den Sandstrand entlang, bis sich der Waldrand öffnete und der Trampelpfad wieder vor uns erschien. Josse folgte uns und wir trotteten alle drei gemächlich zurück.

Eine Viertelstunde später erreichten wir den Hollerhof.

Die anderen hatten sich vor dem Stall versammelt und diskutierten lautstark, was sie als Nächstes machen sollten. Schon von Weitem hörten wir, dass alle wild durcheinanderredeten.

Bevor wir uns bemerkbar machen konnten, sah Mieke über ihre Schulter. Ihr blieb der Mund offen stehen, verblüfft stupste sie Kay an.

Sofort drehten sich alle zu uns um.

»Mensch, das gibt es ja nicht«, hörte ich jemanden murmeln.

»Hey, anscheinend ist Ylvi ein Volltreffer.« Kay nickte mir anerkennend zu, als wir drei auf den Stall zusteuerten.

Mieke und ein paar der Reitermädchen starrten mich immer noch ungläubig an, aber da drängte sich Mila an ihr vorbei und kam uns mit großen Schritten entgegen. »Ylvi, das ist großartig!«

Sie streckte mir Willows Halfter hin. Die stolzierte so ruhig auf die anderen zu, als würde sie das jeden Tag machen.

»Wo habt ihr sie gefunden? Am Fluss?«, fragte Mila begeistert.

Ich nickte und mir wurde heiß, denn alle schauten uns an. Rasch streifte ich Willow das Halfter über.

»Mensch, da haben sich die Neuen ja gleich zusammengetan. Wer von euch beiden hat Willow denn entdeckt?« Mieke verschränkte die Arme.

Ich warf Josse einen Blick zu. Er wirkte immer noch vollkommen ruhig, aber jetzt war da noch etwas anderes, Distanziertes. Die Gelassenheit von eben am Fluss war wie weggeblasen. Er schaute Mieke direkt an, sagte aber nichts, auch nicht, als sie auffordernd mit dem Kopf wackelte.

»Wir haben sie zusammen zurückgebracht.«

Mieke hob ungläubig die Augenbrauen, doch Kay sagte: »Cool, das muss man erst mal schaffen bei einem Pferd wie Willow.« Sie wandte sich an Josse: »Hast du schon mal was mit Pferden zu tun gehabt?«

Josse grinste. »Klar, früher auf dem Jahrmarkt.«

»Karussellpferde?« Kay schmunzelte. »Gute Grundlage«, sagte sie und strich sich die Haare zurück. »Dann bist du ja bestens vorbereitet.«

»Scheint mir auch so, Willow jedenfalls war total brav.«

»Karussellpferde? Da musst du aber noch einiges lernen«, schnappte Mieke. »Das war doch bloß ein Glückstreffer, dass es bei euch eben so gut geklappt hat.«

»Glück? Quatsch, das war Können«, widersprach Josse und zwinkerte Kay zu.

Kay lachte. »Logisch!«

In dem Moment kam Corinna angelaufen. »Ich habe euch aus dem Küchenfenster gesehen und gleich der Polizei Bescheid gesagt.« Sie streckte die Hand aus. »Josse, kaum bist du auf dem Hof, machst du dich schon nützlich. Herzlichen Dank! Das erzähle ich gleich Jonathan, wenn er dich abholen kommt.«

Sie ging auf mich zu und fasste mich an den Schultern.

»An dich auch ein Dankeschön, Ylvi. Wirklich, vielen lieben Dank, dass ihr Willow zurückgebracht habt. Wo habt ihr sie denn gefunden? Und sie ist sofort mitgekommen?«

»So ziemlich.« In wenigen Sätzen erzählte ich ihr, wie wir Willow aufgespürt und zurückgebracht hatten.

»Mensch, toll!«, sagte Corinna beeindruckt, während wir langsam mit Willow zur Koppel neben dem Reitplatz gingen.

Mila, Kay, Mieke und Josse schlenderten hinter uns her.

Gonzo stand bereits am Weidezaun und wieherte Willow sehnsüchtig entgegen. Ich führte sie durchs Gatter, drehte sie um und halfterte sie ab. Sofort trabte sie zu ihm und blies ihm zur Begrüßung in die Nüstern. Wir lehnten uns gegen den Zaun und sahen zu, wie sie gemeinsam ein paar Meter über die Wiese liefen. Dann blieb Gonzo stehen und begann Willows Widerrist zu beknabbern. Sie schnaubte behaglich und kraulte ihn zurück.

Corinna seufzte. »Nicht auszudenken, wenn Willow etwas passiert wäre.«

Allerdings! Das mochte ich mir lieber auch gar nicht vorstellen.

»Sie sieht aus, als wärt ihr gerade von einem Sonntagsausflug zurückgekommen«, sagte Corinna verblüfft. »Ihr scheint einen guten Draht zueinander zu haben.«

Ehrlich gesagt: Ich war total stolz! Ich hatte es geschafft, Willow ohne irgendetwas zurückzubringen.

Corinna sah mich forschend an. »Sag mal, Ylvi, hättest du Lust, ab jetzt öfter zu kommen? Willow braucht unbedingt jemanden, der für sie da ist, mit ihr Zeit verbringt und ihr Vertrauen gewinnt. Möchtest du dich auf Probe um sie kümmern?«

»Auf jeden Fall!« Keine Sekunde zögerte ich.

Wirklich, mir schwirrte der Kopf. Nie hätte ich mir träumen lassen, dass ich mich einmal um so ein Pferd kümmern dürfte. Ich ganz allein. Abgesehen von Corinna natürlich, bei der Willow in Beritt war. Aber ansonsten müsste ich mir sie mit niemandem teilen, es wäre etwas völlig anderes als mit Luna, die ständig auch von anderen Reitschülerinnen umschwärmt wurde.

Apropos Luna. Musste ich Hanno von Willow erzählen? Und überhaupt, dass ich künftig auch in einem anderen Reitstall war? Bei dem Gedanken wurde mir irgendwie flau. Vielleicht wäre er davon gar nicht so begeistert. Aber solange mein Training bei ihm darunter nicht litt, konnte es ihm egal sein, oder? Also brauchte ich es ihm nicht zu sagen.

Willow und Gonzo waren noch ein Stück weitergezogen. Ich konnte gar nicht mehr aufhören zu grinsen.

»Dann sehen wir euch beide jetzt regelmäßig hier.« Kay lächelte Josse zu.

»Scheint so.« Besonders unglücklich schien er deswegen nicht zu sein.

Mieke lehnte am Zaun und musterte uns aus zusammengekniffenen Augen, doch sie sagte keinen Ton.

Im nächsten Moment warfen sich Gonzo, Willow, Mortimer und die übrigen Pferde herum und donnerten über die Weide. Willow buckelte übermütig und galoppierte den anderen davon, einmal quer über die Wiese bis zum gegenüberliegenden Ende der Koppel. Dort blieb sie unter dem knubbeligen Baum stehen und begann wieder entspannt zu grasen.

Ich stützte die Arme auf den obersten Zaunbalken und betrachtete Willow. Ein warmes Gefühl machte sich in meinem Bauch breit. Ich hatte sie wieder zurückgebracht, und das ohne Halfter oder sonst etwas. Sie hatte sich von mir ohne irgendein Hilfsmittel führen lassen. Und jetzt durfte ich sie ganz oft besuchen – es war fast zu schön, um wahr zu sein!

KAPITEL 6

Josse

Er sah auf die Uhr an seinem Handy. Zuerst zum Supermarkt und anschließend die Einkäufe zu Frau Rosenstein ins Nachbarhaus bringen – wenn er sich beeilte, schaffte er es vor dem Abendessen noch für ein paar Minuten auf den Basketballplatz.

Zum Glück hatte er die Hausaufgaben heute schon fast alle in der Schule erledigt. Bis auf die Biologiefragen, aber die konnte er locker nach dem Abendessen machen.

Er legte einen Zahn zu, doch kurz vor dem Laden blockierten die Räder des Einkaufstrolleys. Alles Ruckeln und Ziehen half nicht, das verflixte Gestell verbog sich einfach nur. Frau Rosenstein brauchte wirklich mal einen neuen, der braun karierte Stoff war auch schon ganz morsch und franste an den Seitentaschen aus.

Er zerrte weiter an dem Trolley, dann erst sah er, dass eines der Räder feststeckte. Kein Wunder, so uneben, wie das Pflaster hier überall war!

Ungeduldig beugte er sich hinunter, doch plötzlich bekam er einen Stoß und im nächsten Moment landeten ein Toastbrot, ein paar Packungen Wurst und mehrere Blu-Rays vor ihm auf dem Boden.

Er fuhr hoch. »Hey, was soll das?«

»'tschuldigung!«

Es war Piet, der Kleine aus dem elften Stock.

Piet bückte sich und sammelte eilig das Zeug ein, dabei sah er immer wieder ängstlich über die Schulter zum Supermarkt hinüber.

»Sag mal, hast du was ausgefressen?«

Piet antwortete nicht, denn da stürzte ein Mann in einem Kittel aus einem Seiteneingang des Ladens und lief direkt auf sie zu.

»Scheiße«, fluchte Piet und sprang neben ihm in die Büsche. »Josse, bitte nichts verraten!«

Es raschelte, als Piet sich durchs Gestrüpp neben dem Fußweg schlug, dann sah Josse gerade noch, wie er über den Spielplatz türmte und hinter den Mülltonnen vor einem der Hauseingänge verschwand.

Er seufzte und ruckte noch einmal am Trolley. Diesmal gaben die bröckeligen Steine das Rad frei, doch bevor er weitergehen konnte, stand der Mann im Kittel vor ihm.

»Du kommst jetzt sofort mit, Freundchen.«

»Wie bitte? Was soll das denn?«

»Was hast du da in der Tasche?«

Der Mann wollte schon den Deckel hochklappen, doch er riss sofort den Trolley zurück. »Finger weg! Das dürfen Sie gar nicht.«

Der Mann guckte so grimmig, dass ihm kurz etwas flau im Magen wurde. Was zum Teufel hatte Piet eben angestellt?

»Das kann ich schon, wenn du meinen Laden ausräumst!«

»Wie bitte? Ich bin doch eben erst angekommen! Ich habe den Laden noch nicht mal betreten!«

Blaues Licht fiel auf das Gesicht des Mannes, den schäbigen Eingang des Supermarktes mit der kaputten Neonreklame und das bröckelige Pflaster. Er brauchte gar nicht erst den Kopf zu wenden, er wusste auch so, dass neben ihnen ein Polizeiauto hielt. Die ließen sich normalerweise nie hier blicken, es sei denn, sie wurden extra gerufen.

»Das ist der Kerl!«, rief der Mann im Kittel.

So ein Idiot! Der arbeitete sicher erst seit Kurzem hier, normalerweise kannte er doch die paar Angestellten aus dem Supermarkt.

»Ich habe ihn auf frischer Tat ertappt!« Der Mann stolzierte auf die zwei Polizisten zu, die sich eben aus dem Wagen zwängten. Besonders dem größeren der beiden fiel das schwer. Kein Wunder, der schleppte mindestens dreißig Kilo zu viel mit sich herum.

»Ich habe überhaupt nichts gemacht!«

»Jetzt lüg nicht auch noch!« Der Mann aus dem Supermarkt lief vor Ärger ganz rot an. »Merkst du denn gar nicht, dass du dich immer weiter reinreitest, Junge?«, fragte er herablassend.

Während der dicke Polizist immer noch schnaufte und behäbig auf sie zuwatschelte, hob seine jüngere Kollegin die Hände und sagte: »Immer mit der Ruhe. Was ist denn überhaupt los?«

»Meine erste Woche hier und dreimal wurde das DVD-Regal ausgeräumt. Das ist doch nicht normal! Glauben Sie mir, da, wo ich sonst arbeite, passiert so was alle zwei Jahre, höchstens!«

Der dicke Polizist verdrehte die Augen und murmelte etwas Unverständliches.

»Wie bitte?«, fragte der Mann.

»Nichts, nichts«, antwortete der Dicke. »Um das hier mal abzukürzen: Sie glauben also, dieser Junge hätte ihren Laden ausgeraubt?«

»Nicht hätte!«, widersprach der Typ aus dem Supermarkt. »Hat! Er hat meinen Laden ausgeräumt.«

»Das ist nicht wahr, ich bin doch gerade erst gekommen«, sagte Josse und klappte jetzt doch den Deckel des Trolleys hoch. »Sehen Sie? Da ist überhaupt nichts drin! Was soll ich denn mitgenommen haben?«

Die drei beugten sich vor und spähten in Frau Rosensteins Einkaufswägelchen. Der dicke Polizist krauste die Nase, als ihnen ein muffiger Geruch entgegenwehte. Tja, das kam von dem Fisch vor drei Tagen, bei dem war nämlich die Plastikfolie der Verpackung gerissen und die ganze Soße war in den Innenraum gelaufen. Jetzt war es ja doch ganz gut, dass Frau Rosenstein mal wieder völlig vergessen hatte, das Futter auszuwischen.

»Wenn ich mich mal einmischen dürfte ...«

Alle schauten auf. Vor ihnen stand eine ältere Frau in einem rosafarbenen Jogginganzug, auf dem Kopf trug sie einen komischen violetten Hut mit lauter Glitzersteinen und Perlen.

Es dauerte einen Augenblick, bis er sie erkannte. Das war doch Frau Rosensteins Nachbarin! Die war fast nie zu Hause, weil sie ständig um die halbe Welt reiste. Ab und zu schaute sie bei Frau Rosenstein vorbei und erzählte ihr ein bisschen von ihren Reisen und ein paar Tage oder Wochen später düste sie auch schon wieder los.

»Ich stand eben an der Kasse«, sagte die Frau und stellte ihre beiden Jutetaschen auf den Boden. »Ich habe alles mit angesehen. Der Junge, der die Sachen geklaut hat, war ganz bestimmt nicht dieser hier. Der war nämlich viel kleiner und dünner. Ungefähr so groß war er.« Sie hob die Hand in Bauchhöhe des dicken Polizisten, dann zeigte sie auf Josse. »Der da war es garantiert nicht.«

Sie nickte allen noch einmal zu, dann griff sie sich ihre Taschen und marschierte die Straße hinunter.

Alle schwiegen verblüfft, bis sich die Polizistin schließlich räusperte.

»Das wäre dann also geklärt. Du darfst weitergehen«, sagte sie zu Josse. »Und Sie können gern eine Anzeige gegen unbekannt bei uns aufgeben. Möchten Sie das?«

Der Mann im Kittel nickte verdattert, dann ließ er sich von den Polizisten zum Eingang lotsen und kurz darauf waren die drei im Supermarkt verschwunden.

Josse griff nach dem Trolley, als es plötzlich neben ihm im Gebüsch raschelte.

»Danke, Mann! Willst du eine haben?«

Piet tauchte neben ihm auf, sah sich verstohlen nach allen Seiten um und wedelte dabei mit einer knallblauen Blu-Ray vor seiner Nase herum.

»Spinnst du? Natürlich nicht!«

Piet ließ sich nicht aus der Fassung bringen. Er hob nur die Schultern und sagte: »Mann, du hast auf jeden Fall was gut bei mir.«

»Das beruhigt mich sehr«, entgegnete er trocken. »Hör mal, wir müssen zwar zusammenhalten, aber mach das gefälligst nie wieder, verstanden? Sonst erwischen sie dich nämlich am Ende doch noch.«

»Alles klar! Wir sehen uns«, raunte Piet ihm verschwörerisch zu, dann flitzte er über die Straße und verschwand um die nächste Hausecke.

Josse atmete aus. Das war ja gerade noch mal gut gegangen. Den Basketballplatz konnte er sich abschminken, dafür war es nun viel zu spät. Aber immerhin hatte er gleich beim Abendessen etwas zu erzählen, das war ja auch nicht schlecht. Doch zuerst musste er die Einkäufe für Frau Rosenstein erledigen, die wunderte sich bestimmt schon längst, wo er wohl steckte.

Er straffte die Schultern, dann marschierte er in den Supermarkt. Der Typ von eben sollte ihm bloß nicht noch mal dumm kommen!

KAPITEL 7

Manchmal lief einfach alles wie geschmiert.

Der Dienstag begann mit einer winzigen Krise bei Mama, denn sie hatte gestern total vergessen, dass sie an der Reihe war mit Einkaufen, und unser Kühlschrank war schon ziemlich leergefuttert. Aber dann spürte Flavia tatsächlich einen letzten Rest Schokomüsli in der Speisekammer auf. Es war gerade so viel davon übrig, dass Marlene und ich uns nicht darum streiten mussten. Sogar die Milch war nicht sauer geworden!

Meine Lieblingsjeans war auch sauber genug, dass ich sie noch mal anziehen konnte. Nur drei winzige Flecken auf dem Knie, da konnte man locker drüber hinwegsehen.

In der Schule bekam ich dann den Chemietest wieder, den Frau Fischer endlich korrigiert hatte – es war doch noch eine völlig unwahrscheinliche Vier geworden. Hurra!

Die Krönung des Vormittags verkündete Frau Fischer dann auch gleich: »Die letzte Stunde muss leider ausfallen.

Bitte geht in die Betreuung oder nach Hause, wir können für heute leider so kurzfristig keine Vertretung organisieren.«

Doppeltes Hurra! Ich konnte mein Glück kaum fassen.

Nach dem Unterricht radelte ich in Lichtgeschwindigkeit nach Birkenmoor. Die Reitstunde bei Hanno war zwar erst später, aber heute wollte ich früh dort sein, damit ich schon vor dem Unterricht eine Runde auf Luna reiten konnte. Vielleicht schaffte ich sogar noch einen kleinen Ausritt?

Ich trat kräftiger in die Pedale, total begeistert von dieser Aussicht.

Auf dem Parkplatz vor dem Stall standen nur wenige Autos. Umso besser!

Mittags war es hier immer am ruhigsten. Über den Vormittag kamen die Profireiter und trainierten bei Hanno, nachmittags bis abends war dann Unterricht für die anderen Schülerinnen.

Ich schloss mein Rad ab und lief in den Stall. Die Stallgasse war fast leer, denn die meisten Pferde durften nun täglich auf die Weide, um sich an das frische Gras zu gewöhnen.

Lunas Box war ziemlich weit hinten, kurz vor der Sattelkammer.

»Luna«, lockte ich sie einige Meter vorher. »Hallo, Kleine, ich bin's!«

Normalerweise streckte sie dann schon ihren Kopf aus

der Box, doch heute rührte sich dort nichts. Seltsam. Hatte Hanno sie auch auf die Weide bringen lassen?

Sicherheitshalber warf ich noch einen Blick über die Tür, doch die Box war tatsächlich leer. Also machte ich kehrt und hetzte Richtung Koppeln. So langsam musste ich mich beeilen, wenn das mit unserem Ausritt noch etwas werden sollte.

Ich lief an den Weiden entlang und hielt dabei Ausschau nach Luna. Meistens war sie mit Peanut auf einer Koppel, doch der stand heute neben Caruso und Delilah. Von Luna war nicht das kleinste Schweifhaar zu sehen.

So was Blödes! Den Ausritt konnte ich also schon mal vergessen! Denn jetzt gab es eigentlich nur noch eine Möglichkeit: Hanno gab mit hundertfünfzigprozentiger Wahrscheinlichkeit Unterricht auf Luna. Mit etwas Glück würde ich sie hoffentlich gleich in Empfang nehmen können und dann gerade noch ein paar Extrarunden auf ihr reiten, bevor anschließend unser Unterricht anfing. Vielleicht kamen Sophia und Marie auch dazu, denn sie waren meistens früher im Stall.

Ich lief zurück über das Gelände und steuerte die Reithalle an. Bei dem schönen Wetter standen die Tore weit offen und die Sonne leuchtete durch die riesigen Dachfenster. Staubkörner wirbelten in den Lichtstrahlen und es war ziemlich ruhig.

Gespannt trat ich näher und schaute über die Bande.

Tatsächlich, da waren sie! Luna ging im Schritt am hingegebenen Zügel auf dem Zirkel. Hanno stand in der Mitte und gab dem Mädchen von neulich Anweisungen.

Na toll! Jetzt ritt ja schon wieder Silvana auf Luna. Meine Glückssträhne von heute Morgen franste merklich aus.

Ich sah ihnen einige Minuten lang zu, wobei Luna jedes Mal die Ohren spitzte, sobald sie in meine Nähe kam. Hanno und Silvana dagegen schienen mich nicht zu bemerken, sie waren viel zu vertieft in den Unterricht.

Oje – das würde sicher noch dauern, es schien so, als hätten sie gerade erst angefangen. Also würde von meiner Zeit mit Luna nichts übrig bleiben! Ich lehnte mich mit der Stirn gegen die Bande und seufzte enttäuscht.

Im nächsten Moment wehten ein paar Satzfetzen zu mir herüber.

»Sie ist so lieb!« Silvana strahlte und streichelte Lunas Hals.

»Ja, sie ist momentan ideal für dich«, stimmte Hanno ihr zu. »Es ist gut, dass du dich jetzt ausgiebig um sie kümmerst, so wachst ihr noch besser zusammen. Nicht lange, dann könnt ihr auf den ersten Turnieren starten. Das wird dir mit Luna sicher Spaß machen, sie ist so gut ausgebildet, dass du dich voll auf sie verlassen kannst.«

Ich riss den Kopf hoch. Was? Da hatte ich mich doch wohl

verhört! Sonst ritt immer ich Luna auf Turnieren! Klar, sie konnte auch mehrmals starten, Silvana war sowieso nicht in meiner Leistungsklasse. Aber neulich erst hatte Hanno gesagt, dass Luna mehr Freizeit haben sollte. Wieso setzte er sie dann jetzt bei Silvana ein?

Lautes Hämmern dröhnte durch die Stallgasse, als der Hufschmied ein Eisen in Form brachte, deshalb bekam ich die folgenden Sätze nicht richtig mit. Ich ging ein paar Schritte bis zum Halleneingang und stellte mich in die Öffnung. Hier war ich näher dran und konnte die beiden besser verstehen.

Vielleicht hätte ich das lieber gelassen, aber was hätte es schon geändert?

»Ich habe mir immer eine Reitbeteiligung gewünscht und jetzt bekomme ich sie auf einem so tollen Pferd wie Luna!«, schwärmte Silvana.

»Reitbeteiligung?«, platzte es aus mir heraus.

Silvana schaute erschrocken auf und auch Hanno drehte sich verblüfft zu mir um.

»Ach, Ylvi, du bist aber früh dran«, sagte er.

Was sollte das denn heißen?

Mein Herz bollerte wie verrückt. Am liebsten hätte ich mit dem Fuß gegen die Bande getreten!

»Bekommt Silvana jetzt eine Reitbeteiligung auf Luna?«, fragte ich empört.

»Ja, darüber wollte ich noch mit dir sprechen, ich …«

»Wann denn?!«

»Ich dachte, wir machen das in Ruhe und nicht so zwischen Tür und Angel. Für dich habe ich mir nämlich überlegt, dass du …«

Ich war so in Fahrt, dass ich ihn gar nicht ausreden ließ. Das hätte er mir ja wohl früher sagen können! Er nahm mir einfach Luna weg, nach all den Jahren! So gemein konnte er doch gar nicht sein!

»Und was ist mit mir? Ich wünsche mir schon ewig eine Reitbeteiligung auf Luna, aber nie hat das geklappt, weil sie zu viel im Unterricht war. Und jetzt ist Silvana plötzlich da und bekommt Luna einfach so?«

Es rauschte in meinen Ohren, so laut, dass ich Hannos Antwort kaum mitbekam. Es war einfach so ungerecht!

»… beruhige dich mal, ich komme ja gar nicht dazu, dir das zu erklären.«

Verdammt, jetzt fing ich auch noch an zu heulen! Das war wirklich das Allerletzte! Ich rieb mir über das Gesicht, während Silvana mich aus schreckgeweiteten Augen anstarrte. Luna schlug immer wieder mit dem Schweif und schüttelte unruhig den Kopf. Bestimmt merkte sie auch, dass hier etwas überhaupt nicht in Ordnung war.

»Die ganzen Jahre strenge ich mich so an und nun nimmst du mir auf einmal Luna weg. Das finde ich so unfair! Silvana hat doch gerade erst hier angefangen!« Ich verschluckte mich fast, so schnell sprudelten die Worte aus mir heraus. »Dann verschwinde ich wohl am besten!«

Silvana guckte völlig verdattert, als ich auf dem Absatz kehrtmachte und davonrannte. Jetzt wollte ich nur noch eins: nach Hause. Ins Bett. Decke über den Kopf ziehen.

»Ylvi«, rief Hanno mir nach, »hör mir endlich mal zu.«

Nein danke, ich hatte genug gehört. Außerdem würde es ja sowieso nichts ändern, er hatte die Reitbeteiligung ja schon längst ausgemacht.

Tränen liefen mir übers Gesicht. Verfluchter Mist! Das war wirklich mies gelaufen. Noch nie hatte ich so mit Hanno geredet. Noch nie hatte ich überhaupt mit jemandem so geredet, na ja, abgesehen von Marlene natürlich, wenn wir uns mal so richtig fetzten.

Wie in Zeitlupe wankte ich über den Hof. Es war, als hingen Bleigewichte an meinen Armen und Beinen. Und jeden einzelnen Meter spürte ich ihre Blicke in meinem Rücken, bis ich endlich mein Rad erreichte. Ich atmete heftig ein und aus, während ich mit dem Schlüssel an dem verdammten Fahrradschloss herumfummelte, das ausgerechnet jetzt mal wieder klemmte.

Als ich endlich die Allee hinunterfuhr, hörte ich Lunas Wiehern hinter mir. Es klang so unfassbar traurig, dass es mir beinahe das Herz zerriss.

KAPITEL 8

Der Duft nach Flauschdecke, Kaminfeuer, Lieblingsbuch und fester Umarmung. Familienrezept. Es wurde hervorgekramt, wann immer bei uns etwas nicht im Lot war. Marlenes Liebeskummer, mein Pech beim Reiten, Flavias aufgeschürftes Knie, Papas Bürokrach oder Mamas widerborstiger Musikschüler – immer wenn die Welt zurechtgerückt werden musste, kam das Familienrezept zum Einsatz.

Diesmal war es Marlene, die mir die Medizin verabreichte. Dunkle heiße Schokolade, in einem Schälchen daneben türmte sich frisch geschlagene Sahne.

»Danke.« Ich sah von meinem Buch auf. Das würde auch nicht viel helfen. Sonst immer. Aber diesmal ganz bestimmt nicht.

»Die habe ich selbst gemacht«, sagte Marlene und hockte sich neben mich auf die Bettkante. »Probier doch mal. Schmeckt klasse.«

Auffordernd hielt sie mir den Becher unter die Nase. Mein Magen zog sich zusammen. Mir war so elend zumute, dass der Gedanke an dampfende Schokolade alles nur noch schlimmer machte.

Als ich nicht reagierte, schaufelte Marlene eine Riesenportion Sahne in den Becher. Ich musste fast lachen, so eifrig war sie bei der Sache. Es bestand die ernsthafte Gefahr, dass sie mich gleich unter einem Berg Sahne begrub, also sagte ich schnell »Danke« und nahm ihr den Becher ab. Außerdem wollte ich sie nicht verletzen, wo sie sich solche Mühe gegeben hatte. Ich war ja schon so traurig, dass es für diesen Haushalt locker reichte.

Zu meinem Erstaunen schmeckte die Schokolade richtig gut und nach den ersten Schlucken ging es mir tatsächlich schon ein winziges bisschen besser.

»Seit gestern Nachmittag verkriechst du dich in dieser dunklen Höhle«, sagte Marlene. »Es riecht schon ganz muffelig hier! Und du heulst immerzu. Nur weil du ein bisschen Zoff mit deinem Reitlehrer hattest. Findest du nicht, dass du überreagierst?«

Ich krallte die Finger in die Bettdecke. »Du hast ja keine Ahnung! Er kann doch Luna nicht einfach jemandem anderen geben.«

Sie stöhnte. »Jetzt suhl dich doch nicht so in deinem Selbstmitleid! Entschuldige dich bei Hanno und alles ist wieder paletti. Schließlich kannst du ihn nicht einfach so anschreien und dann auch noch stehen lassen.«

Am liebsten hätte ich mir die Ohren zugehalten, aber sie hatte recht – leider!

Genau das Gleiche hatte Oma gestern Abend am Telefon auch gesagt, nachdem ich sie wie immer auf den aktuellen Stand gebracht hatte.

»Ich habe wahrscheinlich wirklich zu krass reagiert«, gestand ich ein. »Er wollte mir auch die ganze Zeit noch etwas sagen, aber ich habe ihn gar nicht ausreden lassen.«

Marlene warf die Hände in die Luft. »Noch ein Grund mehr, schnellstmöglich nach Birkenmoor zu fahren!«

»Ja, mache ich«, gab ich widerstrebend nach. »Bald!«

Sie zog die Augenbrauen hoch. »Bald?«

Ich nickte. »Sobald ich so weit bin.«

Das war allerdings noch nicht der Fall – definitiv nicht!

Marlene seufzte. »Na schön, ich muss jetzt zu Jule, wir sind verabredet. Bis nachher.«

Sie zog leise die Zimmertür hinter sich zu und ich kuschelte mich wieder unter die Bettdecke.

Klar hatte ich Mist gebaut und eine Entschuldigung bei Hanno war wirklich fällig, da hatte Marlene recht. Aber zugleich war ich immer noch ganz schön wütend. Warum hatte er mich denn nicht zuerst gefragt, ob ich die Reitbeteiligung auf Luna wollte?

Plötzlich fiel mir Willow wieder ein. Bei dem Gedanken ging es mir schlagartig besser. Jetzt hatte ich jede Menge Zeit für sie. Ich konnte immer noch kaum glauben, dass Corinna mich gefragt hatte, ob ich mich um sie kümmern wollte. Zwar nur auf Probe, aber immerhin.

Bevor ich weiter darüber nachgrübeln konnte, ging die Tür wieder auf, diesmal setzte sich Mama auf die Bettkante.

»Willst du nicht jetzt in den Stall fahren? Ich habe vorhin auf dem Markt Möhren gekauft. Für Luna. Bring sie ihr doch vorbei.«

Ich schüttelte den Kopf. »Ich mag nicht. Da laufe ich nur Hanno über den Weg …«

»Und was ist mit deinen Freunden?«, wollte sie wissen. »Marie und Sophia haben seit gestern dreimal angerufen. Jede dreimal. Lukas hat es auch versucht. Warum willst du denn nicht mit ihnen sprechen? Das sieht dir gar nicht ähnlich.«

»Ich weiß nicht, was ich ihnen sagen soll. Wahrscheinlich sind sie sauer, dass ich mich nicht gemeldet habe.«

»Tja, das kann man ihnen nicht übelnehmen«, sagte Mama streng.

Ich ließ den Kopf hängen. »Aber die drei haben alle eigene Pferde. Sie verstehen bestimmt nicht, warum ich so wütend auf Hanno bin. Sie brauchen ja keine Reitbeteiligung!«

»Aber sie sind deine Freunde! Meinst du nicht, sie werden versuchen, dich zu verstehen?«

»Vielleicht.«

Jetzt fühlte ich mich nur noch mieser. Um ehrlich zu sein: Bisher hatte ich mir kaum Gedanken um die drei gemacht, dafür war ich viel zu sehr damit beschäftigt gewesen, mich über Hanno zu ärgern und wegen Luna traurig zu sein. Und in der Schule war ich Lukas möglichst aus dem Weg gegangen. Kein Wunder, wenn die drei sich langsam fragten, was mit mir los war! Ich musste mich unbedingt bei ihnen melden.

»Na also, dann ist das Problem doch schon halb gelöst.« Mama knuddelte mich kräftig.

Zum tausendsten Mal musste ich an Willow denken. Als schaute ich auf ein Foto, stand sie mir wieder vor Augen, wie sie allein unter dem krüppeligen Baum graste. Am liebsten wäre ich sofort zu ihr gefahren! Aber das ging ja nicht, ich hatte am Samstag mit Mila und Corinna ausgemacht, dass ich morgen wieder auf den Hollerhof kommen würde.

Mit einem Ruck zog Mama mir die Decke weg und warf sie ans Fußende.

»He, was soll das?«, protestierte ich.

»Wenn du nicht in den Stall fahren willst, dann unternimm etwas anderes. Dich nach der Schule nur im Bett verkrümeln ist nicht drin«, sagte sie energisch. »Also los, tu dir einen Gefallen und mach eine Radtour. Streun ein bisschen herum.«

Widerwillig stand ich auf und schlurfte zum Kleiderschrank. Wenn Mama diesen Blick in den Augen hatte, konnte ich mir jeden Widerstand sparen.

Vielleicht war die Idee auch gar nicht so schlecht.

Zuerst rief ich aber endlich bei den Zwillingen an, doch die hatten wieder Nachhilfe und konnten nicht mit mir sprechen. Lukas ging nicht ans Telefon, also schrieb ich ihm eine kurze Nachricht. Dann warf ich ein paar Sachen in meine Umhängetasche, schnappte mir meine Lieblingsjacke und latschte die Treppe hinunter. Im Schneckentempo. Eilig hatte ich es ja nicht. Eile war was für Leute mit einem Ziel vor Augen.

Ich blieb auf der untersten Treppenstufe stehen und dachte an Willow. Und wenn ich doch jetzt schon hinfuhr? Vielleicht hatten sie ja nichts dagegen, wenn ich einen Tag früher vorbeikäme. Einen Versuch war es allemal wert!

KAPITEL 9

Auf dem Hollerhof war kaum etwas los, nur zwei der jüngeren Schüler führten Lucifer im Schritt um die Bahn. In der Stallgasse traf ich Kay, die gerade einen Beutel an Mortimers Box hängte, und im nächsten Moment kam Mila mit einem halben Strohballen die Rampe herunter. Zum Glück störte es sie gar nicht, dass ich spontan vorbeigekommen war!

»Ist Mieke auch da?«, fragte sie, nachdem sie uns begrüßt hatte.

Kay schüttelte den Kopf. »Sie kommt vielleicht später, wenn überhaupt. Sie hatte Streit mit ihrer Stiefmutter und die hat sie zu Hausarrest verdonnert. Aber so, wie ich Mieke kenne, haut sie ab, sobald ihre Stiefmutter ihr den Rücken zuwendet.«

Das klang ja nicht so toll, aber bevor ich etwas dazu sagen konnte, legte Kay einen Finger an die Lippen und deutete mit dem Kopf Richtung Eingang.

»Hier findest du die Sättel, Zaumzeuge und alle Putzsachen. Und drüben in der Scheune bewahren wir das Futter auf«, hörten wir Corinna draußen sagen.

»Wie oft werden die Pferde denn gefüttert?«

»Wir geben ihnen zweimal am Tag Kraftfutter, dazu können sie jederzeit an Heu heran.«

Mila und ich linsten um die Ecke, Kay hielt sich noch ein paar Sekunden vornehm zurück, doch dann drängelte sie sich zwischen uns und spionierte mit. Vor der Sattelkammer stand Corinna mit Josse und klärte ihn über die Abläufe eines Reiterhofs auf.

Schlagartig fiel mir Birkenmoor wieder ein und der Gedanke versetzte mir einen Stich. Ob ich das mit Hanno wohl wieder hinbiegen konnte? Noch nie hatte ich mit ihm Streit gehabt und schon gar nicht so schlimm! Doch das mit der Reitbeteiligung konnte ich immer noch nicht verstehen. Warum nur hatte er das gemacht?

Inzwischen war ich kaum noch wütend, aber immer noch furchtbar traurig. Ich schluckte, als mir wieder die Tränen kamen, und riss mich zusammen. Jetzt war ich auf dem Hollerhof und das Schönste war doch: Gleich durfte ich mich um Willow kümmern. Vielleicht durfte ich sie sogar reiten.

Corinna redete noch immer und Josse hörte ihr aufmerksam zu. Sein verstrubbeltes blondes Haar stand in alle

Richtungen ab. Er hatte die Hände in den Hosentaschen vergraben und lehnte sich lässig gegen die Tür der Sattelkammer.

»Der passt hier gut rein«, raunte Kay mir zu. »Legt anscheinend gar keinen Wert auf Styling und Mode.« Sie gab mir einen Stups. »Genau wie Mila und du.«

Ich verdrehte die Augen. Typisch Kay! Die sah immer wie aus dem Ei gepellt aus, jedenfalls die paar Male, die ich sie bisher getroffen hatte. War ja klar, dass sie jeden gleich einer Musterung unterzog und die Klamotten genau scannte.

»Also, mir gefallen seine Sachen«, verteidigte ich Josse, ohne genau zu wissen, warum.

»Kaputte Jeans, ausgelatschte Turnschuhe und ein T-Shirt mit Batman drauf?« Kay schnaubte. »Ich bitte dich! Das ist ja noch schlimmer als deine abgetragene Lederjacke.«

»Hey, nichts gegen meine Lederjacke! Die ist wirklich toll. Außerdem atmet sie Geschichte.«

»Geschichte?« Sie kniff die Augen zusammen. »Ich habe mir doch gleich gedacht, das ist Dinosaurierhaut.«

Eine schlagfertige Antwort würde mir wahrscheinlich erst heute Abend einfallen, doch zum Glück bewegten sich Corinna und Josse jetzt Richtung Stall.

»Sie kommen«, flüsterte ich und zog Mila von der Tür weg. »Habt ihr inzwischen mehr über ihn erfahren?«

»Nein«, wisperte Mila. »Jonathan hat sich darum gekümmert, dass Josse hier ein paar Arbeitsstunden ableisten kann, aber mehr habe ich auch nicht herausbekommen.«

»Du meinst, der Hollerhof ist jetzt eine Art Besserungsanstalt?«, raunte Kay.

Mila nickte.

Kay kniff die Augen zusammen. »Hm, das könnte interessant werden …«

In dem Moment kamen Corinna und Josse auf uns zu.

Josse zeigte auf eine Forke. »Damit miste ich die Boxen aus, richtig?«

»Oh, du bist ja ein Naturtalent«, zog Kay ihn auf.

»Weil ich eine Mistgabel erkenne? Besonders hoch scheint das Niveau eurer Helfer ja nicht zu sein.«

»Na ja, eigentlich bist du der Erste. Bisher haben wir hier alles selbst gemacht«, meinte Kay.

Corinna zog die Augenbrauen hoch. »Und das wird auch so bleiben, also gewöhnt euch nicht zu sehr an ihn. Er ist ja nur für eine begrenzte Zeit hier.«

»Ihr werdet mich noch richtig vermissen.« Josse grinste Kay an, dann ging er an uns vorbei und holte die Schubkarre aus der leeren Box gleich neben dem Eingang, wo auch Schaufeln, Eimer und ein paar Strohballen aufbewahrt wurden. Ohne weitere Umstände marschierte er die Stallgasse hinunter und nahm sich die hinterste Box vor, aus der nun im Rekordtempo ein Haufen Pferdemist nach dem anderen in die Karre flog.

»Und du willst jetzt bestimmt zu Willow«, sagte Corinna.

Ich nickte.

»Fein, dann geh doch gleich mit Kay und Mila mit und holt Willow zusammen mit Mortimer und Gonzo von der Weide. Du kannst sie putzen, das mag sie bestimmt gern. Je sanfter du dabei bist, umso besser.«

»Natürlich, das mache ich. Darf ich sie denn heute auch reiten?«

Corinna schüttelte den Kopf. »Das wäre noch ein wenig zu früh, du solltest sie erst einmal besser kennenlernen.«

»Oh, ach so.« Wie schade!

»Weißt du, Willow ist kein einfaches Pferd«, erklärte Corinna. Bestimmt hatte sie mir meine Enttäuschung angesehen. »Sie ist schreckhaft und generell eher misstrauisch. Ihr solltet euch deshalb erst in Ruhe miteinander vertraut machen. Am besten machst du mit ihr demnächst mal Bodenarbeit auf dem Reitplatz. Wenn ihr euch später dann mehr aneinander gewöhnt habt, könnt ihr gemeinsam mit Mila und Gonzo spazieren gehen, zum Fluss oder in den Wald.«

Spazieren gehen? Aber ich wollte so gern reiten!

Doch Corinna wirkte leider nicht so, als würde sie es sich noch einmal anders überlegen.

Ach, ist nicht so schlimm, versuchte ich mich zu trösten.

Die Hauptsache war ja, dass ich Zeit mit Willow verbringen konnte!

Während unseres Gesprächs waren Mila und Kay schon zur Koppel vorausgegangen, also lief ich schnell in die Sattelkammer. Hier herrschte aber ein Durcheinander! Ich wühlte mich durch die Berge von Putzkisten, Sattelzeug und Trensen hindurch, bis ich an einem Haken in der Ecke Willows blaues Halfter aufspürte.

Auf dem Weg zur Weide hinter dem Schuppen kamen mir Mila und Kay bereits mit Gonzo und Mortimer entgegen.

»Brauchst du Hilfe?«, fragte Mila.

»Nee, ich glaube nicht«, erwiderte ich, doch als ich kurz darauf vor dem Gatter stand, spürte ich, wie mein Herz schneller schlug. Willow stand nahe beim Zaun und sah mir entgegen.

Wie jedes Mal, wenn ich sie sah, durchfuhr mich ein kurzer Schauer. Wie hübsch sie war! Und ich durfte mich jetzt wirklich um sie kümmern, nur ich allein!

Ich lockte sie mit leiser Stimme zu mir. Sie beäugte mich, rührte sich jedoch nicht vom Fleck. Also schlüpfte ich durch das Weidetor und ging zu ihr hinüber. Zuerst ließ ich sie meine Hand beschnuppern, dann streifte ich ihr behutsam das Halfter über und ging mit ihr zum Gatter. Sie kam sofort mit, ohne das kleinste Zögern!

Auf dem Platz vor dem Stall putzten Mila und Kay schon Gonzo und Mortimer. Mieke lehnte am Anbindebalken und sah ihnen dabei zu.

»Willst du heute nicht reiten?«, fragte ich sie.

Sie runzelte die Stirn. »Keine Zeit. Ich muss gleich wieder nach Hause.«

»Bevor Sabrina merkt, dass du getürmt bist«, sagte Kay. »Wie im Thriller. Hast du eine Bettwurst gebaut und bist durchs Fenster das Rosengitter runtergeklettert?«

Mieke streckte ihr die Zunge heraus. »Sehr witzig.«

Josse schob eine vollbeladene Schubkarre aus dem Stall und kippte sie auf dem Misthaufen aus, dann stellte er die Karre an die Stallwand und wischte sich die Hände an der Jeans ab. »So, das war's für heute.«

»Nächstes Mal ziehst du besser Gummistiefel an.« Kay deutete auf seine Turnschuhe.

»Die waren eh schon hinüber.« Er musterte Kays blank gewienerte Stiefeletten. »Aber wenn ich mir das so anschaue, muss ich vielleicht doch aufrüsten.«

Kay grinste, doch bevor sie etwas erwidern konnte, mischte Mieke sich ein: »Es sei denn, du stehst auf Plattfüße. Bei den Latschen kannst du dich auch gleich barfuß neben ein Pferd stellen.«

Josse hob abwehrend die Hände. »So nah wollte ich den Viechern gar nicht kommen.«

»Schwierig auf einem Reiterhof.« Mieke verzog das Gesicht und guckte säuerlich. »Na ja, das ist deine Sache. Ich muss los.«

Auch Josse verabschiedete sich. Während Mila und Kay mit den Pferden hinüber zum Reitplatz gingen, streichelte ich Willows Rücken.

Dann durchstöberte ich die Putzkiste – nicht lange und Willow würde das gepflegteste Pferd auf dem ganzen Hollerhof sein!

KAPITEL 10

»Fährst du jetzt nach Birkenmoor?«, fragte Papa am folgenden Nachmittag und schaute von seiner Zeitung auf.

Ich schüttelte den Kopf, während ich in die Stiefeletten schlüpfte und mir die Chaps vom Sideboard schnappte. »Nein, zum Hollerhof.«

Gestern Abend hatte ich Mama und Papa von Corinnas Angebot erzählt. Sie freuten sich für mich, aber zugleich drängte Mama darauf, dass ich den Streit mit Hanno aus der Welt schaffte. Bei dem Gedanken daran fühlte ich mich elend. Bald, ich würde bald mit ihm sprechen.

Mama warf sich neben Papa aufs Sofa und sah mich streng an. Oje! Wenn sich die Predigt vom Vorabend nicht wiederholen sollte, dann musste ich nun dringend los.

Zum Glück brüllte Flavia in dem Moment: »Ich bin feeertig!«, und Papa wuchtete sich vom Sofa hoch.

»Eigentlich bin ich gar nicht dran.« Er seufzte theatralisch. »Du hast Töpfchendienst.«

»Bist du doch!« Mama streckte sich lang aus. »Ich habe ihr vorhin schon den Po abgewischt. Und heute früh auch.«

»Dafür habe ich heute Nacht die Windel gewechselt.«

Während die beiden über Flavias hygienische Versorgungslage diskutierten, nutzte ich die Gelegenheit und schlüpfte nach draußen.

Josse stand in Willows Box und mistete aus. Ich hatte eigentlich nur ihr Halfter holen wollen, aber sofort bekam ich Gewissensbisse. Schließlich war ich für Willow zuständig, da gehörte doch auch das Ausmisten dazu. Im Gegensatz zu Birkenmoor gab es hier keine angestellten Stallhilfen. Mila, Corinna und die Einsteller machten alles selbst.

Ich schnappte mir eine Mistgabel und half ihm, die nassen Häufchen auf die Schubkarre zu transportieren.

»Oh.« Er sah auf. »Das brauchst du nicht zu machen.«

»Wieso nicht?«

»Na, weil ich hier die Arbeitsstunden ableiste.« Jetzt sah er ziemlich verschlossen aus. »Ihr bezahlt doch fürs Reiten.«

»Die anderen vielleicht.« Ich gabelte einige Pferdeäpfel auf. »Aber für mich gilt das nicht. Meine Eltern könnten sich das niemals leisten.« Allein der Gedanke, auf zwei Reiterhöfen etwas bezahlen zu müssen, würde Mama und Papa sicher total nervös machen.

»Ah, alles klar.« Jetzt wirkte er ein klein wenig entspannter.

Gabel um Gabel wanderte auf die Schubkarre, die sich im Nu füllte.

»Ich bringe sie weg.« Seine Muskeln strafften sich, als er die schwere Karre anhob. Offensichtlich war meine Hilfe da nicht nötig, also setzte ich mich auf einen der Strohballen in der Stallgasse und verschnaufte. Das Ausmisten war ich gar nicht mehr gewohnt. Wann hatte ich das zum letzten Mal gemacht? Ach, im Dezember, als ein paar von Hannos Stallhilfen mit Grippe im Bett lagen.

Eigentlich hatte ich Lunas Box weiterhin ausmisten wollen, auch als alle wieder gesund waren. Doch Hanno hatte mich davon abgehalten.

»Steck deine Energie lieber ins Training, davon haben wir alle mehr«, lautete sein Kommentar zu meinem Vorschlag.

Ich seufzte. Dabei gehörten doch auch das Misten und Füttern zum Reiten.

Josse kam zurück und riss mich aus meinen Gedanken. »Na, schon erledigt? Ist natürlich was ganz anderes, als sich auf einem Gaul durch die Gegend tragen zu lassen.«

»Von wegen tragen lassen! Reiten ist harte Arbeit. Du musst topfit sein.«

»So? Besonders fit siehst du nach der einen Box aber nicht aus.«

»Quatsch! Los, wir verteilen das Stroh in der Box.« Ich sprang auf und fummelte am Band des Ballens herum.

»Hier, nimm mein Taschenmesser.«

Scheibe für Scheibe schüttelten wir das frische Stroh auf und verteilten es – das war der schönste Teil beim Ausmisten.

»Wir brauchen noch mehr«, stellte ich fest.

»Ich geh schon.« Josse verschwand mit der Schubkarre Richtung Scheune. Kurz darauf kam er mit drei Ballen zurück. »Wie dick muss die Schicht sein?«

»Ungefähr so.« Ich hielt die Hände etwa zwanzig Zentimeter auseinander.

»Okay, dann lassen wir es mal regnen!« Er warf einen Armvoll Stroh in die Luft und die Halme segelten herunter.

Hey, das hatte ich noch nie gemacht.

Ich stellte die Mistgabel an die Boxenwand und griff mit beiden Händen in einen Strohhaufen. Die Halme pikten ein wenig, aber der Geruch war wie Sommer pur!

Immer wilder verteilten wir das Stroh in der Box, bis es plötzlich laut schepperte.

»Was war das denn?« Er fuhr herum und auch ich ließ den Arm voll Stroh sinken.

Er zeigte auf eine Dose, die in der Stallgasse lag. »Ich glaube, wir haben das Ding hier runtergeschmissen. Oh, da liegt ja Geld.«

Wir sammelten das Geld von der Gasse und pulten es aus den Ritzen im rissigen Steinboden. Das Klötern hallte durch den Stall, als wir die Münzen zurück in die Dose warfen.

»Hier ist noch ein Schein.« Josse legte zehn Euro dazu.

»Habt ihr euch im Stroh gewälzt?«, fragte plötzlich eine Stimme. Mila stand hinter uns und grinste breit.

»Nee, nur Willows Box ausgemistet.« Ich musste auch lachen, denn Josse und ich sahen aus wie Stachelschweine.

»Uns ist diese Gelddose irgendwo runtergefallen«, erklärte er.

»Ach so, die gehört Lucifer. Sie steht immer dort oben auf dem Sims.« Sie deutete auf eine kleine Nische in der Wand.

»Wer ist denn Lucifer?«, fragte Josse.

»Das alte Shetlandpony, das ich dir am ersten Tag gezeigt habe.«

»Ah, ja, das orangefarbene mit der struppigen Mähne?«

»Genau. In der Dose bewahren wir das Geld für seine Medizin auf.« Mila bückte sich und stellte die Dose zurück.

»Ach, du meinst die Tabletten, von denen du neulich erzählt hast?«, fragte ich. »Aber warum habt ihr das Geld denn hier im Stall?«

»Manchmal spendet jemand was. Und so wissen wir immer, wo die Dose ist. Im Haus verschwindet schon mal was.« Sie zupfte ein paar Strohhalme aus meinen Haaren.

»Kommt ihr mit auf die Weide? Wir wollen die Pferde holen. Ich muss nur noch mal kurz nach oben.«

Ich nickte und sie drehte um und flitzte die Rampe hinauf.

»Willst du auch mit?«, fragte ich Josse.

Er schüttelte den Kopf. »Schon vergessen? Ich bin nicht zum Spaß hier, sondern zum Arbeitseinsatz.«

»Schön, aber Willows Box mache ich in Zukunft selbst.«

Im nächsten Moment fiel mir Birkenmoor ein. Falls ich die ganze Sache wieder einrenken konnte, würde ich mein Versprechen nicht halten können. Es sei denn, Hanno war nach unserem Streit ernsthaft wütend auf mich. Ob er mich rauswerfen würde? Bei dem Gedanken wurde mir ganz schlecht. Ich musste wirklich unbedingt mit ihm reden.

Bald!

Jedenfalls konnte ich neben der Schule und Hannos Reitunterricht auf keinen Fall regelmäßig Willows Box sauber halten. Also musste ich zurückrudern. Mist!

»Jedenfalls immer, wenn ich da bin«, schob ich hinterher.

»Hey, Leute, seid ihr auch dabei? Wir wollen nachher noch in die Stadt, da hat ein neues Café eröffnet.« Kay kam die Stallgasse herunter. Reithose, Chaps und dunkelblaue Bluse passten perfekt zusammen, alles Ton in Ton. Und nicht das kleinste Staubflöckchen auf den Sachen!

»Du meinst das unten am Markt mit den vielen Törtchen

in der Auslage? Klar!«, antwortete ich. »Das wollte ich auch längst mal ausprobieren.«

Kay blieb vor uns stehen und band sich die Haare zu einem Pferdeschwanz zusammen. Josse griff sich die Mistgabel und verzog sich ohne ein weiteres Wort in die nächste Box.

»Hallo erst mal – auch schön, dich zu sehen«, sagte Kay, doch er reagierte nicht weiter. »Das heißt also, du hast keine Lust auf Kuchen?«

»Auf Süßes steh ich nicht so«, brummte es aus der Box, »außerdem hab ich mein Portemonnaie zu Hause gelassen. Bin aber eh gerade knapp bei Kasse.«

»Na, der hat ja eine Laune«, beschwerte Kay sich und verdrehte die Augen. Sie nahm Mortimers Halfter von der Boxentür und marschierte wieder nach draußen.

Die lustige Stimmung von eben war komplett verflogen. Wie war das denn passiert?

Während ich noch völlig verwirrt in der Gegend herumstand, kam zum Glück Mila wieder. Sie hakte sich bei mir unter und zog mich Richtung Weide.

Sobald ich Willow sah, ging es mir besser. Ich freute mich so, dass meine Sorgen wegen Birkenmoor mit dem Frühlingswind über die Wiesen davonflogen.

KAPITEL 11

Freitagnachmittag brütete ich in meinem Zimmer offiziell über den Matheaufgaben, aber eigentlich kritzelte ich bloß lauter Pferde an den Heftrand. Mein letzter Unterricht bei Hanno lag Tage zurück. So eine lange Reitpause hatte ich noch nie gehabt, seitdem ich mit dem Reiten angefangen hatte!

Es klingelte an der Haustür. Ich lauschte. Niemand rührte sich, also musste wohl ich mich bewegen.

Gerade hatte ich die vorletzte Treppenstufe erreicht, da klingelte es schon wieder. Wahrscheinlich der nächste Musikschüler. Der musste neu sein, so ungeduldig wie er war. Die Stammschüler wussten längst, dass Mama ihre Stunden grundsätzlich überzog.

Bevor ich den nächsten Schritt machen konnte, öffnete sich die Wohnzimmertür und Mama hetzte über den Flur. Hinter ihr legte ein Junge den Kopf aufs Klavier, als wöge sein Schädel so viel wie ein Zementsack.

Da ich sowieso unten war, schlurfte ich in die Küche und wusch mir einen Apfel.

»Ja, Ylvi ist da. Kommt rein«, hörte ich Mama sagen.

Wer war das denn? Für Besuch war ich überhaupt nicht in Stimmung. Also ein Hechtsprung aus dem Küchenfenster? Als Reaktion war das vielleicht ein wenig übertrieben.

Während ich noch meine begrenzten Möglichkeiten abwog, kam Marie herein, im Schlepptau Lukas und Sophia.

Ich hätte doch springen sollen.

Marie baute sich vor mir auf. »Warum gehst du uns seit Tagen aus dem Weg?«

Mama schlich auf Zehenspitzen Richtung Klavier, dann schloss sich die Wohnzimmertür. Ich hätte jetzt liebend gern mit dem Zementkopf getauscht.

»Ich habe doch neulich angerufen«, entgegnete ich lahm.

»Ja, als wir Nachhilfe hatten. Was ist los mit dir?«

»In der Schule weichst du mir auch immerzu aus.« Lukas sah mich vorwurfsvoll an.

»Tut mir leid«, sagte ich zerknirscht. Sie hatten wirklich allen Grund, auf mich sauer zu sein. »Ich war nur so enttäuscht wegen der Reitbeteiligung. Wisst ihr das eigentlich schon?«

Marie nickte. »Hanno hat uns erzählt, dass du total ausgeflippt bist.«

»Und von Silvana haben wir auch ein bisschen erfahren«, ergänzte Sophia.

Lukas verschränkte die Arme. »Vielleicht solltest du endlich mal mit Hanno reden. Ich glaube, du hast da etwas total missverstanden.«

Was gab es denn an einer Reitbeteiligung falsch zu verstehen? Ich biss mir auf die Unterlippe und schwieg.

»Jetzt sei endlich vernünftig und komm mit in den Stall«, schimpfte Marie. »Du musst dich einfach entschuldigen.« Sie starrte mich an. »Wie kann man bloß so stur sein? Wenn *wir* dir schon egal sind, dann denk wenigstens an Luna.«

»Quatsch! Ihr seid mir doch nicht egal!« Und ich vermisste Luna. Außerdem sehnte ich mich danach, zu reiten, sonst machte ich das doch fast jeden Tag! Und Birkenmoor, wo mir alles so vertraut war, fehlte mir auch.

»Los, Ylvi«, bat Sophia leise. »Komm zurück. Alle warten dort auf dich.«

Ich wischte mir über die Augen. »Aber wird Hanno meine Entschuldigung überhaupt annehmen? Ich habe mich echt unmöglich gemacht!«

»Klar wird er das«, sagte Marie.

»Je länger du wartest, umso schwieriger wird es.« Lukas trat auf mich zu und umfasste meine Schultern. »Komm schon, Ylvi, wir vermissen dich. Wir sind doch ein Team. Seit du weg bist, ist es gar nicht mehr so lustig.«

Das hätte ich jetzt nicht erwartet. Die Zwillinge warfen sich einen verstohlenen Blick zu.

Lukas hielt mich immer noch fest und sah mich so eindringlich an, als wolle er mich hypnotisieren.

»Ylvi, es ist das Richtige und das weißt du genau.«

Seufz.

»Ach, gib dir einen Ruck.« Er verzog den Mund zu einem Grinsen, einem typischen Lukas-Grinsen, bei dem gleich das ganze Gesicht mitstrahlte, vor allem die Augen. Haselnussbraun und ziemlich dicht dran an meinen.

Mir wurde plötzlich ganz anders, als ich den Duft seiner Haare einatmete. Er hatte mir gefehlt, wie sehr, das merkte ich jetzt erst. Ich lächelte ihn an und wir standen einige Sekunden einfach nur da und sahen uns in die Augen, bis er die Hände von meinen Schultern nahm und einen Schritt zurücktrat.

Einen winzigen Moment lang fühlte sich das seltsam an. Schnell atmete ich ein und das Gefühl verschwand.

»Ich fahre jetzt nach Birkenmoor und entschuldige mich bei Hanno.«

Die Zwillinge grinsten zufrieden. »Großartig!« Sie klopften mir abwechselnd auf den Rücken, als hätte ich eben beim Elfmeter das entscheidende Tor geschossen.

Mein Bauch kribbelte, als richtete sich ein Haufen Ameisen ein Nest darin ein. War es Aufregung? Oder Vorfreude? Angst? Oder gar Panik? Wahrscheinlich alles zusammen.

Ich konnte es kaum erwarten, Luna zu begrüßen. Aber vorher musste ich Hanno unter die Augen treten.

Die lange Allee dehnte sich vor mir wie ein Tunnel aus, die Bäume darin verfolgten wie grimmige Wächtersoldaten jeden Meter, den ich zurücklegte. Ich wurde langsamer, doch plötzlich war Lukas an meiner Seite.

»Er wird dir schon nicht den Kopf abreißen.«

»Da bin ich mir nicht so sicher.« Ich umklammerte die Griffe des Fahrradlenkers. Aber es noch länger aufzuschieben, half auch nicht. Am besten brachte ich das Gespräch mit Hanno so schnell wie möglich hinter mich.

Hanno stand in der Mitte der Reithalle und longierte Jupiter. Bestimmt schon eine ganze Weile, denn Jupiters rabenschwarzes Fell war mit unzähligen hellen Schweißflöckchen übersät.

Oje, da wartete ich lieber draußen. Jupiter war eines von Hannos absoluten Paradepferden. Wenn die beiden miteinander arbeiteten, durfte Hanno nicht gestört werden. Es sei denn, es gab einen Grund dafür – wenn der Stall abbrannte oder so etwas in der Art.

Also drehte ich mich um, übersah dabei aber dummerweise den Blecheimer vor mir. Es schepperte so laut, dass ich ebenso gut einen Gong hätte schlagen können.

»'tschuldigung«, murmelte ich.

»Ah, Ylvi.«

Pause.

Jetzt war anscheinend ich dran.

»Wegen neulich.« Ich räusperte mich, denn meine Stimme hörte sich an, als hätte ich sie das letzte Mal an Weihnachten benutzt.

Hanno sah auf. Unsere Blicke trafen sich und prompt lief ich knallrot an, das konnte ich prima im Spiegel über der Bande erkennen, wo ich gerade aus Versehen hineinguckte.

Mann, war das peinlich!

Im nächsten Moment zerschnitt ein Wiehern die Stille. Das war doch Luna! Ihr Wiehern hörte ich unter Hunderten heraus. Ich drehte den Kopf.

Sie war es wirklich. Lukas führte sie am Halleneingang vorbei, wendete und spazierte zurück, dabei zwinkerte er mir zu. Boah, was war das denn für ein durchsichtiges Manöver?

Luna wieherte wieder. Also gut!

Ich zwang mich dazu, Hanno wieder anzusehen. »Entschuldige bitte, dass ich am Dienstag so ausgeflippt bin. Das war nicht okay und es tut mir leid.«

Jupiter schnaubte, das war aber auch das einzige Geräusch, das man in der Halle hören konnte. Es war so ruhig, dass meine Stimme doppelt so laut krächzte.

»Scheeeritt«, sagte Hanno und Jupiter parierte sofort durch.

Während Hanno Stück für Stück die Longe einrollte, trottete Jupiter auf ihn zu. Hanno gab ihm ein Leckerli und kraulte seinen Hals. Dann kam er mit Jupiter zu mir herüber.

»Das ging wirklich gar nicht, Ylvi. So was wird sich nicht wiederholen, sind wir uns da einig?«

»Natürlich.«

»Gut, dann kann ich dir ja jetzt sagen, dass es mir auch leidtut.«

»Oh, warum denn das?«, stammelte ich. Ich war doch diejenige, die herumgebrüllt und sich aufgeführt hatte wie Rumpelstilzchen.

»Das mit Silvanas Reitbeteiligung solltest du eigentlich anders erfahren. Ich hatte neulich nur nicht so früh mit dir gerechnet.«

Ich starrte auf den Hallenboden. Der Sand musste frisch abgezogen worden sein, denn abgesehen von Jupiters Hufspuren war die ganze Fläche schön glatt.

»Und außerdem wollte ich dir vorschlagen, dass du in Zukunft auf Jupiter reitest.«

Ich musste mich verhört haben. War das sein Ernst?

»Ich darf auf Jupiter reiten? Wirklich?«

Er nickte. »Du hast Talent, Ylvi. Aber Talent allein reicht nicht«, sagte er. »Du musst etwas daraus machen wollen. Ich habe es dir schon einmal gesagt: Auf Luna kannst du dich nicht mehr groß weiterentwickeln. Du brauchst eine neue Herausforderung und ich glaube, Jupiter wäre dafür das passende Pferd.«

»Oh.« Ich wusste gar nicht, was ich sagen sollte.

»Aber das mit Jupiter funktioniert nur, wenn du dich auch dementsprechend anstrengst. Ich erwarte, dass du dich hier engagierst. Wir sind nicht irgendein Ponyhof.« Hanno sah mich streng an. »Ich verschwende meine Zeit nicht mit halbherzigen Versuchen. Entweder du trainierst ernsthaft oder du lässt es. Verstanden?«

Ich brachte nur ein Nicken zustande.

»Gut.« Hanno strich über Jupiters Hals. »Kannst du ihn mir abnehmen?«

»Klar.« Ein wenig nervös ging ich zu ihnen und umfasste die Longe.

»Demnächst gebe ich dir eine Einzelstunde auf ihm«, rief Hanno uns nach, als ich mit Jupiter aus der Halle stakste. »Wenn ihr euch ein bisschen eingespielt habt, gehst du mit ihm zurück in die Gruppe.«

Jupiter machte Riesenschritte, ich musste richtig weit ausholen, um mit ihm mitzuhalten. Kein Wunder, er war ja ein ordentliches Stück größer als Luna und als Willow erst recht.

Ich streichelte seinen Hals und er schnaubte zufrieden. Mensch, auf diesem Wahnsinnspferd durfte ich jetzt reiten!

KAPITEL 12

»Na, wie ist es dir mit Willow die letzten Tage ergangen?«, fragte Corinna, als ich am Wochenende auf den Hollerhof kam.

»Richtig gut.« Die ausgiebigen Putzeinheiten schien Willow zu genießen, allerdings musste ich dabei ziemlich aufpassen. Ein paarmal war sie erschrocken zusammengefahren, wenn ich eine plötzliche Bewegung gemacht hatte.

»Das freut mich.« Corinna ging mit mir in die Sattelkammer und reichte mir Willows Halfter. »Wie wäre es, wenn wir beide heute ein paar Führübungen auf dem versteckten Reitplatz machen? Dort sind wir ungestört, es ist ideal, um mit Willow zu arbeiten. Warst du da schon?«

»Nein, wo ist der denn?«

»Du gehst den Pfad Richtung Fluss entlang, den kennst du ja schon von Willows Ausflug neulich.« Sie lächelte mir zu. »Aber nur ein paar Meter weit, kurz hinter dem alten Schuppen biegst du links ab. Es ist kein richtiger Weg, nur ein Durchgang zwischen den Heckenrosen. Wenn du ihn nicht findest, wartest du einfach kurz, ich komme gleich nach.«

Das klang fantastisch! Voller Vorfreude holte ich Willow von der Weide, um sie zu putzen.

Sie senkte den Kopf, als ich mit dem Striegel über ihren Rücken fuhr. Für einen Moment lehnte ich mich an sie und genoss ihre Körperwärme. Als ich mich wieder aufrichtete, schnaubte Willow leise. Ich hob einen ihrer Vorderhufe auf und kratzte die Grasbüschel weg, die um den Hufstrahl herumklebten. Ohne Zögern gab sie mir auch die nächsten beiden Hufe, doch beim vierten Huf vergaß ich, vorher am Hinterbein entlangzufahren. Als ich danach griff, zuckte sie zusammen und wich aus.

»Hooo, alles gut«, beruhigte ich sie und ärgerte mich sofort über mich selbst. Ich musste vorsichtiger mit ihr sein! Sie war viel feinfühliger als alle Pferde, die ich sonst kannte. Ob das an dem Unfall lag, den sie erlebt hatte? Quer über die Kruppe zog sich eine gezackte Narbe. Ob sie die auch daher hatte?

Schwarze Härchen umrandeten Willows Augäpfel. Wie so oft, wenn ich sie ansah, durchflutete mich ein Gefühl der Ruhe, der Verbundenheit. Aber es lag auch etwas anderes in Willows Blick. Etwas Wildes, Eigenwilliges.

Sie brummelte leise.

Ich griff nach einer Bürste im Putzkasten. Nachdem ich alle groben Stroh- und Grasreste entfernt hatte, kämmte ich vorsichtig die feine Mähne durch. Die silberweißen Haare fühlten sich seidig an zwischen meinen Fingern, als ich lose ein paar Zöpfe hineinflocht.

Kurz darauf bummelte ich mit ihr über den Hof. Auf diesen kleinen Reitplatz war ich jetzt wirklich neugierig. Er musste ja sehr versteckt sein, wenn ich ihn bisher nicht entdeckt hatte.

Während Willow immer wieder stehen blieb und etwas am Wegrand beschnupperte, hielt ich nach den Heckenrosen Ausschau. Ein Holunderbusch reihte sich an den nächsten, auch nachdem wir den windschiefen kleinen Schuppen am äußersten Rand des Hofes passiert hatten.

»Mensch, ich bin ja blöd!« Die ganze Zeit hatte ich pinkfarbene Blüten gesucht, dabei dauerte es bestimmt noch, bis die Heckenrosen blühten.

Ich versuchte, mich daran zu erinnern, wie die Blätter überhaupt aussahen, als ich im nächsten Moment eine schmale Lücke zwischen den Büschen bemerkte. Ich bückte mich und sah hindurch. Tatsächlich, dahinter war ein Stück Zaun, das musste es sein!

Ich wollte schon weitergehen, doch Willow weigerte sich. Sie schlug mit dem Schweif und stemmte die Hufe in den Boden.

Ich trat so weit vor, wie es der Führstrick zuließ, streckte den Arm aus und schob die Zweige beiseite.

»Komm, da passt du locker durch«, wollte ich sie überreden, doch sie riss nur den Kopf hoch.

Immer wieder versuchte ich es, doch Willow wich jedes Mal ein Stückchen nach hinten aus.

Hm, so kamen wir nicht weiter, ich musste mir etwas anderes einfallen lassen.

Ich änderte die Richtung und ging ein paar Schritte auf dem Pfad weiter. Diesmal folgte Willow mir ohne Zögern. Sobald der Weg ein bisschen breiter wurde, wendete ich und lief wieder zurück, bis wir den Durchgang passiert hatten.

Nachdem das einige Male geklappt hatte, wagte ich den nächsten Versuch. Als ich auf den Spalt in der Hecke zumarschierte, spannte sich der Führstrick kurz, doch dann kam Willow mit.

Wir hatten es geschafft!

Vor uns lag der kleine Reitplatz in der Sonne. Drum herum war alles dicht bewachsen. Ein wackeliger Zaun umschloss ihn und in einer Ecke entdeckte ich einen alten Holztritt.

Während ich mich noch umsah, kam Corinna durch die Lücke in der Hecke.

»Ach, prima, da seid ihr ja schon. Hat alles gut geklappt?«

»Ja, aber ich musste ein bisschen tricksen«, antwortete

ich und berichtete ihr, wie ich Willow auf den Platz gelotst hatte.

»Das hast du sehr gut gemacht.« Corinna lächelte. »Und Willow natürlich auch. Das war ja schon ein super Einstieg für unsere Führübungen.«

Eine Weile ging ich mit Willow über den Platz und Corinna zeigte mir, wie ich sie mit fast unsichtbaren Signalen allein über meine Körpersprache anhielt und rückwärtsrichtete und was ich tun musste, wenn sie versuchte, mich beim Gehen zu überholen. Die Zeit verflog nur so. Nie hätte ich gedacht, dass Bodenarbeit so viel Spaß machen würde!

»Du kannst dich richtig gut auf sie einlassen«, lobte Corinna mich, als sie die Stunde beendete.

Ich strahlte. Wie gut das gelaufen war – vor allem, dass Willow und ich den Durchgang gemeistert hatten! Fast musste ich über mich selbst lachen. Mit Luna wären mir solche Führübungen wahrscheinlich unspektakulär vorgekommen, vielleicht sogar lächerlich. Aber bei Willow wusste ich, dass es nicht selbstverständlich war, dass sie mir folgte. Ich hatte mir ihr Vertrauen erarbeiten müssen und musste immer noch beweisen, dass ich es verdiente.

Nach Corinnas Unterricht auf dem versteckten Reitplatz brachte ich Willow direkt auf die Koppel. Als ich am Schuppen vorbeikam, hörte ich Gelächter, dann quietschte jemand auf.

»Wenn du das tust, bringe ich dich um!« Das war eindeutig Kay.

»Ach ja? Versuch's doch!« Kam das von Mieke?

Es klatschte und im nächsten Moment schrie Kay empört auf.

Neugierig bog ich um die Ecke – und bekam eine wabbelige Kugel ins Gesicht. Sie platzte und eiskalte Tropfen rannen mir in den Ausschnitt. Ich hielt vor Schreck die Luft an, da klatschte schon die nächste Wasserbombe an die Stallwand, haarscharf an Kay vorbei. Auf ihrem Hemd zeichnete sich ein kreisrunder nasser Fleck ab.

»Mieke, hör endlich auf damit!«, schimpfte sie, doch dann kicherte sie los.

Mieke grinste breit und wog einen prall gefüllten Ballon in der Hand. »Wer will als Nächstes? Du noch mal, Ylvi?«

Kay und ich wechselten einen Blick. In der nächsten Sekunde stürzten wir uns gleichzeitig auf Mieke.

»Gib her!« Kay schnaufte und versuchte, Mieke den Ballon aus der Hand zu reißen. Mieke kreischte und strampelte mit Armen und Beinen, doch sie hatte keine Chance, wir drückten sie zu zweit gegen die Wand.

Kay grinste und holte mit der Wasserbombe aus. Ich ließ Miekes Arme los und sprang hinter einen Heuballen in

Deckung. Mieke war einen Tick langsamer – ihr Pech! Die Bombe erwischte sie an der Schulter und durchtränkte ihr T-Shirt.

»Iiih«, jammerte sie und bog sich im nächsten Moment vor Lachen, genau wie Kay und ich.

Ich krabbelte wieder hinter dem Ballen hervor und richtete mich auf. Die Sonne verschwand hinter den Wolken und zeigte uns, dass es bis zum Sommer noch etliche Wochen hin war, denn ein kalter Wind fegte über den Hof. Ich fröstelte und auch Miekes Arme bekamen eine Gänsehaut.

»Puh, jetzt ist mir kalt.« Kay fuhr sich über das nasse Hemd.

»Drinnen habe ich noch einen Pullover im Rucksack, den kannst du anziehen«, sagte Mieke.

»Und was ist mit dir?«

»Ach, ich brauche den nicht«, meinte Mieke bloß.

Kichernd und fröstelnd liefen wir zu unseren Rädern und verabschiedeten uns. Grinsend zog ich eine Strickjacke aus meinem Rucksack. Für so einen Unsinn hätten wir auf Birkenmoor sicher einen scharfen Blick von Hanno kassiert – aber hier auf dem Hollerhof gehörte ein bisschen alberner Spaß einfach dazu! Der Hollerhof war wirklich ganz anders als Birkenmoor. Wie gut, dass ich mich nicht entscheiden musste.

KAPITEL 13

Ein paar Tage später war es so weit: meine erste Reitstunde auf Jupiter! Während ich ihn in die Halle führte, stellten sich Lukas, Marie und Sophia an die Bande.

Lukas hielt die Fäuste hoch. »Daumen sind gedrückt.«

Ich lächelte ihm dankbar zu, denn ich war wirklich ein bisschen nervös. Die Zwillinge sagten nichts. Während ich die Steigbügel herunterzog und die Bügellänge überprüfte, warf ich den beiden einen Blick zu. Marie runzelte die Stirn. So richtig begeistert sah sie nicht aus. Was war denn mit ihr los? Auch Sophia verzog keine Miene, ihre Hände umfassten die Bande und sie schaute starr nach vorn.

Jupiter schlug mit dem Schweif und erinnerte mich daran, dass ich mich gefälligst auf ihn konzentrieren sollte. Meine Knie fühlten sich an, als würden sie gleich einknicken. So aus der Nähe kam er mir ganz schön mächtig vor. Ich ging mit ihm zur Aufsteighilfe und war froh, dass nun auch Hanno in die Halle kam.

»Sehr schön, Ylvi, dann legen wir mal los«, sagte er und nickte mir zu.

Ich stieg auf den Tritt, doch Jupiter machte jedes Mal einen Schritt zur Seite, sobald ich versuchte, meinen Fuß in den Steigbügel zu bekommen.

»Schön stehen bleiben«, warnte ich ihn und nahm die Zügel etwas kürzer.

»Warte, ich helfe dir beim Aufsteigen«, rief Hanno. Er stellte sich rechts neben Jupiter und griff nach dem Zügel.

Nun hielt er still und ich hievte mich eilig in den Sattel. War das hoch! Der Hallenboden war beunruhigend weit entfernt und auch Hanno schien plötzlich so klein. Doch nach dem ersten Schrecken konnte ich mir darüber keine Gedanken mehr machen, denn schon schoss Jupiter wie eine Rakete nach vorn. Instinktiv klammerte ich die Beine um seinen Bauch, was etwa den gleichen Effekt haben musste, wie wenn jemand bei einem Porsche das Gaspedal durchdrückte. Wir trabten in Riesenschritten durch die Reitbahn.

»Pariere ihn wieder durch zum Schritt, Ylvi. Beine locker und die Zügel wieder länger lassen! Gib ihm eine Parade und reite erst einmal zehn Minuten Schritt mit ihm.«

»Ich versuche es ja.« Mann, das klang nun wirklich kläglich. Ich atmete tief aus und versuchte mich zu entspannen.

Nach ein paar Runden drosselte Jupiter tatsächlich das Tempo und ich kam zum Durchatmen.

»Sehr gut, Ylvi«, lobte Hanno mich. »Merkst du, wie er auf dich reagiert?«

Ich nickte bloß, denn ich musste mich voll auf meine Hilfen konzentrieren. Auf Jupiters Rücken kam ich mir ganz schön klein vor. Und was für große Schritte er machte! Es dauerte etwas, bis ich mich einigermaßen an den ungewohnten Rhythmus gewöhnt hatte.

»Jetzt wechsle mal aus dem Zirkel«, ordnete Hanno an.

Keine schlechte Idee, nur deckte sich das leider nicht mit Jupiters Wünschen. Er riss den Kopf nach oben und versuchte, meinen Hilfen auszuweichen.

»Macht nichts, probiere es gleich noch einmal! Schön die Linie, die du reiten möchtest, anschauen!«

So ging es die ganze Stunde weiter, bis ich schließlich ziemlich erschöpft aus dem Sattel stieg.

»Für das erste Mal war das schon richtig gut«, lautete Hannos Kommentar, was auf seiner Lobskala von eins bis zehn eine ziemlich gute Sieben war. Bei acht musste man schon Außerordentliches geleistet haben und neun und zehn erreichte sowieso keiner.

»Ich weiß nicht.« Nachdenklich lockerte ich den Sattelgurt. »Ich hatte die ganze Zeit das Gefühl, dass ich gar nicht so richtig an ihn herankomme.«

»Ach, das ist nur die Umstellung. Er ist eben ganz anders als Luna.«

Hoffentlich hatte er damit recht. Er schien wirklich zufrieden zu sein und auch Jupiter wirkte entspannt, als er hinter mir aus der Halle trottete. Na, das war doch schon mal was! Jetzt mussten wir beide nur noch so relaxt sein, wenn ich auf ihm ritt. Das würde mir hoffentlich auch bald gelingen!

»Mensch, das ist ja richtig gut gelaufen«, rief Lukas, als wir aus der Halle kamen. »Hat es Spaß gemacht?«

»Ja, schon, aber es war auch ganz schön anstrengend.« Vor Jupiters Box reichte ich Lukas die Zügel und sattelte ab. »Wo sind denn Marie und Sophia?«

»Weiß nicht.« Er zuckte mit den Schultern. »Nachhilfe? Sie haben irgendwas gemurmelt und sind dann nach der Stunde sofort verschwunden.«

»Aha. Na ja, ich muss auch gleich weg.«

»Wieso das denn? Ich dachte, du bleibst noch, während ich Peanut longiere, und erzählst mir dabei, wie sich das Starpferd reiten lässt.«

Oje, jetzt sah er richtig enttäuscht aus.

Für einen Moment schwankte ich. Sollte ich erst nachher fahren? Doch dann würde es bei Willow vielleicht mit der Zeit knapp werden. Außerdem war ich mit Mila verabredet. Wir wollten zusammen mit Willow und Gonzo zum Fluss gehen.

»Tut mir echt leid, aber ich will noch zum Hollerhof.«

Lukas zog die Augenbrauen zusammen. »Schon wieder? Da fährst du in letzter Zeit ja ständig hin.«

»Du weißt doch, dass ich mich um Willow kümmern darf.«

»Ja, aber nicht rund um die Uhr.«

»Da bin ich auch nicht öfter als hier.«

»Trotzdem. Ich verstehe echt nicht, was da so toll sein soll. Du darfst doch sowieso nicht auf Willow reiten.«

»Na und? Darauf kommt es doch nicht an.«

»Ach, das hörte sich bei Silvanas Reitbeteiligung aber noch ganz anders an.«

»Das kann man ja wohl überhaupt nicht vergleichen.«

»Nicht?« Er blickte mich herausfordernd an.

»Nein. Willow ist doch völlig anders als Luna.«

Er zuckte mit den Schultern. »Wenn du meinst.« Dann drückte er mir Jupiters Zügel wieder in die Hand und drehte sich um.

»Hey, bist du jetzt sauer?«, rief ich ihm nach. »Wir können doch morgen nach der Schule was machen. Eis essen oder so.«

Er winkte ab. »Keine Zeit.«

Dann verschwand er die Stallgasse hinunter.

»Er ist das perfekte Sofa!«

Mila kicherte. »Ja, nicht wahr?« Sie kuschelte sich mit dem Rücken an Gonzos Bauch und biss in ihr Sandwich.

»Ich könnte stundenlang so auf der Weide sitzen und ihm gefällt es bestimmt auch, sonst würde er nicht immer so lange stillhalten.«

»Und er ist so schön warm.« Ich strich über Gonzos cremefarbene Brust, denn die Sonne hatte sein Fell noch einmal extra aufgeheizt. Die Berührung tat mir gut, denn mir hing der kleine Streit mit Lukas vorhin immer noch nach.

Gonzo schnaubte behaglich und legte jetzt auch noch den Kopf ins Gras. Fast wie ein überdimensionaler Teddybär!

Lucifer, Sunny und Mortimer wanderten in mal größeren, mal engeren Kreisen um uns herum und grasten. Nur Willow hielt bisher noch Abstand. Vielleicht kam es ihr seltsam vor, dass Mila und ich mit Gonzo mitten auf der Weide lagen, jedenfalls blieb sie unter dem knubbeligen Baum stehen und schaute immer mal ein wenig argwöhnisch zu uns herüber.

»Zeig mir ein paar Fotos von Birkenmoor«, bat Mila und holte noch einen Apfel aus ihrer Jackentasche. »Den Hof kenne ich noch gar nicht. Und wie sieht Luna eigentlich aus?«

»Sie ist eine Fuchsstute.« Ich öffnete mein Fotoalbum und scrollte durch die Bilder. »Da haben wir den zweiten Platz bei einem Dressurturnier gemacht. Und hier stehen wir beide vor der Reithalle. Und das ist Lukas auf Peanut.«

Immer mehr Fotos ploppten auf – jedes einzelne weckte eine Erinnerung. Die meisten waren richtig schön. Wieder mal wurde mir bewusst, wie viel ich schon auf Birkenmoor erlebt hatte.

Ganz in der Nähe wurde eine Autotür zugeknallt. Gonzo zuckte kurz zusammen, blieb aber liegen.

»Das kannst du vergessen! Das mache ich nie im Leben mit!«, schrie Mieke. Sie stand neben einem riesigen schwarzen SUV und brüllte jemanden durch das heruntergelassene Beifahrerfenster an.

Eine Frauenstimme antwortete aus dem Inneren des Autos, aber ich konnte nicht verstehen, was sie sagte.

»Das kann er doch nicht machen! Er wollte doch nur ein paar Tage weg.« Mieke stampfte mit dem Fuß auf.

Wieder die Frau im Auto. Diesmal klang ihre Stimme schriller.

»Ist mir doch egal!« Mieke warf die Haare zurück. »Er hat es versprochen! Und jetzt lässt er mich hier ganz allein sitzen.« Sie schulterte ihren Rucksack und wandte sich zum Gehen.

»… besprechen das mit deinem Vater …« Die Frau war lauter geworden. Ich sah Mila an und sie verzog das Gesicht. »… bitte pünktlich.«

»JAHA!«, brüllte Mieke, wandte sich ab und stapfte ohne ein weiteres Wort über den Hofplatz zum Stall.

Das Auto setzte so heftig zurück, dass eine Staubwolke auf dem Parkplatz aufwirbelte, dann brauste es mit aufjaulendem Motor davon.

»War das Miekes Stiefmutter?«, brachte ich heraus.

Willow war einige Meter weggetrabt, während sich die anderen Pferde nicht weiter hatten stören lassen.

Mila nickte. »Sprich sie nicht drauf an, okay? Mieke erzählt kaum etwas von zu Hause. Höchstens mal Kay, aber die beiden kennen sich ja auch schon seit dem Kindergarten.«

Sie richtete sich auf und streckte sich.

»Ich habe immer noch Hunger«, gestand sie. »Ich laufe eben schnell in die Küche und hole mir noch etwas zu essen. Magst du auch was?«

Ich schüttelte den Kopf. Der Streit zwischen Mieke und ihrer Stiefmutter war mir auf den Magen geschlagen.

Lächelnd hielt Mila mir eine Hand hin und zog mich auf die Füße. »Okay. Wir treffen uns dann gleich wieder hier, ja?«

Während sie zum Hexenhäuschen ging, steuerte ich den Stall an, um Willows und Gonzos Halfter zu holen.

Der Stall war verwaist, fast alle Pferde standen auf den Koppeln. Bis auf Sally, die nicht weit von Willows Box einquartiert war, und einen der Tinker. Ach, richtig, nachher sollte ja der Hufschmied noch vorbeikommen!

Ich nahm die Halfter und wandte mich schon zum Gehen,

da bemerkte ich eine Bewegung. Vor der Tür zu Sallys Box hatte jemand eine halb gefüllte Schubkarre mit Mist abgestellt, die Forke lehnte dagegen. Leise ging ich drei Schritte darauf zu.

In der Box stand Josse dicht neben Sally. Er flüsterte ihr etwas zu, woraufhin sie schnaubte und mit ihrer Nase in seinen Haaren herumwuschelte.

Das wirkte aber vertraut!

Die letzten Tage war ich ihm immer mal über den Weg gelaufen, doch er war meist mit irgendeiner Arbeit beschäftigt gewesen, sodass wir uns kaum gesprochen hatten. Jetzt sah ich ihn zum ersten Mal so nahe bei einem Pferd. Dabei hatte er doch gesagt, dass er sich von ihnen fernhalten wollte – tja, offensichtlich war er nun ihrem Zauber erlegen. Das war ja fix gegangen!

Ich schlich noch einige Zentimeter näher.

Sally schien sich in seiner Gegenwart wohlzufühlen, sie atmete tief ein und aus, als er über ihren Hals strich. Er nahm ihren Stirnschopf zwischen die Fingerspitzen und zerzauste ihn ein bisschen, dann kraulte er sie hinter den Ohren. Sie schnaubte zufrieden und er lächelte über das ganze Gesicht.

Jetzt legte sie den Kopf in seine Hände. Mit jedem Atemzug sank ihr Kopf noch ein winziges bisschen tiefer. Er schmiegte sich an sie und schloss die Augen.

Jetzt war es definitiv Zeit für den Rückzug.

Lächelnd duckte ich mich ein wenig und tappte so leise wie möglich nach draußen.

Kurz darauf führte ich Willow vom Hof. Mila zuckelte auf Gonzo hinter uns her.

Um uns herum war alles knallgrün gesprenkelt. Sträucher, Wiesen, Bäume, Hecken – alles leuchtete in unzähligen Grüntönen, denn die letzten Tage waren richtig warm und sonnig gewesen.

Plötzlich riss Willow den Kopf hoch und machte sich steif.

»Nur ein Hase«, beruhigte ich sie und beobachtete, wie er im Zickzack über die Wiese hüpfte.

Ob ich mit ihr jemals so vertraut werden würde wie mit Luna? Die brachte ja kaum etwas aus der Ruhe.

Wir spazierten gemächlich weiter, bis Willow schnaubte. Anscheinend hatte sie den Fluss zwischen den Bäumen entdeckt.

»Wow, ist das schön hier!« Beim letzten Mal war ich so damit beschäftigt gewesen, Willow einzufangen, dass ich kaum etwas von der Umgebung mitbekommen hatte.

Der Fluss machte an dieser Stelle eine Biegung. Auf unserer Seite grenzte eine kleine Wiese, auf der vereinzelt Obstbäume wuchsen, an das Ufer. Direkt vor uns war der schmale Sandstrand, gerade mal so groß, dass eine Handvoll Pferde bequem nebeneinanderstehen konnte. Auf der anderen Seite lag der Wald.

Argwöhnisch beäugte Willow einen Moment lang die Umgebung, dann senkte sie den Kopf. Während sie sich im Zeitlupentempo von einem Grasbüschel zum nächsten bewegte, ließ ich sie nicht aus den Augen. Schließlich konnte sie jederzeit vor irgendetwas scheuen.

»Atmen nicht vergessen«, neckte Mila mich.

Geräuschvoll atmete ich ein und aus. Jetzt erst merkte ich, dass sich sogar mein Kiefer verkrampft hatte.

»Danke für den Hinweis!« Vorsichtig, um Willow nicht zu erschrecken, beugte ich den Oberkörper nach vorn und ließ die Arme baumeln. Neugierig beschnupperte Willow meinen Po.

»Was machst du da?«

»Ich entspanne.« Übermütig schlenkerte ich die Arme hin und her. Unverkrampftes Atmen war alles. Das sagte Mamas Yogalehrerin jedenfalls immer.

»Schön ruhig bist du geblieben«, lobte ich Willow, als ich wieder hochkam. »Gut gemacht!«

Gonzo strebte ins Wasser.

»Warte, nicht so schnell«, jauchzte Mila und streifte schnell Schuhe und Socken ab. Schon platschte es und sie kreischte auf. »Huch, der Fluss ist wirklich noch saukalt!«

Ich grinste. »Warum reitest du eigentlich immer ohne Sattel?«

Mila drehte Gonzo zu uns um. »Ich finde es so am schönsten. Und Gonzo bestimmt auch. Er hat mich noch nie abgeworfen, im Gegensatz zu den Reitern vorher. Mama hat mich als kleines Kind schon auf Pferde gesetzt. Aber Sättel mochte ich nie. Ich kann mich zwar nicht mehr daran erinnern, aber anscheinend habe ich immer ein Riesentheater gemacht.« Sie spielte mit einer von Gonzos wirren Strähnen. »Nur auf dem bloßen Pferderücken war es anders.«

Fast war ich ein bisschen neidisch. Von früh auf ganz selbstverständlich von Pferden umgeben zu sein, mit ihnen aufzuwachsen – was für ein Traum! Aber für sie war es ja auch nicht immer einfach gewesen: mal bei Corinna zu leben, mal bei ihrem Vater in Ghana, dann wieder im Internat. Darum beneidete ich sie wiederum nicht. Und mit Mama und Papa hatte ich nun wirklich das große Los gezogen.

Als Gonzo weiter in den Fluss marschierte, hob Mila die Beine auf seinen breiten Rücken. »Ist das kalt! Bis wir baden können, dauert es noch ein paar Wochen.«

Willow tänzelte unruhig hin und her. Ich ging einige Schritte am Ufer entlang, bis der Führstrick sich spannte. »Komm zu mir. Na los, komm!«

Und tatsächlich. Sie ging auf mich zu! Doch als die ersten Wellen ihre Hufe berührten, sprang sie sofort wieder zurück.

»Schon mal ganz gut, gleich noch mal.«

Immer wieder übten wir, bis sie schließlich mit allen vier Hufen im Wasser stand. Wenn das kein Erfolgserlebnis war!

Auf dem Rückweg ritt Mila vor uns. Sehnsüchtig betrachtete ich ihren Rücken. Wie gern wäre ich auch auf Willow geritten! Doch Corinna hatte ja gesagt, dass ich sie erst richtig gut kennenlernen musste. Doch wann war das? Wir waren uns doch schon total nah! Wie lange würde ich aufs Reiten denn noch warten müssen?

KAPITEL 14

Josse

Das Angebot war schier überwältigend. Pistazie, weiße Schokolade, Zartbitter und noch ungefähr dreihundert andere Geschmacksrichtungen. Und dabei hatte er das Fruchteis und die veganen Sorten gar nicht mitgezählt.

»Was möchtest du denn?« Der Mann hinter dem Tresen starrte ihn ungeduldig an, dabei war die Schlange hinter ihm ganz kurz.

»Ich bin wegen der Stelle hier«, sagte er schnell. »Ich habe gehört, Sie suchen jemanden.«

Das hatte jedenfalls sein Bruder behauptet, der in der Pizzeria gegenüber jobbte.

Der Mann runzelte die Stirn. »Stelle? Davon weiß ich nichts.«

Das konnte doch nicht sein, Sven hatte ihm gestern Abend erst davon erzählt.

»Der Job in der Küche«, erklärte er. »Zum Geschirrspülen?«

»Ach so, das meinst du.« Der Mann musterte ihn von oben bis unten und strich sich dabei die Schürze glatt.

Josse warf einen Blick über die Schulter. Inzwischen war die Schlange ein Stück angewachsen, sie reichte fast bis zum Brunnen. Und gefühlt starrten alle nur ihn an.

»Da musst du dich an meine Frau wenden.« Der Mann deutete mit dem Kinn zum hinteren Teil der Eisdiele. »Geh mal durch. Aber warte vor der Küche, da darfst du nicht rein.«

»Ist gut.« Immerhin hatte der Eisverkäufer ihn nicht sofort wieder weggeschickt.

Erleichtert folgte er dem Gang zwischen dem Tresen und einem Haufen Zweiertische auf der anderen Seite. Ganz hinten wurde es ein wenig düster, denn eine Glühbirne war ausgefallen, aber hier waren sowieso nur die Toiletten.

Vor einer Türöffnung am Ende des Gangs hingen lange bunte Plastikbänder als Sichtschutz herunter, rechts daneben stand eine Tiefkühltruhe, auf der sich Kartons stapelten.

Er sagte halblaut: »Hallo?«

Keine Antwort, doch im Raum dahinter hörte er es rascheln.

»Darf ich mal durch?«, fragte plötzlich eine Stimme.

Er drehte sich um. »Natürlich.«

»Oh, hallo, Josse!«

Auch das noch! Das hatte ihm ja gerade noch gefehlt.

»Hi, Ylvi.«

Sie zeigte auf die Toilettentür. »Wolltest du da auch rein?«

»Nein, äh, ich warte nur.«

»Alles klar.« Sie lächelte und schob sich an ihm vorbei.

Er wartete einen Moment, nachdem sich die Toilettentür geschlossen hatte, dann rief er lauter: »Hallo? Ihr Mann hat mich geschickt.«

»Komme gleich«, hörte er eine fröhliche Stimme aus dem Küchenraum, dann ging eine Maschine los. Der Lärm war ohrenbetäubend.

Wie ein hypnotisiertes Kaninchen starrte er auf die Plastikschnüre. Wo blieb sie denn?

Die Spülung rauschte und er hörte Wasser fließen, dann ging die Toilettentür wieder auf. Er drückte sich an die Kartons, um Ylvi Platz zu machen.

»Kommst du morgen wieder in den Stall?«, brüllte sie gegen den Krach an.

»Ja, morgen bin ich wieder dran«, schrie er zurück, da wurde es schlagartig still.

»Schön.« Sie wischte sich die nassen Hände an der Jeans ab und zögerte.

Unauffällig warf er einen Blick Richtung Küche.

»Na dann.« Sie nickte ihm zu. »Wir sehen uns.«

Er schaute ihr nach, wie sie an einigen Tischen vorbeiging und sich dann neben zwei Mädchen setzte. Die eine musste so ungefähr fünfzehn oder sechzehn Jahre alt sein, die andere war höchstens zwei. Beide hatten ganz ähnliche Haare wie Ylvi, dunkelblond und ein bisschen wellig. Ob das ihre Schwestern waren?

»Was kann ich für dich tun?«

Er wirbelte herum. Eine Frau in einem Kleid mit lauter Flamingos drauf war aus der Küche gekommen und lächelte ihn freundlich an.

»Ich bin … ich meine, ich komme wegen der Stelle«, stammelte er. »Ist die noch zu haben?«

»Ah, die Küchenaushilfe.«

Himmel, musste sie so laut sprechen? Das bekam ja der halbe Laden mit! Er vergewisserte sich verstohlen, ob Ylvi ihnen zuhörte, doch sie schien vollauf mit ihrem Eisbecher und der Kleinen beschäftigt zu sein, die wild mit einem Löffel herumfuchtelte und immer wieder bei ihr probieren wollte.

»Genau, mein Bruder hat mir erzählt, dass Sie jemanden suchen.«

»Ja, das stimmt, allerdings waren schon einige Bewerber hier. Es tut mir leid, ich kann dir jetzt nicht fest zusagen. Kannst du dir das überhaupt vorstellen? Das dreckige Geschirr zu spülen? Wir haben zwar eine Spülmaschine, aber in Hochzeiten müssen wir parallel mit der Hand abwaschen, sonst wird das Geschirr knapp.«

»Das ist in Ordnung. Und ich bin voll schnell beim Spülen!«

»Okay, gut zu wissen.« Sie lachte auf. »Außerdem müsste regelmäßig gefegt und gewischt und natürlich immer die neue Lieferung im Lager ausgepackt werden.«

»Mache ich auch alles.«

Irgendwo klapperte Geschirr und jemand las laut die Eissorten aus der Karte vor.

»Na gut, dann behalte ich dich mal im Hinterkopf.« Sie kramte einen Kugelschreiber und einen Notizblock aus der Tasche. »Schreib mir deine Nummer und deinen Namen auf, dann melde ich mich bei dir, sobald ich mehr weiß.«

Er brachte gerade so ein Nicken zustande. Nun war er schon direkt nach der Schule hergekommen und jetzt war es vielleicht trotzdem schon zu spät. Es konnte doch nicht so schwer sein, einen Nebenjob zu ergattern! In den letzten fünf Wochen hatte er so viele Absagen kassiert, dass es für die nächsten Jahre reichte.

»Es wäre echt toll, wenn es klappt.«

»Ich sage dir auf jeden Fall Bescheid. Ein paar Tage musst du dich aber gedulden.«

»Ist gut.«

Er verabschiedete sich und ging schnell an Ylvi vorbei. »Tschüs dann.«

»Bis morgen«, sagte sie und winkte ihm zum Abschied.

Draußen atmete er erleichtert auf. Insgesamt war es ja einigermaßen gelaufen, vielleicht hatte er diesmal Glück. Es konnte doch nicht sein, dass er ständig pleite war!

KAPITEL 15

»Heute reitest du also wieder beim Fußvolk mit?«, erkundigte sich Marie ein paar Tage später. Sie legte Caruso das Halfter an und holte ihn aus der Box.

»Hä? Was meinst du denn damit?« Sie war doch wohl nicht beleidigt, weil Hanno mir Jupiter angeboten hatte?

»Ach, nichts, war nur ein Scherz«, entgegnete Marie leichthin.

»Weil Hanno dir neulich eine Einzelstunde gegeben hat«, mischte sich jetzt Sophia ein und hielt beim Striegeln inne. Sie kam um Delilah herum. »Das macht er doch eigentlich nie.«

Ich zuckte mit den Schultern. »Er wollte nur sehen, wie ich auf Jupiter zurechtkomme. Aber natürlich reite ich am liebsten bei euch in der Gruppe, das ist doch klar.«

Marie strich sich ihren Bob glatt, was völlig unnötig war, denn die Haare saßen sowieso schon wie angeklebt.

»Selbstverständlich ist das nicht«, sagte sie. »Könnte ja

sein, dass du nun auf den Geschmack gekommen bist und dich vielleicht zu Höherem berufen fühlst.«

Wie bitte? Das wurde langsam lächerlich! Warum redete sie denn so gestelzt? In letzter Zeit war es echt ein bisschen schwierig mit den Zwillingen, ständig waren sie eingeschnappt.

Delilah und Luna hoben die Köpfe, als einer der jüngeren Reitschüler auf uns zuflitzte. Er stoppte so abrupt, dass man eine Bremsspur im Beton hätte sehen müssen.

»Ihr sollt sofort zu Hanno ins Büro kommen«, japste er.

»Wer? Wir alle?«, fragte Sophia.

Der Kleine nickte. »Ihr sollt euch beeilen.«

»Das ist ja mal was Neues.« Lukas kam aus der Sattelkammer und grinste mich an. Anscheinend war er nicht mehr beleidigt, dass ich neulich nicht mit zum Longieren gekommen war – zum Glück! »Hat Hanno jemals gesagt, wir könnten uns ruhig Zeit lassen?«

»Okay, dann halt du doch mal eben mein Pferd«, befahl Marie und drückte dem Jungen Carusos Halfterstrick in die Hand.

»Und pass bitte auch auf Delilah auf«, sagte Sophia. »Ich habe sie zwar angebunden, aber trotzdem.«

»Ähm, ich werde eigentlich gleich abgeholt«, stammelte er.

»Sieh zu, dass sie sich nicht in den Führstricken verfangen«, ermahnte Marie ihn statt einer Antwort. »Gib ihnen ja nichts zu fressen, hörst du? Und achte darauf, dass sie nicht zu dicht an Jupiter gehen, der zwickt gern mal. Rühr dich am besten nicht von der Stelle.«

Der Kleine schob die Unterlippe vor.

»Das weiß er doch alles«, mischte ich mich ein.

»Na schön«, sagte Sophia, während Marie schon fast beim Ausgang war.

Lukas tippte mir auf die Schulter. »Dann wollen wir mal.«

Hanno thronte hinter seinem Schreibtisch, vor sich einen Berg Unterlagen und Papiere. Sein Büro war eher wie ein Wohnzimmer eingerichtet. Es standen lauter antike Sitzmöbel herum und die Regale bogen sich unter dicken Wälzern. Sehr wahrscheinlich fand sich in seiner Bibliothek alles, was jemals jemand über Pferde und das Reiten geschrieben hatte.

Vor den Büchern waren glänzende Pokale aufgereiht und an den Wänden hingen Auszeichnungen und Urkunden aus seiner erfolgreichen Laufbahn. Wer die alle zählen wollte, müsste dafür eine Menge Zeit einplanen, jedenfalls hatte ich es bisher noch nie geschafft, während ich hier war.

Das Beste an dem Raum waren die Fenster. Eines zeigte hinaus auf die Weiden und Felder, durch das zweite hatten wir einen erstklassigen Blick in die Reithalle.

Ich hockte mich neben Sophia auf das dunkle Ledersofa,

Lukas lehnte sich gegen ein Bücherregal und Marie fläzte sich auf einen Sessel neben der Tür.

»Da seid ihr ja«, sagte Hanno, als hätte er seit drei Tagen auf uns gewartet. Er wühlte ein bisschen in seinen Zetteln herum, bis er endlich eine dunkelgrüne Mappe hervorzog.

»Ich habe tolle Neuigkeiten für euch«, begann er. »Wir dürfen in diesem Jahr ein ganz besonderes Turnier ausrichten.«

»Was denn für eins?«, fragte ich neugierig. »Etwa größer als sonst?«

»Und exklusiver. Es kommen Top-Reiterinnen aus dem In- und Ausland.«

»Wow!« Sophia rutschte neben mir auf dem Sofa herum.

»Vorhin habe ich die Einladung ins Internet gestellt«, fuhr Hanno fort. »Das Turnier findet kurz vor Himmelfahrt statt, von Freitag bis Sonntag. Es sind schon die ersten Anmeldungen eingetroffen.«

Jetzt schon? Das ging aber schnell. Das Turnier musste wirklich etwas Besonderes zu sein.

»Welche Disziplinen finden denn statt?«, wollte Lukas wissen.

»In der Dressur schreiben wir bis zum Grand Prix, im Springen bis zur Klasse S fünf Sterne.« Hanno lächelte.

»Wir machen auf jeden Fall beim Springen mit«, sagte Marie.

»Und bei der Dressur«, ergänzte Sophia. »Natürlich nicht gleich in der schweren Klasse, da müssen wir erst noch ein bisschen üben.«

»Ich auch«, sagte Lukas.

Beim Springen war ich raus, das war überhaupt nicht meins, aber bei der Dressur war ich auf jeden Fall dabei.

Doch da fiel mir plötzlich etwas ein: Diesmal würde ich ja Jupiter reiten! Das hätte ich fast vergessen. Oha, Jupiter war schon eine ganz andere Nummer als Luna. Hoffentlich kamen wir bis dahin besser miteinander klar.

»Die Gewinner der Nachwuchspreise bekommen eine spezielle Förderung, zum Beispiel werden Fortbildungen und Lehrgänge bezahlt«, erzählte Hanno. »Und wer weiß, vielleicht schafft es ja einer von euch bald auf eine Europameisterschaft. So oder so lohnt sich die Anstrengung diesmal besonders.«

»Toll!« Sophia hüpfte vor Begeisterung vom Sofa.

»Ja, aber das bedeutet, dass ihr die nächsten Wochen besonders intensiv trainieren und noch mehr Zeit investieren müsst«, betonte Hanno und grinste. »Ich möchte ja nicht, dass ihr mich auf dem Turnier blamiert. Schließlich habe ich auch einen Ruf als Ausbilder zu verteidigen.«

Ich sah in die Reithalle. Fast hätte ich laut aufgelacht. Am anderen Ende kämpfte eine kleine Gestalt vor dem Eingang zur Halle mit zwei Pferden. Wenn das nicht Caruso und

Delilah waren! Immer wieder drängte der Junge die beiden zurück und genauso schnell schoben sie ihn wieder in die entgegengesetzte Richtung. Hoffentlich guckten jetzt nicht Marie und Sophia aus dem Fenster!

Doch die waren vollauf beschäftigt. Sie bombardierten Hanno so mit Fragen zum Turnier, dass Lukas kaum zu Wort kam.

»Meinst du, ich schaffe das auf Jupiter?«, nutzte ich die winzige Pause, in der die Zwillinge Luft holten. »Ich bin ihn ja noch kaum geritten.«

»Natürlich, keine Frage.« Hanno nickte mir aufmunternd zu. »Das wird großartig, bis dahin seid ihr ein echtes Team. Mach dir keine Sorgen!«

Ganz so zuversichtlich war ich zwar nicht, aber trotzdem freute ich mich. Das Turnier schien wirklich besonders zu sein!

»Das wird toll«, sagte Lukas, »und wir machen Birkenmoor bestimmt keine Schande.«

»Wir wollen unbedingt gut abschneiden«, ergänzte Marie. »Und den anderen zeigen, was wir können.«

Hm, das war mir eigentlich gar nicht so wichtig. Klar, der Wettstreit war spannend. Aber am schönsten war es doch immer noch, wenn es zwischen mir und dem Pferd so richtig funkte und wir das Turnier zusammen meisterten. Aber ob mir das mit Jupiter gelingen würde?

Mit einem Mal fiel mir Willow ein. Das wäre mal was! Mit ihr ein Turnier zu reiten – als echtes Team, wir beide durch dick und dünn. Bei der Vorstellung musste ich spontan lächeln.

Hanno ordnete den Papierstapel vor sich. »Ich arbeite jetzt einen Trainingsplan aus und stelle ihn in die Gruppe. Da könnt ihr dann nachgucken, was sich die nächsten Wochen für euch ändert.« Er schob den Stuhl zurück. »Bis gleich in der Halle. Ylvi, jetzt wollen wir mal sehen, wie es mit dir und Jupiter im Gruppenunterricht klappt.«

KAPITEL 16

»›Wie lautet die Hauptstadt von Spanien?‹« Hm, war das jetzt Barcelona oder Granada? Ich wollte gerade auf den Stift beißen, da fiel mir auf, dass es der gute Füller von Oma war, also tauschte ich ihn schnell gegen einen Kugelschreiber aus. Die winzige Unterbrechung gab mir die richtige Antwort, zumindest hoffte ich das. Ich kritzelte »Madrid« ins Heft und klappte es zu. Alle Hausaufgaben fertig, und das in Rekordzeit!

Ich sprang auf und schob das Schulzeug zu einem Haufen an der Tischkante zusammen. Dann rannte ich durchs Haus und suchte nach meinen Siebensachen.

»Hast du eigentlich schon mal was vom großen weißen Kaninchen gehört?«, fragte Marlene, die mir vom Sofa aus dabei zusah, wie ich umherwieselte.

»Welches Kaninchen?«

Sie stand auf und hüpfte wie ein Känguru durchs Zimmer, schaute dabei abwechselnd auf ihre imaginäre Armbanduhr oder fasste sich theatralisch an die Stirn und keuchte: »Ich komm zu spät, ich komm zu spät ...«

Ähm, hatten wir zu Mittag wirklich beide Nudeln gegessen?

»Kennst du etwa ›Alice im Wunderland‹ nicht?«, fragte sie. »Du rast hier rum wie dieses riesige verrückte Kaninchen. Ist dir schon mal aufgefallen, dass du seit Tagen nur am Hetzen bist, von einem Ort zum nächsten?«

Das konnte einem schon so vorkommen, wenn man das Temperament einer Riesenschildkröte hatte und nur der Discobesuch einmal im Monat einem Beine machte.

»Ph!« Ich sparte mir eine Antwort und langte nach dem Rucksack und den Fahrradschlüsseln.

»Mach mal eine Pause und entspann dich«, rief sie hinter mir her, dann fiel die Haustür ins Schloss.

»Dürfen wir mit Lucifer auf die Koppel?« Eines der jüngeren Reitermädchen kam die Rampe hinaufgelaufen.

»Lucifer!« Mila lehnte die Mistgabel gegen das Tor des Laufstalls. »Verflixt, ich habe heute Morgen vergessen, ihm seine Tablette zu geben. Das muss ich zuerst machen, Fiona, danach könnt ihr ihn mit auf die Weide nehmen«, sagte sie und wandte sich an mich. »Kommst du mit?«

»Natürlich!« Ich stellte meine Forke weg, dann folgte ich Mila nach unten.

Wir liefen hinüber ins Hexenhäuschen, wo Mila mich in Corinnas Büro führte. Es grenzte direkt an die große Wohnküche.

»Sie liegen immer auf ihrem Schreibtisch, wir brauchen ja jeden Tag eine«, erklärte sie und zeigte mir eine Packung in knalligem Pink. »Normalerweise gebe ich Lucifer eine Tablette, bevor ich morgens zum Schulbus gehe, aber heute früh war ich so spät dran, dass mir das durchgerutscht ist.«

Sie öffnete die Schachtel.

»Oh nein, es sind ja nur noch zwei drin! Wir brauchen unbedingt Nachschub.«

Auf einem vollgestopften Bücherregal stand ein Apothekerschränkchen mit allen möglichen Medikamenten. Sie wühlte darin herum, doch die Reserve war auch schon aufgebraucht.

»Ich schreibe Mama schnell eine Nachricht, dass sie nachher noch beim Tierarzt hält.« Sie ließ das Handy sinken und biss sich auf die Lippen. »Äh, nee, vielleicht doch nicht.«

»Wieso nicht?«

»Ach, ist nicht so wichtig.«

»Wie jetzt? Du hast doch gesagt, dass Lucifer unbedingt jeden Tag eine Tablette braucht. Eine gibst du ihm jetzt, die andere ist für morgen früh. Und dann?«

»Ja, schon, aber Mama hat gerade nicht genug Geld«, erklärte sie verlegen. »Unser Dispo ist diesen Monat schon voll ausgereizt, gestern musste sie sogar die Einkäufe im Supermarkt stehen lassen, weil nichts mehr abgebucht werden konnte.« Sie ging Richtung Tür. »Aber wir haben ja noch das Geld in der Tablettendose.«

»Ein Glück!«

Mila nahm eine Banane aus dem Obstkorb auf dem Küchentisch, dann rannten wir zu Lucifer auf die Koppel. Ich schaute ihm ins Gesicht und strich über seinen Körper. Er wirkte so putzmunter wie immer, dann war es ja hoffentlich nicht so schlimm, dass er seine Medizin heute etwas später bekam.

Mila drückte die vorletzte Tablette in eine halbe Banane und hielt sie Lucifer hin. Routiniert verschlang er sie in einem Happs. Dann schlabberte er die andere Bananenhälfte weg, so gierig, dass er sich noch nicht einmal vom fernen Donnergrollen stören ließ.

Mila musterte kritisch den Himmel. »Komm, wir bringen ihn in den Laufstall und holen dann schnell noch die anderen rein«, sagte sie. »Anscheinend kommt das Gewitter früher. Eigentlich hatten sie es für heute Abend angesagt.«

Jetzt erst bemerkte ich, dass sich in den letzten paar Minuten der Himmel deutlich verdüstert hatte. Das sah wirklich nach Unwetter aus!

Da wir nur Lucifers Halfter dabeihatten, konnten wir

keins der anderen Pferde mitnehmen, doch zum Glück kamen uns Mieke und Kay schon entgegengelaufen.

Einige trockene Strohhalme fegten über das Kopfsteinpflaster vor dem Stall. Der Wind hatte zugenommen und es war plötzlich kühl geworden. Schnell schlüpften wir nach drinnen ins Warme.

Willig ließ sich Lucifer die Rampe hinaufführen. Mila öffnete die Tür des Laufstalls. Er ging hinein und machte sich über den Heuhaufen in der Ecke her.

Durch eines der Stallfenster sah ich, wie dunkle Wolkenberge in einem Affenzahn vorüberzogen. »Ich glaube, wir sollten uns besser beeilen.«

Wir liefen die Rampe ins Erdgeschoss hinunter, wo Kay und Mieke gerade schon Mortimer und Sunny in ihre Boxen brachten. Eine Böe wirbelte ein wenig Sand vom Reitplatz auf, als wir wieder Richtung Koppel sausten.

Dort hatten sich die Pferde dicht zusammengedrängt, nur Willow hielt sich etwas abseits und lief unruhig auf und ab. Sie zuckte zusammen, als ein Blitz am Himmel aufleuchtete, dem sofort ein Donnerschlag folgte.

Da kamen auch schon Mieke und Kay mit Josse auf die Weide gelaufen.

»Nimmst du Sally?«, fragte Mila ihn.

Vorsichtig ging ich auf Willow zu. Hoffentlich lief sie mir nicht in Panik davon! Sie zögerte kurz, doch als sie sah, wie

Gonzo und die anderen Pferde aufs Gatter zusteuerten, kam sie brav mit.

Unser Timing war perfekt, denn sobald sich die Stalltür hinter uns allen schloss, öffnete der Himmel seine Schleusen.

»Mist, ausgerechnet jetzt muss ich los«, sagte Josse und seufzte.

»Kannst du den Regen nicht wenigstens noch ein bisschen abwarten?«, fragte Kay und guckte von Mortimers Box zu ihm herüber.

»Nein, die warten beim Basketballtraining leider nicht auf mich.« Josse zog den Reißverschluss seiner Trainingsjacke hoch. »Bis denn. Ich hole nur noch eben meinen Rucksack aus der Sattelkammer.«

Während ich Willow in die Box führte und ihr schon mal eine gute Nacht wünschte, langte Mila nach der Dose auf dem Mauersims.

»Merkwürdig. Hat jemand das ganze Kleingeld gegen einen Schein getauscht?« Sie schüttelte die Dose, bevor sie hineinsah. »Die ist ja leer!«

Willow wandte den Kopf, als sie Milas entsetzte Stimme hörte.

»Lass mal sehen.« Ich griff nach der Blechdose. Mila hatte recht, da war gar nichts mehr drin! Ich sah sie an. »Deine Mutter hat das Geld bestimmt schon herausgenommen.«

Sie schüttelte den Kopf. »Das glaube ich nicht, sie vergisst es nämlich regelmäßig und ich muss sie dann erinnern. Aber warte mal, das finden wir gleich heraus«, sagte sie und holte ihr Telefon aus der Tasche.

Auf die Antwort brauchten wir nicht lange zu warten.

»Nein, sie hat das Geld nicht.« Mila seufzte frustriert. »Das hat uns echt gerade noch gefehlt.«

»Was denn?«, fragte Mieke und schob den Riegel vor Sunnys Box.

»Lucifers Spendengeld ist irgendwie abhandengekommen.«

Kay und Mieke schauten sich an. Ihre Gesichter verdüsterten sich.

»Du meinst wohl, jemand hat dafür gesorgt, dass es verschwindet?«, entgegnete Mieke scharf.

»Was?«

Ich seufzte. Manchmal war Mila einfach zu gut für diese Welt.

»Sie denkt, jemand hat es geklaut«, klärte Kay sie auf.

»Was? Wer klaut denn einem uralten kranken Pony das Medizingeld?«, rief Mila fassungslos.

In diesem Moment lief Josse draußen am Stallfenster vorbei, über den Kopf hatte er eine Kapuze gezogen und er duckte sich vor dem Regen und den Windböen. Alle starrten ihn an.

In der nächsten Sekunde krachte ein Donnerschlag und wir zuckten zusammen.

Unsere Blicke trafen sich. Mila räusperte sich und Kay bekam rote Wangen. Auch ich merkte, wie mir heiß wurde.

»Meint ihr etwa, das war …?«, fragte Kay und deutete mit dem Kinn nach draußen.

»Quatsch, natürlich nicht«, murmelte Mila. Sie drehte verlegen die leere Dose in den Händen.

»Glaub ich auch nicht«, sagte ich schnell. »Das kann doch nicht sein.«

»Aber ganz unmöglich ist es nicht«, meinte Kay langsam.

Mieke nickte. »Immerhin hat er einige Probleme.« Sie zögerte, bevor sie fortfuhr: »Das hat doch deine Mutter gesagt, oder nicht?«

»Wir wissen nicht genau, was los gewesen ist.« Mila seufzte. »Na ja, ich zumindest nicht. Mama hat es mir nie erzählt und ich habe auch nicht nachgefragt. Wozu auch?«

Wir starrten in den Regen und schwiegen eine Weile. Josse war längst davongefahren, aber irgendwie fühlte es sich so an, als hörte er trotzdem mit.

»Also, irgendjemand muss das Geld genommen haben«, sagte Kay. »Aber bei Josse kann ich mir das nicht vorstellen. Das würde er doch nie tun. Oder was meint ihr?«

Es krachte wieder, Sekunden später beleuchtete ein Blitz

den Stall. In dem bleichen Licht sah Kay plötzlich richtig käsig aus, ganz anders als sonst.

»Ich denke es auch nicht«, sagte Mila langsam. »Er hat die ganze Zeit über hier so toll mitgeholfen, das kann einfach nicht sein.«

»Er ist schon ein witziger Typ.« Kay stützte sich auf den Rand von Mortimers Boxentür auf. »Ziemlich cool. Ich finde es gut, dass er sich nicht so anbiedert.«

»Ich traue es ihm auch nicht zu«, meinte Mieke leise. »Aber irgendetwas muss er ja ausgefressen haben, sonst wäre er doch gar nicht hier.«

»Das sind doch einfach nur dumme Vorurteile, die wir alle plötzlich haben«, sagte Mila energisch und stellte die Dose mit einem Knall auf den Sims. »Nur weil Josse mal irgendwas angestellt hat, heißt das doch noch lange nicht, dass er hier klaut. Nein, es muss eine andere Erklärung geben, warum das Geld weg ist.«

Ja, das hoffte ich auch. Nur hatte ich leider überhaupt keine Idee, was hinter dem Ganzen stecken könnte.

KAPITEL 17

Für den nächsten Morgen hatte Hanno eine frühe Trainingsstunde angesetzt. Die Turniervorbereitungen waren ab sofort im vollen Gang! Doch vorher brauchte ich unbedingt etwas im Magen. Ich löffelte zum Frühstück Cornflakes in mich hinein und stierte dabei auf die Tischplatte.

Hoffentlich lief es heute besser mit Jupiter. In unserer ersten Gruppenstunde war einiges schiefgegangen, aber das lag nun wirklich nicht an dem armen Kerl. Nein, ich war schuld daran, denn ich war viel zu aufgeregt gewesen. Vor lauter Angst, dass ich mit Jupiter nicht zurechtkommen würde, hatte ich mich total verkrampft. Kein Wunder, dass er da nervös geworden war!

Heute würde ich es auf jeden Fall anders machen, das war ich schon allein Jupiter schuldig, aber auch Lukas und den Zwillingen. Schließlich wollten wir alle in Ruhe für das Turnier trainieren, da konnte ich nicht ständig aus der Reihe tanzen.

Meine Gedanken schweiften weiter zum Hollerhof. Mensch, dass die Ponykasse leer war! Ich konnte es immer noch nicht glauben.

»Erde an Ylvi«, sagte Mama und goss mir noch etwas Milch über die Cornflakes. »Wo bist du denn gerade?«

Ich hob den Kopf. Mama sah mich aufmerksam an und jetzt guckte auch Papa von seinem Frühstücksbrötchen auf und legte das Messer weg.

»Ach, gestern ist was Blödes passiert«, antwortete ich und erzählte von der Ponykasse.

»Ist es denn so schlimm, wenn er die Tabletten mal einen Tag nicht nimmt?«, fragte Mama.

»Ja, wenn ich das richtig verstanden habe, schon. Er hat so eine seltene Stoffwechselkrankheit und braucht jeden Tag eine.«

»Dann ist das wirklich eine verzwickte Situation.« Mama nickte verständnisvoll.

»Und warum wird das Geld überhaupt in der Dose aufbewahrt?«, wollte Papa wissen.

»Na ja, da sind Spenden drin, denn sonst wäre die Medizin auf Dauer viel zu teuer.« Ich sah zur Küchenuhr und bekam einen Schreck. Schon so spät! Jetzt musste ich mich tierisch beeilen, wenn ich nicht die Letzte in der Halle sein wollte.

Die anderen ritten bereits die Pferde warm, als ich außer Atem mit Jupiter vor der Hallentür stand.

»Tür frei, bitte.«

»Ist frei!«, kam Hannos Stimme von drinnen.

Ich führte Jupiter eilig zur Aufsteighilfe in der Ecke.

»Mensch, kommst du auch noch mal«, zischte mir Marie im Vorbeireiten zu.

»Das war keine Absicht«, erwiderte ich, doch da war sie schon weg.

»Wir fangen eigentlich pünktlich an, Ylvi«, sagte Hanno.

»Ich weiß, es tut mir wirklich leid«, sagte ich schnell und stieg in den Sattel. Diesmal blieb Jupiter zum Glück ganz ruhig stehen.

»Brav bist du«, murmelte ich und strich ihm über den Hals, bevor ich auf Hanno zuritt. »Nächstes Mal bin ich wieder pünktlich. Versprochen!«

»Alles klar. Dann reite jetzt ein paar Runden am langen Zügel, damit Jupiter sich langsam aufwärmt.«

Ich war froh, dass er keine große Sache daraus machte, dass ich den Unterrichtsablauf gestört hatte, und begann mit meiner Schrittarbeit.

Leider waren Marie und Sophia längst nicht so entspannt.

»Wir bekommen im Gegensatz zu dir keine Einzelstunden«, raunzte Sophia mich an, als wir aneinander vorbeiritten. »Also klau uns gefälligst nichts von unserer Trainingszeit.«

»Entschuldigung, das kann doch mal passieren«, sagte ich und ließ Jupiter antraben. Vielleicht war es ganz gut, dass ich wegen meiner Verspätung so abgelenkt war, jedenfalls klappte heute alles auf Anhieb.

»Aber doch nicht vor so einem wichtigen Turnier«, nahm Sophia wieder den Faden auf. »Das kannst du echt nicht bringen. Da zählt doch jede Minute im Sattel!«

»Es ist ja nicht so, als käme ich ständig zu spät«, verteidigte ich mich. »Außerdem ist es für mich wichtiger als für euch, dass ich hier einen guten Eindruck mache, denn ich brauche Jupiter. Ihr habt wenigstens eigene Pferde, auf denen könnt ihr reiten, wann ihr wollt.«

Sophia presste die Lippen zusammen und antwortete nicht.

Die nächsten Minuten schmollten wir drei uns an, nur Lukas benahm sich ganz normal. Wenigstens nahm er es nicht persönlich, dass ich zu spät gekommen war!

Nach dem Aufwärmen steigerte Hanno das Tempo und es blieb uns keine Zeit mehr für Gemecker. Wir waren vollauf damit beschäftigt, die geforderten Lektionen aus den anstehenden Prüfungen richtig hinzubekommen.

Am Ende der Trainingsstunde waren alle furchtbar außer Atem – wir noch viel mehr als die Pferde!

Zum Glück hatten sich Sophia und Marie in der Stunde abreagiert, jedenfalls plauderten wir nur noch unbeschwert darüber, wie es bei uns allen gelaufen war, als wir die Pferde hinterher versorgten.

Später auf dem Hollerhof war die Stimmung gedrückt.

Keiner von uns sprach den Diebstahl an, aber das war auch nicht nötig. Er hing in der Luft, so hartnäckig wie der Geruch von Frittierfett in einer Pommesbude.

Nach dem Gewitter hatte es abgekühlt und es war immer noch windig. Eine Böe pustete Willows Mähne auseinander und sie schüttelte wild den Kopf. Auch die anderen Pferde auf dem Paddock waren unruhig und schreckhaft. Immer wieder hoben sie bei dem kleinsten Windstoß die Köpfe und preschten los. Lucifer legte einmal sogar die Ohren an, als Coconut, einer der Tinker, ihm an der Heuraufe zu nahe kam.

Als der Wind langsam nachließ, machten Mila und ich das einzig Richtige: Wir schnappten uns Willow und Gonzo und unternahmen einen ausgedehnten Spaziergang über die Koppeln.

»Das geht?«, fragte ich verwundert, als wir die erste Wiese überquerten.

»Ja, wir haben alle Weiden miteinander verbunden. So gibt es einerseits mehrere einzelne große Koppeln, wir können aber auch aus allen zusammen ein riesiges Areal machen. Da haben die Pferde dann richtig Platz zum Laufen.«

»Das ist genial!«

Wir bummelten gemütlich von einer Koppel zur nächsten. Wären die Zäune nicht gewesen, ich hätte mich fast wie in der Prärie gefühlt. Diese Weite! So groß war das Gebiet rund um Birkenmoor längst nicht, das wurde mir jetzt erst bewusst.

Ab und an kam die Sonne zwischen den Wolken hervor und tauchte die Wiesen vor uns in ein mildes Licht. Kurz vor dem Waldrand hielten wir auf einer kleinen Anhöhe. Von hier aus hatten wir einen herrlichen Blick auf das gesamte Gelände, doch Willow interessierte sich gar nicht dafür. Sie blähte die Nüstern und musterte aufmerksam einen Strauch, dessen Blätter im Wind raschelten. Gonzo dagegen beschnupperte nur einen Löwenzahn und wirkte vollkommen entspannt.

Wir drehten um und schlenderten zurück.

Auf dem Reitplatz sprang Kay mit Mortimer gerade über ein Hindernis. Mieke gesellte sich mit Sunny dazu und begann, sie außen auf der Bahn warmzureiten.

Wir brachten Willow und Gonzo zu den anderen Pferden auf den Paddock und schauten danach zu, wie Kay und Mieke in ihrem selbst entworfenen Parcours ein Hindernis nach dem anderen übten.

»Der springt ja richtig gern«, staunte ich, denn Mortimer nahm mit gespitzten Ohren einen Steilsprung.

Kay strahlte. »Ja, wirklich! Ich aber auch!«

»Das merkt man!«

Sie saß völlig locker und entspannt im Sattel und steuerte jedes Hindernis ganz ruhig an.

Mieke wirkte ein klein wenig verkrampfter, aber vielleicht lag das auch daran, dass Sunny immer wieder auf der Stelle tänzelte oder den Kopf hochnahm, wenn sie sich von etwas ablenken ließ. Mortimer dagegen schien vollkommen auf den Parcours konzentriert. Es machte Spaß, den beiden zuzusehen.

Mila stieß mich in die Seite. »Da ist Josse.«

»Oh.«

Wir lächelten ihn an, als er an uns vorbeiging und eine Schubkarre auf dem Misthaufen auskippte, doch dabei fühlte ich mich irgendwie mies. Auch Mila trat unbehaglich von einem Fuß auf den anderen. Hoffentlich sah er uns das schlechte Gewissen nicht gleich an der Nasenspitze an!

»Hast du deiner Mutter erzählt, dass die Dose leer ist?«

»Mmh, das musste ich ja leider.« Mila zog eine Grimasse. »Sie war einigermaßen gefasst und meinte nur, sie kratzt den letzten Rest auf ihrem Sparbuch zusammen.«

»Bestimmt gibt es eine einfache Erklärung und das Geld taucht wieder auf.«

»Hoffentlich.« Sie pflückte einen Grashalm ab und kaute auf dem Ende herum.

Wir drehten uns um, als Corinna auf den Hof fuhr. Sie winkte uns zu und öffnete die Kofferraumklappe. »Könnt ihr mal mit anfassen? Ich hab hier ein paar Säcke mit Pellets.«

Mila und ich liefen zum Kombi, auch Josse stellte die leere Schubkarre neben der Stalltür ab.

»Ein paar Säcke?«, rief Mila. »Der ganze Kofferraum ist voll!«

»Es war ein Sonderangebot«, erklärte Corinna. »Das Geld vom Sparbuch hat gerade so gereicht, da musste ich einfach zugreifen – bei dem Mengenrabatt!«

Sie griff nach dem ersten Sack, da klingelte ihr Telefon.

»Hallo? Ja, natürlich, das kann ich gleich nachsehen«, sagte sie. »Bleiben Sie kurz dran, ich laufe eben schnell ins Büro an den Computer.«

»Perfektes Timing«, stöhnte Mila, als ihre Mutter ins Haus hetzte.

»Ach was, wir nehmen einfach die leere Schubkarre«, sagte Josse.

Drei Säcke passten gut hinein und einen vierten schleppten Mila und ich zu zweit zur Sattelkammer. Wir waren gerade dabei, alles zu verstauen, als Mieke und Kay hereinkamen.

»Ich hole eben noch die letzten Säcke aus dem Kofferraum«, sagte Josse und verschwand wieder.

Kay wusch im Waschbecken das Gebiss ab. Mieke schlängelte sich zwischen den Sattelböcken hindurch und kramte in ihrem Schrank herum.

»Wo ist denn mein neuer Hufkratzer? Habt ihr den irgendwo gesehen?«, fragte sie.

»Oh, den habe ich mir gestern ausgeliehen, bei meinem ist die Bürste schon so zerfleddert«, antwortete Kay. »Sorry, ich hole ihn eben aus meiner Kiste.«

Sie bückte sich und wühlte in ihrer Putzkiste herum. Als sie sich wieder aufrichtete, stieß sie mit dem Ellenbogen gegen einen Rucksack, der an einem der frei stehenden Holzpfeilern hing. Er fiel herunter und der Inhalt verteilte sich auf dem Boden: zwei zerfledderte Taschenbücher, ein Apfel und ein Haufen anderer Krimskrams.

»Warte, ich helfe dir«, sagte ich und kniete mich neben sie.

»Oh, da ist ja Geld drin.« Kay hob einen halb geöffneten hellblauen Briefumschlag auf. Die vielen Münzen und Fünfeuroscheine mussten aus ihm herausgefallen sein, denn ein bisschen Geld war immer noch drin.

Mieke schaute uns über die Schulter. »Das ist ja gar nicht so wenig«, stellte sie fest. »Wem gehört der Rucksack denn?«

»Das ist meiner«, antwortete Josse. Er bahnte sich einen Weg durch die Sattelkammer und hob den Rucksack auf.

»Das war keine Absicht«, begann Kay, doch während sie noch sprach, runzelte sie die Stirn. »Sag mal, ist das eigentlich dein Geld?«

»Hä?« Josse schaute sie perplex an. »Es ist mein Rucksack. Natürlich ist das mein Geld.«

Kay ließ ein paar Münzen zwischen ihren Fingern hindurchgleiten. »Und wieso bewahrst du es in einem Umschlag auf? Du hast doch neulich gesagt, du hast ein Portemonnaie.«

»Sind wir hier bei der Polizei oder was? Das kann dir doch egal sein.«

»Oder auch nicht.« Kays Gesicht verfinsterte sich. »Wenn es das Geld aus der Ponykasse ist.«

»Welche Ponykasse?« Josse stutzte. »Ach so, die Dose mit dem Geld bei Willows Box?« Er schien einen Moment zu brauchen, um zu kapieren, worauf Kay hinauswollte. »Sag mal, spinnst du jetzt?«

»Woher kommt das Geld denn dann?«, fragte Kay streng.

»Das geht dich überhaupt nichts an!«

Mila, Mieke und ich kamen gar nicht zu Wort. Mit offenem Mund starrten wir sie an, wie bei einem Tennismatch. Es hätte lustig sein können – wenn es um ein anderes Thema gegangen wäre.

Jetzt mischte Mila sich ein. »Wenn du nichts zu verbergen hast, dann sag uns doch einfach, woher das Geld kommt. Gestern hat jemand unsere Ponykasse leergeräumt. Weißt du etwas darüber?«

Josse drückte den Rucksack an sich. »Natürlich nicht! Verdächtigt ihr mich etwa?«

Es wurde ganz still.

Er zog die Augenbrauen zusammen.

»Neulich, als wir ins Café wollten, da hattest du doch kein Geld, stimmt's?« Kay musterte ihn aus zusammengekniffenen Augen. »Und jetzt auf einmal so viel? Das kann doch nicht sein!«

Beim Stichwort Café klingelte etwas in meinem Hinterkopf. Nur was? Ich bekam es nicht zu fassen.

Josse beugte sich vor und riss Kay den Umschlag aus der Hand.

»Woher das Geld kommt, geht dich gar nichts an«, sagte er laut, dann schaute er der Reihe nach Mila, Mieke und mich an. »Euch alle nicht.«

»Du hast ja recht, das tut es nicht, aber du musst doch verstehen, dass ich herausfinden muss, wo Lucifers Medizingeld abgeblieben ist. Wir brauchen das!«

»Woher soll ausgerechnet ich das wissen?«

Mila warf mir einen Hilfe suchenden Blick zu.

Ich zögerte. Unter anderen Umständen wäre ich ihr sofort

beigesprungen, ich konnte ja verstehen, wie verzweifelt sie wegen des Diebstahls war. Doch Josse einfach so zu verdächtigen, nur wegen seiner Vorgeschichte? Die wir im Übrigen noch nicht mal kannten? Irgendwie ging mir das gegen den Strich. Sicher, so viele Stallbesucher wie auf Birkenmoor gab es hier nicht, aber das Geld hätte auch jemand anders nehmen können.

»Das versteht sich doch wohl von selbst«, antwortete Mieke schnippisch. »Oder muss hier sonst noch jemand Arbeitsstunden ableisten?«

»Für wen haltet ihr euch eigentlich?«, blaffte Josse.

Plötzlich fiel mir wieder ein, wie er neulich mit Sally gekuschelt hatte. Nein, irgendwie konnte ich mir nicht vorstellen, dass er etwas damit zu tun hatte.

Ich hob die Hände. »Noch mal zurück auf Start. Wie blöd wäre es denn von Josse, wenn er praktisch vor unseren Augen das Geld aus der Dose klaut und es dann noch mit sich herumträgt?«

Josse warf mir einen überraschten Blick zu. Damit hatte er anscheinend nicht gerechnet.

»Ich sage es euch jetzt ein einziges Mal: Ich habe in meinem ganzen Leben noch nie etwas geklaut.«

»Und das sollen wir dir glauben?«, rief Kay aufgebracht. »Du kommst hierher und machst dich nützlich – und dann verschwindet auf einmal Geld. Und du willst nichts damit zu tun haben?« Sie fuhr sich über das Gesicht. »Das hätte ich echt nicht von dir gedacht!«

Er starrte sie zornig an. »Das ist überhaupt nicht die Frage! Es ist mir ehrlich gesagt scheißegal, was du glaubst. Oder alle anderen hier!« Er ging zur Tür, drehte sich dort aber noch einmal um. »Ihr tickt doch nicht ganz sauber! Wie ihr euch hier aufspielt!«

Mit einem Knall fiel die Tür hinter ihm ins Schloss.

»Verfluchter Mist«, sagte Mila, und damit sprach sie mir voll aus dem Herzen.

Draußen hörten wir Josse laut sagen: »Ich bin fertig für heute.«

»Ach, schön, herzlichen Dank«, antwortete Corinna. »Ist alles in Ordnung?«, fragte sie nach einer kleinen Pause.

»Ja, alles gut«, brummte Josse.

»Fein, dann sehen wir uns morgen wieder. Mach's gut!«

Die Tür ging wieder auf und Corinna strahlte uns an. »Ich muss euch unbedingt etwas erzählen!«

KAPITEL 18

Corinna lehnte sich an einen der Schränke und vergrub die Hände in den Hosentaschen.

Tolle Neuigkeiten? Die waren mir jetzt absolut willkommen. Der Streit mit Josse drückte mir auf den Magen. Am liebsten hätte ich alles mit Mila und den anderen besprochen, aber vor Corinna wollte ich das Thema nicht erwähnen.

»In nächster Zeit werden wir ein bisschen mehr trainieren«, verkündete Corinna. »Jetzt, nach einem Dreivierteljahr, hat sich das meiste auf dem Hof so weit eingespielt, dass es von selbst läuft.«

Mila prustete laut los.

»Na gut, fast von selbst.« Corinna grinste. »Jedenfalls kann ich mich nun endlich dem Wichtigsten auf dem Hof widmen: meinen Reitschülerinnen.« Sie lächelte verschmitzt. »Ich habe neulich zufällig den Besitzer von Birkenmoor getroffen.«

Ich sah überrascht auf. Ob sie wohl auch über mich gesprochen hatten?

»Hanno hat mir von dem Turnier erzählt, das demnächst auf seinem Hof ausgerichtet wird. Na ja … es war fast eine kleine Herausforderung. Und die habe ich angenommen. Was reiterliche Talente angeht, braucht sich der Hollerhof vor Birkenmoor nicht zu verstecken.«

»Ein Turnier? Was denn für eines?« Mila warf ihre Zöpfe schwungvoll über die Schulter. »Und wer soll da mitmachen? Ist es auch für die kleinen Reitkinder?«

»Nein, es ist für eure Altersgruppe und Erwachsene«, antwortete Corinna.

»Ich bin auf jeden Fall dabei«, sagte Kay. »Die Herausforderung nehme ich an!«

»Ich auch.« Mieke nickte begeistert.

»Klasse, das hatte ich gehofft, auch wenn ich euch da natürlich nicht unter Druck setzen will«, sagte Corinna. »Bisher habe ich nur gesagt, dass wir mitmachen, aber noch niemanden konkret angemeldet. Bis zum Turnier sind es ja noch einige Wochen hin.« Sie sah Mila an. »Du könntest auch antreten.«

»Dann müsste ich erst mal wieder mit Sattel üben«, überlegte Mila laut. »Aber mit Gonzo wird das bestimmt lustig. Wir müssen ja nicht den ersten Platz machen. Dabeisein ist alles!«

Kay stupste sie an. »Ein bisschen mehr Ehrgeiz, bitte.«

Mila lachte gutmütig und zuckte mit den Schultern.

Corinna wandte sich an mich. »Und was machen wir mit dir, Ylvi? Du könntest vielleicht Sally nehmen, allerdings ist sie eher ein Springpferd. Oder wen hätten wir sonst noch? Lass mich mal überlegen …«

»Ich bin ja schon versorgt«, sagte ich schnell. »Ich starte für Birkenmoor. Hanno hat mich neulich schon angemeldet.«

»Ach, das ist ja schön. Aber trotzdem sollst du dich nicht außen vor fühlen, wenn wir jetzt alle um die Wette trainieren. Wie wäre es denn, wenn ich dich demnächst mal für eine Sitzschulung an die Longe nehmen würde? Du bist ja inzwischen gut vertraut mit Willow.«

Auf Willow reiten? Liebend gern! Das wünschte ich mir ja schon die ganze Zeit. Nur auf die Longe hätte ich locker verzichten können. Aber Widerspruch wäre da wahrscheinlich zwecklos, so gut kannte ich Corinna inzwischen schon.

Kay und Mieke mussten sich dringend um ihre Pferde kümmern, die noch auf dem Putzplatz warteten. Und ich wollte Willows Sattel einfetten. Das hatte ich mir seit Längerem vorgenommen und dafür extra eine kleine Dose Sattelpflege besorgt.

Ich schmunzelte in mich hinein. Nun würde ich den Sattel sogar schneller in Gebrauch nehmen können als gedacht.

Während ich noch in meiner Stofftasche kramte, sagte Mila: »Ich gehe schon mal hoch, ja? Ich muss dringend etwas essen, unser Mittagessen ist heute ausgefallen. Magst du gleich nachkommen?«

»Gern.«

Ein wenig später lief ich die kleine Anhöhe hinauf. Die Tür des Hexenhauses stand einen Spalt breit offen und eine dünne Rauchfahne wehte mir entgegen. Es roch ziemlich verbrannt. Da niemand auf mein Klopfen reagierte, schob ich die Tür etwas weiter auf und rief nach Mila. Keine Antwort. Leise miauend strich die dicke Katze um meine Beine. Das war bestimmt Mr Mouse.

»Ich soll einfach reingehen?«

Der Kater miaute noch ein bisschen lauter. Also schön.

Ich trat ein und befand mich im kleinsten Flur, den ich je betreten hatte. Knapp einen halben Meter von der Haustür entfernt führte eine steile Treppe nach oben. Rechts von mir befand sich eine große Wohnküche. Bevor ich mich weiter nach dem durchdringenden Gestank umsehen konnte, polterten Schritte die Treppe herunter. Mila warf hektische Blicke um sich, während sie die Stufen heruntersprang.

»Der Toaster!«, riefen wir wie aus einem Mund, als wir im selben Augenblick den Übeltäter entdeckten. Rauch quoll aus einem riesigen Gerät, um das unzählige Brotkrümel verstreut waren. Mit zwei Schritten war Mila an der Arbeitsplatte und riss das Kabel aus der Steckdose. Sobald das Kabel raus war, schnappte ich mir einen langen Fleischspieß und angelte damit die verkohlten Brotscheiben aus den Schlitzen.

»Jetzt reicht's«, schimpfte sie. »Dieses blöde Ding! In dieser Woche brennt mir schon zum dritten Mal der Toast an.«

»Ist ja nicht gerade ungefährlich.« Ich hustete. Der Rauch kratzte im Rachen.

»Mama hat schon wieder vergessen, neue Batterien in die Rauchmelder zu tun.« Sie öffnete das Fenster. »Komm, wir gehen hoch in mein Zimmer und warten, bis man hier unten wieder atmen kann.«

Gespannt folgte ich ihr nach oben.

Ihr Zimmer nahm die ganze rechte Seite des Hauses ein.

»Wir haben ein paar Wände durchgebrochen«, erzählte sie, als sie meinen überraschten Blick sah. »Mama hat ihr Zimmer gegenüber.«

Staunend betrachtete ich das Chaos, das sich vor mir ausbreitete. »Platz brauchst du ja für deinen Kram.«

Überall stapelten sich Bücher, nur nicht in den Regalen, die stattdessen mit allem möglichen anderen Krempel vollgestopft waren. Vom Fußboden war unter den Kleiderbergen nicht viel zu sehen, ebenso wenig von der langen

Werkbank vor dem Fenster. Dagegen war mein Zimmer ein Zen-Altar!

Neugierig zog ich einige Bücher aus einem wackeligen Stapel neben der Tür. Daneben lagen einige Kristalle und ein Stapel bunter Karten. An den wenigen freien Stellen an den Wänden hingen Tierposter und Naturlandschaften. Neben einem Himmelbett, das mit bunten Stoffen bezogen war, stand ein Schreibtisch. Quer durch das Zimmer war eine Hängematte aus rot-grün gestreiftem Stoff gespannt. Am liebsten hätte ich mich sofort hineingelegt.

»Wozu brauchst du denn gleich drei Monitore?« Ich zeigte auf die Bildschirme, die den ganzen Schreibtisch einnahmen.

»Ach, ich kenne mich ganz gut mit Computern aus«, antwortete Mila. »Meistens bastle ich daran herum oder repariere sie für andere.«

»Gut zu wissen.«

Wir fläzten uns auf zwei Sitzkissen.

»Das ist vorhin echt blöd gelaufen«, sagte Mila.

Ich wusste sofort, was sie meinte. »Ich weiß nicht, wie wir das wieder geradebiegen sollen.«

»Ja, aber was, wenn er wirklich das Geld geklaut hat?« Mila runzelte die Stirn.

Eine Weile überlegten wir hin und her, doch wir kamen zu keinem Ergebnis.

»Lass uns nachher noch mal mit Kay und Mieke reden«,

sagte Mila schließlich und arbeitete sich aus dem Polster hoch. »Ich brauche jetzt wirklich was essen. Willst du auch etwas?«

Statt einer Antwort knurrte mein Magen, denn der hatte heute außer den Cornflakes noch nichts bekommen.

Wir liefen die Treppe nach unten in die Küche.

»Das mit dem Toaster lassen wir lieber«, meinte Mila.

Während sie ein paar Scheiben Brot für uns schmierte, blätterte ich in einer Zeitung und überflog einen Artikel über eine Brandstiftung.

»Mila, tust du mir einen Gefallen und bringst den nachher noch zum Briefkasten?« Corinna kam aus dem Büro nebenan und legte etwas auf den Küchentisch.

Mila und ich warfen gleichzeitig einen Blick darauf. Mila ließ das Brotmesser fallen und ich verschluckte mich fast an meiner Käsestulle.

Es war ein Umschlag. Allerdings nicht irgendeiner – er war hellblau und genauso groß wie der von Josse vorhin.

Mila starrte auf den Brief, als würde er gleich beißen. »Was ist das denn für Papier?«

»Ganz normales Briefpapier. Das habe ich neulich erst gekauft.« Corinna zog die Augenbrauen hoch. »Warum?«

Mila und ich wechselten einen Blick.

Corinna stützte die Hände auf den Küchentisch. »Also schön, was hast du ausgefressen?«

»Äh, das waren wir. Also, wir alle, meine ich.«

»Was habt ihr angestellt?«

Wir starrten auf unsere Fußspitzen, doch – Überraschung! – kamen die uns leider nicht zu Hilfe. Schließlich gab sich Mila einen Ruck. Sie stockte zuerst immer wieder, aber nach und nach rückte sie mit allem heraus und beichtete ihrer Mutter von unserem Verdacht gegen Josse.

»Wir haben gedacht, dass er das Geld aus der Dose genommen hat.«

»Ihr habt was?« Corinna war laut geworden. »Das kann ja wohl nicht euer Ernst sein! Und wer ist überhaupt ›wir‹? Mieke und Kay auch?«

Wir schwiegen, denn Petzen kam natürlich nicht infrage.

Das war auch gar nicht nötig. Corinna ging zur Tür und rief Kay und Mieke zu sich, die gerade ihre Pferde zur Koppel gebracht hatten.

»Ist was passiert?«, fragte Mieke, als die beiden in die Küche traten.

Platz war hier ja genug, trotzdem wurde es nun fast ein bisschen eng, so aufgeladen, wie die Stimmung war.

Corinna baute sich vor uns auf und stemmte die Hände in die Hüften. »Also, damit es ein für alle Mal geklärt ist: Das Geld in dem Umschlag ist von mir. Ich habe es Josse als Vorschuss für seine Arbeit hier gegeben. Seine Mutter hat

Geburtstag und da wollte er ihr etwas Besonderes schenken. Es ist also sein Geld, er hat es ehrlich verdient.«

Sie hatte es kaum ausgesprochen, da fiel es mir wieder ein. Portemonnaie, Café … die Eisdiele am Markt! Dort hatte ich Josse doch neulich getroffen. Er hatte sich dort um einen Job beworben. Geschirr abwaschen und den Boden fegen – die Mühe machte sich doch kein Dieb! Warum war mir das nur vorhin nicht in der Sattelkammer eingefallen? Dann wäre der Streit bestimmt gar nicht erst so eskaliert. Verflixt!

»Aber das wussten wir doch nicht«, wagte Mieke zu sagen, doch Corinna blitzte sie so an, dass sie sofort wieder den Mund hielt.

»Seht zu, dass ihr das wieder in Ordnung bringt! Es würde mich nicht wundern, wenn Josse keine Lust mehr hätte, wiederzukommen.« Sie drehte sich um und ging zurück ins Büro, hielt aber an der Tür noch einmal inne. »Ich möchte euch hier erst wieder sehen, wenn ihr euch ernsthaft entschuldigt habt.«

KAPITEL 19

Am nächsten Tag erwartete uns in der Schule eine Überraschung. Leider von der unangenehmen Sorte.

»Morgen schreiben wir einen Englischtest außer der Reihe«, verkündete unsere Klassenlehrerin. »Ich will mir mal ein Bild davon machen, wie eure Vokabelkenntnisse so sind.«

Lukas stöhnte. »Morgen? Das hat mir gerade noch gefehlt. Ich wollte heute doch wieder zum Hockey.«

In meine Pläne passte der Test ebenfalls gar nicht, aber ich stand so auf der Kippe, dass ich auf jeden Fall etwas dafür tun musste.

Als wir zur großen Pause auf den Schulhof gingen, tippte ich Lukas auf die Schulter. »Wollen wir …?«

Er schaute mich im selben Moment an und fragte: »Hast du Zeit …?

Wir lachten.

»Soll ich zu dir rüberkommen?«

Ich überlegte kurz. »Ja, das passt. Mama gibt zwar heute

Nachmittag Unterricht, aber Marlene soll sich um Flavia kümmern. Wir müssen nur aufpassen, dass die beiden nicht mitbekommen, dass wir auch da sind. Sonst sitzt Flavia garantiert nach zehn Minuten bei uns. Und dann hättest du genauso gut zum Hockey gehen können.«

»Ist gut, dann bis später.«

Auf dem Nachhauseweg musste ich die ganze Zeit an gestern denken. Corinna war so wütend gewesen! Völlig zu Recht, das war mir nun klar. Hoffentlich konnten wir das alles wieder geradebiegen! Und wenn nicht? Ob sie mir dann auch verbieten würde, dass ich weiter zu Willow kam? Schließlich war sie echt sauer auf uns und ich kümmerte mich nur zur Probe um Willow. Oh nein! So weit durfte es auf keinen Fall kommen!

Lukas sah sich in meinem Zimmer um. »Da sind ja schon wieder ein paar neue Bilder. Langsam sieht man nichts mehr von den Wänden.« Er trat näher. »Ist das Willow?«

»Ja, den Abzug hat Mila mir neulich gegeben.«

»Ich habe sie gleich wiedererkannt, sie sieht genauso aus wie damals im Wald. Sie ist schön, aber sie hat auch ein bisschen was Eigenwilliges, nicht?« Ja, da hatte er sie ziemlich gut getroffen.

Er warf sich aufs Bett und holte das Englischbuch aus dem Rucksack. »Wollen wir anfangen?«

»Ja, ich fürchte, wir sollten mal loslegen.« Ich nahm ihm das Buch aus der Hand und setzte mich auf den Schreibtischstuhl. »Ich frage dich zuerst ab. Geschichte?«

»History.«

»Ich bitte um Entschuldigung?«

»I beg your pardon.«

»Zug?«

»Treck … nee, train!«

Wie beim Tischtennis spielten wir uns die Vokabeln zu. Anfangs lief es bei Lukas flüssig, doch dann kam er ins Stocken.

»Lass uns mal tauschen«, schlug er vor.

Ich brauchte zwar für jede Vokabel etwas länger als er, aber dafür war meine Trefferquote insgesamt höher. Abwechselnd arbeiteten wir uns durch das ganze Kapitel, bis Lukas irgendwann das Buch aufs Bett warf.

»Ich brauche eine Pause«, stöhnte er, rollte sich im Bett herum und stemmte die Füße gegen die Wand.

»Hey, Stinkesocken weg von meinen Fotos!«

Er grinste und wackelte mit den Zehen.

»Puh, die müffeln auch noch!«

»Deine auch! Besonders wenn du die Socken von deiner Oma anhast.«

Ich warf ihm ein Kissen an den Kopf. »Gar nicht wahr! Du bist ja nur neidisch!«

»Auf Wollsocken?« Er schmiss das Kissen zurück, doch ich duckte mich und es verfehlte mich haarscharf.

»Ich glaube, es reicht jetzt mit dem Üben.« Ich stand auf und ging zur Tür. »Mir jedenfalls. Wenn das morgen mit dem Test nicht hinhaut, dann ist es eben Pech.«

Ich schlich nach unten, bis ich bei einem Blick aus dem Flurfenster mitbekam, dass Flavia und Marlene im Garten spielten. Kurz darauf ging ich mit einem vollbeladenen Tablett zurück in mein Zimmer. Lukas saß nun auf meinem Schreibtischstuhl und tippte auf seinem Smartphone herum.

»Marie hat geschrieben. Sie will wissen, ob wir uns nachher auf dem Platz treffen. Die Zwillinge wollen vor der nächsten Stunde bei Hanno noch mal allein trainieren.« Er schenkte sich ein Glas Brause ein.

»Oh, schade, ich kann leider nicht«, sagte ich, »ich muss nachher noch mal weg.«

»Weg? Wohin denn?«

»Zum Hollerhof.« Mila, Kay, Mieke und ich hatten uns extra verabredet, denn wir wollten uns so schnell wie möglich bei Josse entschuldigen.

»Was? Schon wieder?« Lukas stellte sein Glas auf die Tischplatte. »Aber ich habe eben schon gesagt, dass wir beide kommen.«

»Dafür kann ich doch nichts. Dann hättest du halt vorher fragen sollen.«

Er starrte mich wütend an. »Normalerweise ist das nicht nötig. Das heißt, früher war es das nicht. Jetzt ist ja alles anders.«

»Was soll das denn heißen?«

»Ich kapiere einfach nicht, was an diesem blöden Hollerhof so toll sein soll, dass du da ständig hinmusst.«

»Wieso müssen? Ich bin da total gern.«

»Und bei uns in Birkenmoor nicht?«

»Das habe ich doch gar nicht gesagt. Es ist nur ...« Ich suchte nach den richtigen Worten. »Es ist nur einfach ganz anders bei Corinna und Mila.« Ich berührte kurz seinen Unterarm. »Weißt du was? Komm doch einfach mal mit. Warum nicht jetzt gleich?«

»Spinnst du?« Er zog seinen Arm weg und stand auf. »Was soll ich da denn? Ich hab ein eigenes Pferd und Spazierengehen finde ich total langweilig.«

»Das dachte ich auch erst. Und natürlich würde ich am liebsten auf Willow reiten! Aber Spazierengehen und Bodenarbeit sind gar nicht langweilig und am Fluss ist es total schön mit den Pferden.«

Er verschränkte nur die Arme und schaute aus dem Fenster. Jetzt reichte es mir aber langsam. Warum war er denn bloß so ablehnend?

»Los, spring über deinen Schatten und komm einfach mal mit. Es wird dir bestimmt gefallen.«

»Mit dir kann man überhaupt nicht mehr reden. Du hast nur noch Willow und den Hollerhof im Kopf, alles andere ist dir doch total egal.«

»Das stimmt nicht!«

Er stopfte die Schulsachen in seinen Rucksack und ging zur Tür. »Doch, und wenn du ein bisschen ehrlicher wärst, dann würdest du es auch mal zugeben. Ständig redest du nur davon.«

»Quatsch! Und übrigens: Auf dem Hollerhof erzähle ich auch von euch. Bestimmt würden sich Mila und Corinna freuen, euch drei mal kennenzulernen.«

»Danke, kein Interesse.« Er riss die Tür auf. »Hätte ich gewusst, was dabei rauskommt, hätte ich dich mit Willow nie unterstützt.«

»Wie meinst du das denn?«

»Ich Idiot hab dir doch dazu geraten, da noch mal hinzugehen!«, schimpfte er und schlug die Tür hinter sich zu.

Einen Moment lang stand ich wie erstarrt da und hörte, wie er die Treppe hinunterlief.

Ich gab mir einen Ruck und rannte hinterher. »Jetzt warte doch mal, das ist doch voll bescheuert! Wegen so etwas müssen wir uns doch nicht streiten!«

Lukas war schon draußen und schob sein Fahrrad durch den Vorgarten.

»Vielleicht überlegst du dir mal, was dir wichtiger ist«,

schnaubte er. »Ich fahre jetzt zu Peanut. Du kannst ja nachkommen, wenn du es dir anders überlegst.«

»Hörst du schlecht? Ich bin schon verabredet heute!«

Er stieg aufs Rad. »Schön für dich! Dann viel Spaß noch!«

Ich ballte die Fäuste und sah zu, wie er um die Ecke verschwand.

Ich lag auf der Wiese und stützte den Kopf in die Hände.

Heute stand der Großteil der Herde auf der Koppel direkt am Eingang zum Hollerhof. Nicht weit entfernt von mir beschnupperte Willow das Gras unter ihren Hufen. Das Licht, ihr silbrig weißes Fell, der knallblaue Himmel und das Frühlingsgrün der Büsche ringsum – ich konnte mich gar nicht daran sattsehen. Sie wirkte vollkommen gelassen. Hätte ich das doch auch von mir sagen können!

Ich rupfte einige Grashalme aus und schleuderte sie weg. Dieser Idiot! Erstens übertrieb Lukas maßlos und zweitens hätte er sich doch auch mal für meinen Kram interessieren können. Warum war er nicht einfach kurz mitgekommen? Aber nein, für den Hollerhof war er sich ja zu fein.

Seufzend stand ich auf. Willow ließ die Ohren spielen, als ich langsam auf sie zuging. Ich streichelte ihren Hals, dann lehnte ich mich gegen ihren Bauch. Sie schnaubte leise und senkte den Kopf. Als ich die Augen schloss, spürte ich, wie sich ihr Körper mit jedem Atemzug sachte bewegte.

Eine Weile lang stand ich einfach nur so da, hier zusammen mit Willow, und nach und nach verflog mein Ärger. Die Schwalben spielten über unseren Köpfen Fangen, ein leichter, würziger Wind wehte mir Strähnen von Willows Mähne ins Gesicht und die Sonne wärmte meinen Nacken.

Das mit Lukas würde sich schon wieder einrenken. Ich musste ihm nur noch mal erklären, warum ich so gern hier war. Oder ihn überreden, endlich mal mitzukommen. Dann würde er bestimmt alles besser verstehen.

»Hey, Ylvi!« Mieke und Kay hatten mit ihren Rädern am Zaun angehalten und winkten mir zu. »Ist Josse schon da?«

»Keine Ahnung, ich war noch gar nicht auf dem Hof«, rief ich, streichelte Willow noch einmal zum Abschied und lief auf die beiden zu. »Ich habe erst mal Willow begrüßt.«

Kay holte tief Luft. »Na, dann bringen wir es jetzt am besten hinter uns.«

»Zuerst suchen wir aber Mila«, sagte Mieke. »Sie muss auch dabei sein.«

Mila schnitt gerade einen Heuballen auf. Sie legte das Messer auf die Bank vor dem Stall und riss die Plastikhülle auseinander.

»Josse ist nicht da«, erklärte sie.

»Wie? Haben wir ihn verpasst?«, fragte Mieke und hievte

eine Rippe Heu in die Schubkarre. »Ich geh noch mal zum Paddock.«

»Nein, er hat sich für heute abgemeldet und ich weiß auch nicht, ob er morgen kommt. Mama hatte recht.« Sie zeigte auf den Paddock, auf dem Lucifer und zwei andere Shetlandponys in der Sonne dösten. »Das Heu muss dort drüben in die Raufe. Die kriegen heute eine kleine Extraportion.«

Kay stöhnte. »Und was machen wir jetzt? Wie sollen wir uns entschuldigen, wenn er nicht da ist?«

»Keine Ahnung, aber irgendetwas müssen wir uns einfallen lassen. Meine Mutter ist immer noch stinksauer. Sie hat heute früh kaum mit mir gesprochen und nach der Schule auch nicht, das macht sie sonst nie.«

Mieke kam zurück und wischte sich ein paar Heuhalme vom Shirt.

»Okay, dann bleibt uns ja wohl nur eine Möglichkeit«, sagte sie.

»Und die wäre?«, fragte Kay genervt.

»Wie war noch mal dieses alte Sprichwort?« Mieke verdrehte die Augen. »Das mit dem Berg und dem Propheten ...«

»Okay, okay, schon verstanden.« Kay hob die Hände. »Hat irgendjemand seine Adresse?«

KAPITEL 20

Das Viertel, in dem Josse wohnte, lag ein ganzes Stück entfernt. Wir mussten einmal quer durch die Stadt radeln, bis wir schließlich in eine Sackgasse einbogen.

An ihrem Ende stoppten wir vor einem Spielplatz. Dort war nicht viel los, was mich aber auch nicht wunderte. Es stand nur ein rostiges Klettergerüst aus dem letzten Jahrhundert herum, bei der Schaukel fehlte der Sitz und die beiden Abfallkörbe quollen über. Insgesamt war es ein echt trauriger Anblick, so wie eigentlich auch der Rest der Gegend.

Mila schaute auf ihr Handy. »Kämmererstraße 17. Das müsste der Block da vorn sein.«

Mieke verschränkte die Arme und sah sich um. »Sollen wir ihn nicht einfach anrufen und fragen, ob er doch noch mal kurz in den Stall kommen will?«

»Schon vergessen, was Corinna gesagt hat?« Kay schloss ihr Fahrrad an einem Laternenpfahl an.

»Außerdem kommt er nach der Nummer neulich vielleicht wirklich nicht mehr wieder«, sagte Mila.

»Wieso? Er muss doch, oder hat er etwa schon alle seine Arbeitsstunden abgeleistet?«, fragte Mieke.

»Nein, aber das muss er auch nicht auf dem Hollerhof machen«, erklärte ich mit einer Geduld, von der ich selbst nicht wusste, aus welchem Winkel meines Körpers ich sie kratzte. Was nervte die denn jetzt so? Es war doch ihre Idee gewesen, dass wir zu Josse fuhren.

Obwohl – etwas anderes wäre uns sowieso nicht übrig geblieben.

»Mama hat gestern mit Jonathan telefoniert. Sie hat ihm alles erzählt, und er meinte, dass er noch mal mit ihm reden will. Aber natürlich würde er ihn nicht zwingen, zurück zu uns zu kommen.«

»Na gut«, sagte Kay. »Dann klingeln wir jetzt bei ihm.«

»Bei wem?«

Wir fuhren herum.

Auf der anderen Seite der mickrigen Hecke stand Josse, die Hand am Griff eines komischen Einkaufstrolleys mit braun-beigen Rauten. War er dafür nicht noch sechzig Jahre zu jung?

»Der gehört der Nachbarin im siebten Stock«, sagte Josse, als er meinen Blick bemerkte.

»Hast du den ausgeliehen für eine kleine Shoppingtour?«

Für diese Frage bekam Mieke sofort einen heftigen Stoß in die Rippen, was ich auch gern selbst erledigt hätte, aber Kay war schneller.

»Wenn man fünfundachtzig ist und schwere Beine hat, geht man nicht mehr so locker shoppen«, antwortete Josse und musterte uns eisig. »Deshalb mache ich das ab und zu für sie.«

»Ah, das ist richtig nett von dir.« Mila starte verlegen auf den Trolley. »Können wir dir vielleicht helfen?«

»Wie? Beim Ziehen?«

»Nee, ich meinte, beim Einkaufen. Wolltest du in den Laden?«

Jetzt erst bemerkte ich den kleinen Supermarkt schräg gegenüber.

Josse hob die Schultern. »Meinetwegen. Ich kann euch ja schlecht daran hindern, oder?«

Wir trotteten neben ihm über die Straße und keiner sagte ein Wort.

»Wieso sollen wir denn da mit rein?«, zischte Mieke leise.

»Ich dachte, das lockert vielleicht alles ein bisschen auf«, wisperte Mila zurück.

»Wenn wir zusammen in der Tiefkühlabteilung stehen?« Mieke rollte mit den Augen, sagte aber nichts weiter.

Josse ging zielstrebig durch den Laden und steuerte ein Regal nach dem anderen an, wobei er uns komplett ignorierte. Ein paar Tomaten, etwas Joghurt, eine Packung Fischstäbchen und ein paar Scheiben abgepacktes Schwarzbrot – er schien genau zu wissen, was er kaufen musste, so als hätte er das schon hundertmal vorher gemacht.

Wir dackelten ihm einfach hinterher, denn in Hörweite der anderen Kunden wollte keine von uns anfangen, über den Streit zu sprechen. Er bezahlte und dann waren wir auch schon wieder draußen.

Jetzt mussten wir aber langsam mit der Sprache herausrücken, sonst würde es richtig peinlich werden.

Ich holte tief Luft. »Also, wegen neulich wollten wir dir gern noch etwas sagen.«

»Wir hätten dich nicht verdächtigen dürfen«, gestand Kay und Mieke nickte.

Mila trat von einem Fuß auf den anderen. »Ja, das war zu voreilig von uns.«

»Okay«, wehrte er ab und fuhr sich durch die Haare.

»Nein, ist es nicht«, sagte Kay bestimmt. »Das war echt fies von uns, dass wir dir zugetraut haben, dass du das Geld aus der Ponykasse genommen hast. Es tut uns leid.«

»Im Ernst! Wir wollen uns bei dir entschuldigen«, bekräftigte ich.

Jetzt wurde Josse rot. »Ach ja?«

»Ja, wirklich!« Hoffentlich glaubte er uns, dass wir es ernst meinten!

Einen Moment war es still, bis Josse sich räusperte. »Na gut, ist angenommen.«

Mila seufzte erleichtert. »Danke! Kommst du dann auch wieder zu uns auf den Hof?«

Er zögerte.

»Meine Mutter wäre echt traurig, wenn nicht«, schob Mila eilig hinterher. »Und wir natürlich auch.«

Kay sah Josse direkt an. »Ja, das fände ich echt schade.«

Josses Ohren glühten. Wäre im nächsten Moment spontan eine totale Sonnenfinsternis eingetreten, hätten sie sehr wahrscheinlich im Dunkeln geleuchtet.

»Okay, also bis Montag«, sagte er, packte den Griff des Trolleys und steuerte den nächstgelegenen Hauseingang an.

KAPITEL 21

»Warte mal, Ylvi.« Corinna kam auf mich zu, als ich am nächsten Nachmittag durch das Hoftor fuhr.

War alles in Ordnung? Als sie meine ängstliche Miene sah, musste sie lachen.

»Keine Sorge, ich wollte dich nur fragen, ob du jetzt eine Longenstunde auf Willow möchtest. Oder kannst du heute nicht so lange bleiben?«

»Doch, ich habe Zeit.« Oh, super!

»Fein, dann treffen wir uns auf dem kleinen Reitplatz.« Sie nahm eine Longe und einen Kappzaum von der Bank vor dem Stall. »Dort sind wir wieder ungestört.«

Kurz darauf führte ich Willow zum versteckten Dressurviereck. Zärtlich strich ich ihr über die Nase. Endlich war es so weit! Gleich würde ich auf ihr reiten.

Corinna ließ mich Willow zunächst einige Runden im Kreis herumführen. Dann holte sie einen Holztritt und bedeutete mir aufzusteigen. Verwirrt schaute ich auf Willows bloßen Rücken.

»Heute reitest du erst einmal nur im Schritt und ohne Sattel, so wie Mila meistens«, erklärte sie und lächelte.

Ich zögerte. Ohne Sattel? Das hatte ich ja noch nie gemacht. Doch war ich nicht auch deshalb hier? Um mal etwas Neues auszuprobieren? Was sollte schon passieren? Corinna war ja bei mir.

Vorsichtig schwang ich mich auf Willows Rücken.

Zuerst war alles ungewohnt. Ohne Sattel fühlte sich der Pferderücken seltsam rutschig an. Meine Beine klammerten sich um Willows Bauch und sie reagierte sofort. Sie wich zur Seite aus und schlug mit dem Schweif.

Das konnte ja heiter werden!

»Hooo«, beruhigte Corinna sie und berührte meinen Oberschenkel. »Lass mal etwas lockerer, ja?«

Langsam führte Corinna mich auf dem Reitplatz herum, dabei vergrößerte sie den Abstand zu Willow allmählich, bis sie schließlich in der Mitte des Zirkels stand. Gehorsam ging Willow im Schritt um sie herum.

Ich fühlte ihr weiches Fell, spürte die gleichmäßigen Bewegungen – ohne Sattel war das Reiten ganz anders als sonst.

»Atmen nicht vergessen«, sagte Corinna, genau wie Mila neulich am Fluss. »Glaub mir, ich weiß, wie du dich fühlst. Mila saß schon mit drei Jahren das erste Mal allein auf einem Pferd und ist davor immer bei mir im Tragetuch mitgeritten ist. Aber ich bin auch erst spät ohne Sattel geritten.«

Atmen! Jetzt erst wurde mir bewusst, dass ich die Luft angehalten hatte. Vorsichtig atmete ich aus, dann wieder ein. Spürte, wie flach meine Atmung war. Anstatt auf das Rutschen konzentrierte ich mich nun ausschließlich darauf.

Bald wurde ich lockerer. Überrascht stellte ich fest, dass sich mein Körper Schritt für Schritt entspannte. Runde um Runde ritt ich nun die Reitbahn entlang.

»Jetzt nimm mal die Hände von der Mähne«, forderte Corinna mich auf. »Lass die Arme einfach seitlich herunterhängen. Ja, das ist schon besser so. Spürst du den Unterschied?«

Ich nickte. Immer mehr passte ich mich an Willows Bewegungen an, trotzdem erschrak ich, als sie im nächsten Moment stolperte. Ich griff in die Mähne, beruhigte mich aber sofort wieder. Es war nur eine unebene Stelle im Sand.

Was war denn los mit mir? Heute Morgen noch war ich auf Jupiter durch die Halle galoppiert. Und jetzt war ich schon nervös, nur weil ich ohne Sattel an der Longe ritt?

Ich musste grinsen. Wenn Hanno mich jetzt so sehen würde, der würde vielleicht Augen machen!

Da bemerkte ich aus dem Augenwinkel eine Bewegung. Mila stand am Zaun und hinter ihr schlüpften gerade Mieke und Kay durch den schmalen Durchgang zwischen den Heckenrosen.

Oh, meine erste Longenstunde auf Willow und ich hatte gleich Zuschauer.

»Hier seid ihr also«, sagte Mieke. »Wir haben euch schon gesucht.«

Mila hob die Schultern, als Corinna sie vorwurfsvoll ansah.

»Eigentlich wollten wir keine Besucher«, sagte Corinna.

»Och, sollen wir wieder gehen?« Mieke sah jetzt richtig enttäuscht aus.

Corinna seufzte. »Wie ist es, stören dich die drei?«

Eigentlich hatte ich mich allein wohler gefühlt, doch ich konnte ja verstehen, dass sie neugierig waren. Ich wäre es an ihrer Stelle sicher auch gewesen.

»Ist okay«, sagte ich und hoffte, dass es möglichst lässig klang.

Trotzdem war ich abgelenkt. Als Willow den Kopf nach oben nahm, merkte ich, wie sehr ich mich verspannt hatte. Wieder konzentrierte ich mich auf meinen Atem. Ein, aus, ein, aus … Schon schnaubte Willow und senkte den Kopf.

Nach ein paar Runden merkte ich, wie viel Spaß es mir machte. Reiten ohne Sattel. So fühlte sich Mila also!

»Willow hat nach ihrem Sturz das Vertrauen in Menschen fast verloren«, erzählte Corinna. »Es hat mich viel Zeit gekostet, es wieder aufzubauen. Nun vertraut sie mir so sehr, dass du jetzt entspannt auf ihr ohne Sattel reiten kannst.«

Auf ihre Anweisung hin kreiste ich mit den Schultern.

»Gut so. Und jetzt streck die Arme aus. Erst nach oben, dann zur Seite und dann nach hinten.«

Ich verkrampfte mich ein wenig, als ich die Arme zurücknahm, was sich sofort auf Willow übertrug. Ihr Schritt wurde etwas schneller, doch sofort ging Corinna darauf ein und brummte: »Hooo.«

Willow blieb stehen. Sie spitzte die Ohren, rührte sich jedoch nicht vom Fleck.

»Und jetzt setz dich mal seitlich aufs Pferd, schau mich dabei an. Haaalt, Willow!«

Ungelenk hob ich das Bein über Willows Hals, damit ich sie nicht berührte.

»Sehr gut«, erlöste mich Corinna, als ich es endlich geschafft hatte. »Und nun wieder zurück.«

Ich erreichte ein wenig umständlich meine alte Position. Corinna gab ein leises Stimmsignal und Willow setzte sich wieder in Bewegung.

»Und jetzt umfasst du einmal ihren Hals«, wies sie mich an.

»Im Schritt?«

»Ganz genau!« Sie lachte.

Vorsichtig ließ ich mich nach vorne sinken.

Ich schloss die Augen und überließ mich der Bewegung. Unglaublich, wie gut sich das anfühlte. Ein bisschen, als würde ich auf dem Meer treiben.

»Nun langsam wieder aufrichten«, holte mich Corinnas

Stimme zurück. »Du hast einen guten Sitz, Ylvi. Man merkt, dass du seit Jahren reitest.«

Sie gab einen beruhigenden, tiefen Laut von sich, auf den Willow sofort reagierte. Sie blieb stehen.

»Aber zugleich musst du auch wissen, was du willst – und wie du es erreichen kannst. Manchmal scheinst du mir da ein bisschen zögerlich, deshalb werden wir die nächste Zeit genau daran arbeiten.« Corinna wickelte die Longe auf. »Das habt ihr heute beide gut gemacht.«

Ich glitt von Willows Rücken. Die ersten Schritte fühlten sich an, als ob ich schwebte. Wahnsinn, ich war wirklich auf ihr geritten. Das erste Mal und ohne Sattel! Stürmisch umarmte ich sie. Willow legte ihren Kopf in meinen Arm.

Mila und Kay liefen auf uns zu.

»Wo ist denn Mieke abgeblieben?«, fragte ich verwundert.

»Die musste schon los, sie ist mit ihrer Mutter in Singapur zum Skypen verabredet«, sagte Kay.

»Das war super«, beglückwünschte Mila mich.

Kay nickte. »Finde ich auch. Willow hat ganz toll mitgemacht.«

Ich strahlte. Es war sogar noch schöner gewesen, als ich es mir ausgemalt hatte!

Während ich Willow versorgte, piepte mein Telefon. Ich holte es aus der Tasche: eine Nachricht von Lukas.

»Hi.«

Seit unserem Streit hatten wir uns ignoriert, was gar nicht so einfach war, wenn man in eine Klasse ging.

»Hi«, tippte ich schnell zurück.

»Bist du nachher im Stall?«

Oh, das war ja schon fast so etwas wie ein Friedensangebot.

»Ja. Du doch auch, oder?«

Als Antwort bekam ich ein lächelndes Emoji.

Kurz darauf klopfte ich an Milas Tür.

»Komm rein!« Mila lag in ihrer Hängematte und tippte wie wild auf dem Smartphone herum. »Setz dich, ich bin gleich fertig.«

Ich bahnte mir einen Weg zu dem Knautschsack in der Nähe des Schreibtischs, schlüpfte aus meiner Lederjacke und ließ mich dankbar in die weiche Füllung plumpsen.

Mila legte das Handy auf den Schreibtisch, holte einige dicke Kissen aus ihrem Himmelbett und verteilte sie neben mir auf dem Boden, nachdem sie Bücher, Schallplatten und vier Kristalle weggeschoben hatte.

»Warte, ich hole noch etwas, du siehst ein bisschen erledigt aus.«

Sie polterte die Treppe hinunter. Sekunden später kam sie mit einer Flasche und zwei Gläsern zurück.

»Selbst gemachte Holunderlimonade«, erklärte sie und schenkte mir ein.

Neugierig probierte ich einen Schluck. »Lecker! Hast du die wirklich selbst gemacht?«

»Aus Holunderblüten, die ich letztes Jahr bei Vollmond gepflückt habe.« Sie grinste. »Dann sollen sie ihren Geschmack am besten entfalten. Ich hab mir gedacht, einen Versuch ist es wert. Und die Büsche standen gerade in voller Blüte.«

»Jedenfalls hat es nicht geschadet.« Ich langte in meine Jacke und zog eine Tafel Schokolade hervor. »Und hier ist der Nachtisch.«

»Ah, mit Nüssen, die mag ich am liebsten«, sagte sie und riss die Packung auf.

Mr Mouse schob die angelehnte Tür auf und stolzierte auf uns zu. Mila nahm ihn hoch und legte ihn sich wie einen Kragen um den Hals. Schnurrend vergrub er seine Nase in ihren Zöpfen und spielte mit den Vorderpfoten an den Perlen herum.

»Es ist echt klasse, dass du dich um Willow kümmerst. Allein würden wir das mit ihr nicht so gut hinbekommen.«

Jetzt wurde mir heiß, trotz Pause und Limo. Setzten die beiden da nicht zu viel Hoffnung in mich? Es war ja das erste Mal, dass ich mich so intensiv um ein Pferd kümmern durfte, selbst mit Luna hatte ich nie so viel zu tun gehabt.

»Weißt du, ob es irgendwo mehr Infos über Willow gibt? Bisher weiß ich nur, dass die Besitzerin in Amerika lebt.«

»Mama hat mir nicht viel über sie erzählt.« Mila setzte Mr Mouse auf meinen Schoß und ging zum Schreibtisch. »Wie gesagt, sie kennt Willow aus ihrer Zeit in Florida. Damals habe ich bei Papa gelebt.« Sie drehte sich auf ihrem Schreibtischstuhl hin und hier. »Komisch. Über die anderen Pferde auf dem Hof weiß ich viel mehr Details. Guck mal hier.«

Sie tippte etwas in die Tastatur. Ich rappelte mich aus dem Sitzsack auf und sah ihr gespannt über die Schulter.

»Da steht alles über unsere Pferde drin.« Sie fuhr mit der Maus über den Bildschirm.

»Verwaltest du etwa die Infos?«

»Mama ist nicht so der Computertyp.« Sie schaute mich über die Schulter an und grinste. »Also hab ich uns eine Datenbank angelegt.«

»Hast du das Programm dafür auch geschrieben?«

»Nee, nur ein bisschen verändert, sodass es für uns passt«, sagte sie bescheiden und zeigte auf den Bildschirm. »Das hier ist Willows Akte. Die Besitzerin heißt Mrs Maura Dale.«

Meine Augen huschten über den Monitor. »Ah, Willow ist eine Arabermischung. Und da steht ihr Alter: neun Jahre. Und sieh mal, unter ›Besondere Merkmale‹ ist noch was.«

Ich las die zwei Wörter, die dort standen: »problematische Vergangenheit«.

Unwillkürlich musste ich an Willows Augen denken. An das Geheimnisvolle darin.

»Was das wohl bedeutet?«, murmelte ich.

Sie zuckte mit den Schultern und öffnete eine neue Seite. »Guck mal, so sieht das bei Gonzo aus. Und hier ist Mortimer. Kein Vergleich zu Willow, oder?«

Ich wusste sofort, was sie meinte. Abstammung, ausführliche Tierarztberichte, Informationen über Herkunft und Züchter, Statur, Ernährung, Charakterzüge. Alles Mögliche war in die Datenbank eingetragen. Ich rieb mir die Stirn. Warum dann bei Willow nichts? Warum standen dort nur diese zwei Wörter? Diese zwei Wörter, die sich wie ein Wurm in mein Gehirn fraßen: »problematische Vergangenheit«.

In diesem Augenblick hörten wir Corinna unten sagen: »Ja, ich wollte mich schon längst melden, aber du weißt ja, wie das ist.«

Eine Tür knarrte, dann wurde der Wasserkocher angeschaltet.

»Sie telefoniert bestimmt mit Opa«, flüsterte Mila.

»Nein, ich melde mich nicht nur, wenn ich etwas will, natürlich nicht. Und ja, wir haben irre viel zu tun. Warum kommst du nicht endlich mal vorbei und schaust es dir mit eigenen Augen an?«

»Weil er auch so viel zu tun hat«, raunte Mila. »Er ist nämlich genauso ein Arbeitstier wie Mama.«

»Ja, ja, klar, das verstehe ich schon. Hör mal, ich habe eine Bitte: Kannst du uns etwas Geld leihen? Bei uns ist ein bisschen was quergelaufen.«

»Meinst du, es ist wegen der Ponykasse?«, wisperte ich Mila zu und sie nickte.

»Ich denke schon, das hat uns diesen Monat leider den Rest gegeben. Opa macht sich ja ziemlich rar, aber dafür ist er ganz spendabel, wenn es darauf ankommt.«

»Dann ist es ja gut.«

»Nee, Mama würde von Opa niemals einfach so Geld annehmen. Sie wird es ihm bei nächster Gelegenheit auf den Euro zurückzahlen, auch wenn wir dafür eine Woche von Spaghetti mit Tomatensoße leben müssen.«

»Könntest du es überweisen?«, fragte Corinna jetzt lauter. »Danke, du bekommst es natürlich zurück ... Nein, wir wollen es nicht geschenkt, alles gut. Sobald sich das mit den Berittpferden noch mehr eingespielt hat, gebe ich dir alles wieder. In Ordnung ... Dann bis bald. Pass auf dich auf, ich melde mich.«

Corinna stöhnte leise.

»Das hätte ich mir gern erspart«, hörten wir sie sagen, dann klappte eine Tür und es war still.

KAPITEL 22

Einige Tage später tobte um Birkenmoor ein Frühlingssturm. Der Wind heulte und rüttelte am Dach der Reithalle. Jupiter legte die Ohren an, offensichtlich mochte er das Klappern und Knarren überhaupt nicht.

»Ist gut, es passiert dir ja nichts«, versuchte ich, ihn zu beruhigen, doch genauso gut hätte ich mit einem Betonpfeiler sprechen können, denn er ignorierte mich komplett.

Oje, das konnte heiter werden. Peanut und Delilah mochten Wind ja auch nicht. Einzig Caruso drehte seine Runden durch die Bahn und ließ sich nicht aus der Ruhe bringen.

»Mach ihn durch viele Übergänge aufmerksam auf deine Hilfengebung«, wies Hanno mich an.

Ich versuchte es, doch im gleichen Moment wurde Jupiter fest. Nun war mir, als säße ich auf einem Hüpfball mit vier Beinen. Je mehr ich mich anstrengte, umso weniger schien er auf meine Hilfen zu reagieren.

»Ylvi, reite Schlangenlinien durch die Bahn in drei Bogen. Denk beim Durchreiten der Mittellinie ans Umstellen. Du musst ihm etwas zu tun geben, das lenkt ihn ab. Lukas und Sophia, ihr reitet an den beiden langen Seiten einfache Schlangenlinien. Achtet gut aufeinander, damit ihr euch nicht in den Weg reitet.«

Verzweifelt wendete ich Jupiter ab, doch bevor wir den zweiten Bogen erreichten, wendete er in die falsche Richtung ab.

»Nein, nein, das ist so nicht korrekt«, dröhnte Hanno.

Schweißtropfen rannen mir über die Nase. Bei jedem Klappern zuckte Jupiter zusammen. Was konnte ich bloß machen, sodass er sich wenigstens ein bisschen entspannte?

»Pass mal auf«, raunzte mich Sophia an, als wir ihr aus Versehen den Weg abschnitten.

Ich sparte mir die Antwort, denn auch Delilah scheute heute ja beim kleinsten Geräusch. Sophia war knallrot im Gesicht und hatte alle Hände voll zu tun damit, Delilah zu halten. Nur Lukas sah entspannter aus, anscheinend hatten die Schlangenlinien dabei geholfen, Peanut wieder ein bisschen zu beruhigen.

»Vielleicht ist es besser, wenn ich heute absteige«, schlug ich nach der Hälfte der Stunde vor.

»Absteigen? Und was willst du dann tun?«

»Ich könnte ihn ein bisschen herumführen«, schlug ich vor, »damit er etwas zur Ruhe kommt.«

»Glaub mir, ich kenne Jupiter in- und auswendig. Er braucht klare Arbeitsanweisungen, dann entspannt er sich. Und die wirst du ihm jetzt geben.«

Irgendwo im Stall schlug eine Tür zu. Jupiter zuckte zusammen und buckelte leicht, was mich völlig aus dem Gleichgewicht brachte. Es riss mich halb aus dem Sattel und ich verlor einen Steigbügel, als er quer durch die Bahn raste.

»Ylvi, nimm die Zügel wieder auf, die hängen ja herunter wie ein Lasso«, donnerte Hanno. »Und setz dich wieder ordentlich hin.«

Ich tastete mit dem Fuß nach dem Steigbügel, während Jupiter in unvermindertem Tempo kreuz und quer herumgaloppierte. Zum Glück reagierten Lukas, Sophia und Marie sofort und stellten sich in die Mitte der Bahn.

Nach einer gefühlten Ewigkeit saß ich wieder einigermaßen im Gleichgewicht und konnte mir den Steigbügel angeln. Vielleicht hatte die Longenstunde auf Willows bloßem Rücken ja geholfen, dass ich oben geblieben war.

Hanno beobachtete uns aus zusammengekniffenen Augen und nickte dann, als ich wieder zum Schritt parierte.

»Ganz ordentlich«, sagte er knapp.

Jupiter schnaubte. Den Rest der Stunde arbeitete er willig mit und auch der Wind machte ihm nur noch wenig aus.

Nach ein paar Runden, in denen wir viele Übergänge zwischen Schritt, Innen- und Außengalopp ritten, gab Hanno das Zeichen zum Aufhören. Meine Knie knickten ein, als ich von Jupiter sprang, und ich packte schnell das Sattelblatt, um mich festzuhalten.

Ich streichelte Jupiters Hals. »Das war ja aufregend heute, was, mein Junge?«

Er kaute auf seinem Gebiss herum und ich gab ihm ein Leckerli.

Hanno trat zu uns. »Das war gar nicht leicht bei dem Wetter, aber du hast es ja geschafft, dass er sich am Ende auf dich konzentriert hat. Aber bitte streng dich nächstes Mal noch etwas mehr an, damit du es von Anfang an hinbekommst.«

Etwas benommen führte ich Jupiter aus der Halle, während Hanno sich hinter uns an Sophia wandte.

In der Stallgasse sattelte Marie bereits Caruso ab.

»Was ist denn mit dir los?«, fragte sie. »Warum guckst du so kritisch?«

Ich tauschte Jupiters Zaumzeug gegen sein Stallhalfter und band ihn an dem Ring vor seiner Box an.

»Ach, ich weiß auch nicht, irgendwie klappt es gerade nicht so«, sagte ich nachdenklich.

»Wieso?« Marie starrte mich überrascht an. »Du hast doch eben ein Lob von Hanno bekommen.«

»Ja, schon, aber irgendwie war es heute mühsam. Ich

habe das Gefühl, dass ich einfach nicht richtig an Jupiter herankomme.« Jupiter wandte den Kopf, als Sophia neben ihm Delilah festband. »Aber vielleicht brauchen wir ja noch mehr Zeit.«

»Hallo?«, fragte Sophia entrüstet. »Jupiter ist voll das Traumpferd! Reiß dich einfach zusammen und stell dich mehr auf ihn ein, dann klappt es automatisch.«

»Vielleicht hörst du auch endlich auf, ihn mit Luna zu vergleichen«, sagte Marie knapp.

»Das mache ich doch gar nicht«, widersprach ich und das stimmte auch. Stattdessen musste ich ständig daran denken, wie es mit Willow war.

Sophia schaute mich stirnrunzelnd an. »Warum freust du dich denn nicht, dass du ihn reiten darfst?«

»Das tue ich doch!«, sagte ich schnell.

Lukas kam die Stallgasse entlang. »Hanno reitet jetzt My Melody.«

»Oh, da müssen wir uns beeilen«, rief Sophia und führte Delilah schnell in ihre Box. »Da will ich unbedingt zusehen.«

»Dann warte ich solange auf euch.« Lukas setzte sich auf einen Strohballen und sah zu, wie ich Jupiter striegelte.

»Wegen neulich«, begann ich halblaut.

»Ach, ist doch nicht so wichtig«, unterbrach er mich sofort. »Wir sind da eben unterschiedlicher Meinung.«

»Ja, kann sein. Trotzdem, willst du nicht mal mitkommen?«

»Nee danke, kein Bedarf.«

Ach Mensch, warum sperrte er sich denn so? Ich versuchte es noch einmal. »Aber danach denkst du bestimmt anders über alles.«

»Glaube ich nicht, lass mal gut sein.« Er stand auf. »Wie weit seid ihr?«

Wir räumten schnell die Sättel und Putzkästen auf und liefen dann in die Reithalle, wo Hanno gerade seine neueste Errungenschaft ritt: My Melody, eine langbeinige, sehr feinnervige Fuchsstute.

»Mensch, so etwas will ich auch mal können«, flüsterte Sophia, als sie einige elegante Galopppirouetten vollführten.

»Absolut«, antwortete ich leise, ohne den Blick abzuwenden.

Kurz darauf präsentierten die beiden eine Piaffe wie aus dem Bilderbuch, also, My Melody piaffierte und Hanno machte ... was eigentlich? Ich konnte nichts erkennen, er saß auf My Melody wie ein Reiterstandbild. Seufz. Das war wirklich hohe Schule.

Ein paar Minuten lang schaute ich den beiden zu, dann schwang sich Hanno aus dem Sattel, als hätte er soeben drei Folgen seiner Lieblingsserie geguckt und sich dazu noch ein paar Cocktails genehmigt. Wie konnte man nur so entspannt aussehen, nachdem man so schwierige Lektionen geritten war?

»My Melody ist traumhaft«, schwärmte Sophia und Lukas stimmte ihr zu.

»Aber noch lieber würde ich mal Jupiter ausprobieren«, sagte er.

»Frag doch mal Ylvi, ob sie mit dir tauscht«, meinte Sophia spitz.

Ich blies die Wangen auf. »Natürlich, wenn Hanno es erlaubt. Jupiter ist ja nicht mein Pferd.«

»Ach, ich bin mit Peanut sehr zufrieden«, meinte Lukas bloß.

»Davon könntest du dir mal eine Scheibe abschneiden, Ylvi.« Marie fuhr sich durch den Bob, der ausnahmsweise ziemlich zerzaust war. »Ich finde, du bist ein bisschen undankbar. Darfst den Star des Stalls reiten und bist immer noch nicht zufrieden. Was willst du denn noch?«

Das war eine gute Frage.

KAPITEL 23

In der letzten Stunde hatte sich der Sturm gelegt, nun strich nur noch ein leichter Wind über das Gras. Hartnäckiger Nieselregen durchweichte mein T-Shirt und ich fröstelte. Sollte ich zurückgehen und meine Jacke aus der Sattelkammer holen?

Aber dann hatte ich doch keine Lust, den Weg noch mal zu machen. Ich zog das Gatter auf und ging über die Weide. Gonzo und die anderen Pferde standen unter zwei Obstbäumen und drängten sich dicht aneinander. Aus der Entfernung sah die Herde aus wie ein großes Knäuel aus Köpfen, Schweifen und Beinen.

Ich stutzte. Willow war ja gar nicht dabei!

Im nächsten Moment entdeckte ich sie am anderen Ende der Weide, ganz hinten am Zaun. Dort stand sie unbeteiligt im Regen und schaute Richtung Waldrand.

Ich pflückte einen Löwenzahn und schlenderte weiter. Irgendwie ging mir das Gespräch mit Lukas und den Zwillingen nicht aus dem Kopf. Warum interessierten sie sich bloß so gar nicht für den Hollerhof? Sie wollten ihn ja noch nicht mal kennenlernen!

Langsam bewegte ich mich auf Willow zu. Feuchte Grashalme strichen mir um die Knöchel, wo die Reithose etwas hochgerutscht war. Ich bückte mich und schnippte einen Käfer weg. Als ich wieder hochkam, trabte Willow einige Meter am Zaun entlang von mir weg.

Ich seufzte. Vielleicht tat ich den dreien auch unrecht. Die Zwillinge waren ja eigentlich wie immer. Wir redeten sonst auch fast nie über etwas anderes als Reiten und Birkenmoor.

Nachdenklich stiefelte ich hinter Willow her. Die wanderte jetzt an der langen Seite der Koppel entlang und hielt an der entferntesten Ecke an. Bestimmt würde sie dort auf mich warten.

Ich erschauerte. Das Wetter war echt ungemütlich! Hätte ich mich bloß richtig angezogen!

Meine Gedanken schweiften weiter zu Lukas. Mit dem war es normalerweise schon anders als mit den Zwillingen. In der Schule verstanden wir uns super und außerhalb von Birkenmoor machten wir auch öfter etwas zusammen. Dass er jetzt so verbissen war, kannte ich gar nicht an ihm. Hoffentlich gewöhnte er sich das wieder ab. Das nervte ja kolossal!

Fast hatte ich Willow erreicht, doch da trabte sie von mir weg. Ich rieb mir die Augen. He, was ging denn hier vor sich? Ich machte einen Schritt auf sie zu – im selben Moment lief sie ein Stück weiter. Inzwischen hatte ich sie einmal quer über die ganze Weide verfolgt!

»Hey, spielst du Fangen, Kleines?« Ich streckte die Hand aus und wollte mich ihr nähern, doch wieder wich sie aus. »Oh nö, jetzt reicht es aber mal!«, schimpfte ich.

Jedes Mal, wenn ich auf sie zuging, lief sie weg, immer gerade in so einem Abstand, dass ich sie nicht erreichen konnte. Das gab es ja wohl nicht!

Genervt wandte ich mich ab und ging ein paar Schritte Richtung Tor, dabei guckte ich unauffällig über die Schulter. Sie sah zu mir hinüber, folgte mir aber nicht.

Gonzo, Mortimer, Sunny und die anderen hatten sich inzwischen wieder verteilt und grasten ungerührt.

Was war denn jetzt auf einmal los? Warum wich Willow mir ständig aus? Ich probierte es noch öfter, doch jedes Mal lief sie vor mir davon.

»Och, jetzt komm schon!« Am liebsten hätte ich aus lauter Ärger mit dem Fuß aufgestampft, aber da konnte ich mich gerade noch beherrschen.

Schließlich gab ich frustriert auf. Dann musste unsere übliche Putz- und Schmuseeinheit wohl heute ausfallen. Wie schade!

Eigentlich hätte ich so nicht aufhören dürfen, aber um es weiter zu versuchen, fehlte mir die Energie. Zwingen konnte ich sie nicht, und um auf der Wiese zu sitzen und einfach bei ihr zu bleiben, war es definitiv zu feucht.

Als ich von der Koppel zurückkam, standen Kay und Mieke vor dem Stall und starrten trübselig nach oben.

»Gibt's da was zu sehen?«, fragte ich.

Kay schüttelte den Kopf. »Nee, wir überlegen nur, ob es heute noch mal besser wird.«

»Deine Wetter-App ist total unzuverlässig«, beschwerte sich Mieke. »Ständig zeigt sie Sonne an und dann regnet es doch.«

Ich ging in die Sattelkammer und hängte Willows Halfter an den Haken.

Josse war gerade dabei, einen Sack Möhren in die Futtertonne zu schütten, während Mila einen zweiten Sack mit Äpfeln heranschleppte. Die ersten Möhren polterten in die Tonne, doch bei der Hälfte riss der Sack und alles verteilte sich auf dem Boden.

»Oh Mann!« Josse stöhnte. »Heute geht ständig etwas schief.«

»Ist irgendwie ein schräger Tag«, stimmte Mila ihm zu und bückte sich nach einer Möhre, die ihr vor die Turnschuhe gerollt war.

Wir sammelten die Möhren wieder ein, anschließend leerten wir die Äpfel aus Milas Sack in zwei Kiepen aus – diesmal zu zweit, denn die Äpfel waren empfindlicher. Ein paar Druckstellen und nächste Woche wäre die Hälfte vergammelt.

»Was regst du dich denn so auf? Ich habe doch nur darüber nachgedacht«, hörten wir Kay draußen sagen.

»Genau, das verstehe ich eben nicht«, antwortete Mieke. »Wenn es dir doch angeblich sooo egal ist?«

»Ich habe nicht gesagt, dass es mir egal ist.« Jetzt klang Kay ungeduldig. »Leg doch nicht immer jedes Wort von mir auf die Goldwaage.«

»Immer? Das mache ich nie!«, rief Mieke beleidigt. »Und entschuldige bitte, dass ich ernst nehme, was du sagst. Werde ich in Zukunft lassen.«

Josse sah mich fragend an, aber ich konnte auch nur mit den Schultern zucken.

»Wenn das so weitergeht, gibt es hier heute noch eine Krise«, meinte Mila. Sie steckte den Kopf aus der Tür. »Hey, Leute, kommt mal alle mit.«

In der Küche duftete es köstlich nach frischem Gebäck.

»Die Mutter eines Schülers hat vorhin frisch gebackene Kekse mitgebracht«, erklärte Mila. »Räumt einfach das Zeug weg.«

Sie wies auf den Tisch, auf dem sich jede Menge Krimskrams türmte. Josse und ich schoben alles zur Seite, Kay setzte Teewasser auf, während Mieke kurz im Bad verschwand.

Josse reichte mir einen Stapel Bücher.

»Soll der Computerkram hier auf die Fensterbank?«, fragte er und zeigte auf einen Haufen Kabel, externe Festplatten, zerkratzte CDs und einen roten Datenstick.

Mila nickte zerstreut. »Leg doch den Stick obenauf, ja? Da sind alle Daten drauf, die ich noch auf meinen Rechner überspielen will.«

»Was denn für Daten?« Kay musterte einen Umschlag mit mehreren bunten Briefmarken darauf, dann setzte sie sich neben Mieke auf die Küchenbank.

»Fotos von meinem Vater. Von unserem Urlaub auf Island. Und noch eine Menge andere, die er auf seinen Reisen gemacht hat. Ich zeige sie euch mal demnächst, wenn ihr wollt.«

»Apropos Foto.« Josse wies zum Fensterbrett, wo soeben zwei Hörner auftauchten und kurz darauf der zugehörige Ziegenkopf. Das wäre auch ein schönes Motiv.

»Zeus, nicht schon wieder«, schimpfte Mila und riss den Blumentopf weg. »Wir brauchen echt unbedingt ein Gehege, der hat schon sämtliche Pflanzen angeknabbert.«

Mit einem beleidigten Meckern verschwand der Ziegenbock vom Fenster und gesellte sich zu seinem Kumpel im Garten.

Wir stopften uns mit Keksen voll und plauderten.

Plötzlich stand Corinna in der Tür, neben ihr ein Mann im Anzug.

»Na, das sieht aber gemütlich aus bei euch«, sagte sie. »Nur muss ich euch jetzt verscheuchen, tut mir leid. Wir brauchen den Platz für die Unterlagen. Mein Schreibtisch ist leider so überladen, dass drei Tage nicht genug wären, um ihn freizuräumen.«

»Macht nichts, ich muss sowieso los.« Kay stand auf und stellte ein paar Teller zusammen.

»Warte, ich helfe dir.« Josse beugte sich vor und nahm ihr den Stapel aus der Hand. Kay lächelte ihn an, dann rückte sie zur Seite, denn Mila wollte an ihr vorbei. Mieke warf ihnen einen schrägen Blick zu.

Ich schob den Rest des Geschirrs zusammen und trug es zur Spüle, während der Mann seinen Aktenkoffer auf eine Ecke des Tischs legte und ihn öffnete.

»Bis morgen, ich muss auch los«, verabschiedete ich mich von allen. »Hausaufgaben.«

Mila stöhnte auf. »Ach ja, da war noch was!«

KAPITEL 24

Am nächsten Nachmittag holte ich Willows Halfter aus der Sattelkammer und lief beschwingt zur Koppel hinter der Scheune. Warum Willow gestern wohl so scheu gewesen war? Heute würde ich mich jedenfalls nicht abwimmeln lassen, das hatte ich mir festvorgenommen.

Sie stand schon am Gatter und sah mir entgegen, als ich es aufschob. Vorsichtshalber blieb ich erst einmal stehen und streckte ihr die Hand hin, doch sie rührte sich nicht.

Immerhin lief sie nicht weg!

Ich schlenderte ein paar Meter in ihre Richtung. Sie spielte mit den Ohren und wartete. Also schlug ich einen Bogen, dabei folgte sie mir mit dem Blick.

»Na, du, wollen wir es noch mal versuchen?«

Sie bewegte sich nicht von der Stelle, als ich sie mit den Fingerspitzen an der Stirn berührte.

»Schön, heute willst du also doch wieder?«, neckte ich sie und zerzauste ihre Mähne. Sie ließ sich ruhig das Halfter anlegen und kam ohne Umstände zum Putzplatz mit. Tja, wahrscheinlich war sie gestern einfach nicht gut drauf gewesen, genau wie ich.

»Du bist das perfekte Stimmungsbarometer, weißt du das? Du hast mir genau gezeigt, was Sache ist – tut mir leid, dass ich so lange gebraucht habe, um es zu kapieren.«

Ich putzte Willow und kraulte sie anschließend ganz besonders gründlich. Währenddessen baute Mieke auf dem Reitplatz ein Hindernis auf.

Kay kam mit Mortimer um die Ecke. »Der Sprung ist aber ganz schön hoch«, sagte sie und wies auf das Hindernis.

»Ach was, nur ein bisschen höher als sonst«, erwiderte Mieke unbekümmert.

Kay zögerte. »Ich wollte Mortimer heute nur etwas auf die Hindernisse bei der Prüfung einstimmen, aber keinen neuen Rekord mit ihm aufstellen.«

»Quatsch, glaub mir einfach.« Mieke rieb sich etwas Dreck von den Handflächen. »Ich habe nur eine Stange mehr draufgelegt.«

»Das sind mindestens zwei«, beharrte Kay.

»Warum vertraust du mir denn nicht?« Miekes Gesicht verfinsterte sich. »Niemand kennt euch so gut wie ich. Das schafft ihr locker!«

»Das hat doch mit Vertrauen nichts zu tun.« Kay runzelte

die Stirn. »Ich fühle mich einfach nicht wohl dabei. Kannst du die zwei Stangen wieder herunternehmen?«

Mieke stampfte an ihr vorbei vom Platz. »Mach das doch selber.«

»Aber ich habe Mortimer schon aufgezäumt.«

»Soll ich ihn kurz halten?«, fragte Josse, der gerade aus der Scheune kam. »Dann kannst du dir das Hindernis so zurechtbasteln, wie du es haben willst.«

»Danke.« Kay lächelte ihm zu und reichte ihm die Zügel, während Mieke den beiden einen giftigen Blick zuwarf und in der Sattelkammer verschwand.

Ich versuchte, ihren Streit zu überhören, und konzentrierte mich lieber auf Willow. »Wunderbar siehst du aus!«

Alle Grasflecken waren weg und ihr Fell glänzte wieder überall silbrig weiß.

Zufrieden klopfte ich den Striegel am Boden ab. »Jetzt noch ein Foto von meinem Werk, dann darfst du dich auf der Weide wieder einsauen.«

Ich holte mein Handy aus der Tasche und versuchte ein Selfie von uns beiden, was aber nur so halb gelang, denn Willow schob immer wieder ihre Nase vor die Linse.

Als ich von der Weide zurückkam, hatte Kay Mortimer bereits warmgeritten und machte sich startklar für den ersten Sprung.

»Der ist immer noch ganz schön hoch«, sagte ich.

»Ja, ich habe doch nur eine Stange runtergenommen und nicht zwei.« Sie zwinkerte mir zu. »Aber sag es bloß Mieke nicht, sonst bildet sie sich noch etwas darauf ein.«

Sie ritt im Schritt einen Bogen und nahm Kurs auf das Hindernis, dabei berührte sie kurz den kleinen Wolf um ihren Hals.

»Mein Talisman«, meinte sie, als sie meinen Blick bemerkte.

Kay galoppierte eine Runde im leichten Sitz, setzte sich anschließend wieder in den Sattel und ritt nun direkt auf das Hindernis zu. Mit einem eleganten Sprung meisterte Mortimer die Hürde.

»Super.« Ihr Gesicht glühte vor Freude. »Gleich noch einmal.«

Hinter mir polterte es laut.

»Was ist denn da in der Scheune los? Spukt es da plötzlich?«

»Der Geist heißt Josse. Corinna hat ihn vorhin gebeten, da mal aufzuräumen«, rief Kay mir zu, während sie an mir vorbeigaloppierte. »Das ist super, vor lauter Gerümpel findet man kaum noch die Strohballen.«

Ich riss mich von Kays Trainingseinheit los. Kay sprang richtig toll, sogar einen Tick besser als Sophia und Marie, und dabei trainierte sie eher weniger, soweit ich es bisher mitbekommen hatte. Langsam ging ich hinüber zur Scheune. »Hallo?«

»Hier«, kam die gedämpfte Antwort aus dem Inneren.

Ich umrundete Corinnas Traktor, der eher so aussah, als gehörte er in ein Museum und nicht auf ein Feld. Dahinter warf Josse gerade einige morsche Holzkisten auf einen Haufen.

Er sah auf, als er mich kommen hörte. »Damit könnte man ein tolles Lagerfeuer machen.«

»Ja, gute Idee, die musst du unbedingt aufheben. Und was ist das hier?« Ich zeigte auf ein großes Blechding.

»Keine Ahnung, aber ich glaube, das kann weg.«

Ich half ihm, das schwere Teil nach draußen zu tragen, wo sich bereits ein mittelgroßer Haufen für die Sperrmüllabfuhr türmte.

Drinnen verschwand Josse hinter einem Stützbalken. Ich folgte ihm zur Rückseite der Scheune, wo es muffiger roch als vorn am Eingang. Neben einigen kaputten Plastikstühlen stapelten sich Heu- und Strohballen bis unter die Decke.

»Fasst du mit an?«

Neugierig kletterte ich über ein paar Planen und stand plötzlich vor einem verstaubten Etwas. Erst auf den zweiten Blick erkannte ich, was das war.

»Ein Sofa!«

»Jipp, so sieht's aus. Mr Mouse hat mich vorhin hergelotst. Er ist mit einem Vogel im Maul hier drin verschwunden. Den hat er aber schnell wieder freigelassen, also war es wahrscheinlich nur eine Show für die anderen Tiere auf dem Hof. Damit ihn alle für einen echten Kater halten oder so.«

Kaum zu glauben, dass Mr Mouse ein Tier erlegte! Dazu war er erstens viel zu dick und zweitens viel zu lieb. Aber schlau genug für so eine Show war er allemal.

»Das ist viel zu schade zum Wegwerfen.« Ich fuhr über den braunroten Bezug.

»Hm, stimmt.« Josse klopfte auf das Polster und eine dicke Staubwolke hüllte uns ein.

Ich hustete. »Es muss nur ein bisschen ausgelüftet werden! Wollen wir es neben den Reitplatz stellen? Dann könnten wir viel bequemer beim Unterricht zuschauen.«

Josse sah mich unter seinen verstrubbelten Haarsträhnen hervor an. »Nee, wenn es regnet, ist es doch sofort hinüber.«

Da war was dran. »In die Sattelkammer passt es aber nicht, dafür ist es viel zu groß.«

»Außerdem ist die Sattelkammer noch voller als die Scheune.« Josse grinste.

»Im Stall geht es auch nicht«, meinte ich nachdenklich. »Schade eigentlich.«

»Höchstens oben.«

Wir sahen uns an und riefen gleichzeitig: »In der Nische vor dem Fenster!«

Die Idee war genial, also wuchteten wir das Sofa nach draußen. Sobald wir das Scheunentor erreicht hatten, kamen Mila und Mieke angelaufen.

Mieke rümpfte die Nase. »Wo wollt ihr denn mit dem Sperrmüll hin?«

»Das ist für unsere neue Ecke«, erklärte ich und blinzelte Mila zu. »Von dort kann uns dann auch kein Anzugträger mehr vertreiben.«

Die beiden packten mit an und zusammen bugsierten wir das Sofa die Rampe hinauf.

»Dort ans Fenster«, sagte Josse.

Die Ecke war wie geschaffen für das Sofa!

»Ist das gemütlich!«, staunte Kay, die kurz darauf dazukam. »Das ist ja ein super Platz!«

Sie hatte recht. Von hier aus konnten wir die Ponys in ihrem Laufstall beobachten, außerdem hatten wir einen fantastischen Ausblick auf die Weiden ringsum. Es war herrlich! Alle plumpsten begeistert auf die Sitzfläche, sogar Mieke – allerdings erst, nachdem wir das Sofa kräftig abgestaubt hatten.

KAPITEL 25

Das trockene Wetter hielt leider nicht lange an, schon am Abend ballten sich dicke Wolken am Himmel. Regentropfen prasselten auf das Dach unseres Wintergartens, ansonsten war es hier ziemlich still, zumindest wenn man ihn mit dem Rest des Hauses verglich. Anscheinend sollte der Zementkopf ein Schulkonzert geben und brauchte ein paar Extrastunden auf dem Klavier. Ganz ehrlich, so wie das klang, wäre ich an seiner Stelle zur Blockflöte oder besser gleich in einen Fußballverein gewechselt.

Bella schien das auch zu finden, denn nach jedem schiefen Ton brach sie in lautes Geheul aus. Dabei störte sie Flavia, die ihre Lieblingszeichentrickserie im Schlafzimmer anschaute und den Ton deshalb auf volle Lautstärke aufdrehte. Wer hatte diesem kleinen Technikass eigentlich gezeigt, wie die Fernbedienung funktionierte?

Das wiederum animierte Marlene dazu, mit ihren neuen Bluetooth-Boxen dagegen anzustinken, während Papa über den Lärm fluchte und versuchte, in der Küche trotzdem eine anständige Mahlzeit zu zaubern.

Eigentlich war es ein ganz normaler Abend bei uns zu Hause.

Ich beugte mich über das Heft und quälte mich durch meine Physikaufgaben, als plötzlich ein dumpfes Wummern den Raum füllte und eine Hand das Telefon aufs Arbeitsbuch legte. Im nächsten Augenblick knallte die Tür wieder ins Schloss.

»Ylvi?«

»Hey, Mila.«

»Was ist denn bei euch los? Feiert ihr eine Party?«

»Nicht direkt. Ach, komm einfach demnächst mal vorbei, dann erlebst du es live.«

»Klingt gut, das mache ich auf jeden Fall. Du, weshalb ich anrufe: Hast du meinen Stick gesehen?«

»Welchen Stick?« Ich zog die Stirn kraus.

»Na, den mit den Daten, du weißt schon, die vielen Fotos aus Island.«

»Ach so! Der lag doch auf der Fensterbank.«

»Da ist er aber nicht mehr.« Jetzt klang Mila so, als unterdrücke sie ein Schluchzen. Ausgerechnet Mila! Die brachte doch sonst nichts aus der Ruhe. »Ich habe alles abgesucht und schon überall herumtelefoniert. Aber niemand hat ihn gesehen.«

»Oje, das tut mir leid.«

»Es ist echt schlimm«, sagte sie traurig. »Da sind alle unsere Urlaubsfotos drauf.«

»Wenn ich morgen komme, suchen wir noch mal zusammen. Wir finden ihn. Er kann ja nicht weg sein.«

»Ich hoffe, du hast recht. Wobei … Das Geld aus der Ponykasse ist auch nie wieder auftaucht.« Sie schwieg einen Moment. »Irgendwie ist es gerade stressig bei uns, ständig geht etwas schief oder irgendwer streitet sich.«

»Das wird bestimmt bald wieder anders. Vielleicht sind alle nur aufgeregt wegen des Turniers und deshalb ist es chaotischer als sonst.«

»Ja, vielleicht.« Richtig überzeugt war sie nicht. Kein Wunder. »Okay, dann wühle ich jetzt noch mal die Papierstapel in der Küche durch, vielleicht habe ich ihn vorhin doch übersehen.«

»Bestimmt, irgendwo muss er ja sein. Und sonst finden wir ihn morgen zusammen. Viel Glück!«

Am folgenden Morgen bog ich in die Allee nach Birkenmoor und kniff überrascht die Augen zusammen. Die Gestalt am anderen Ende kannte ich doch.

Es war Luna! Silvana ritt auf ihr. Wer sonst? Sie war ja die Reitbeteiligung … Ein Stück dahinter kamen noch zwei Reiterinnen, die ich vom Sehen kannte.

Ich seufzte und bremste ab. Silvana warf mir einen schiefen Blick zu und grüßte scheu, was ich ihr nicht verdenken konnte. Nach meinem Ausbruch neulich hatten wir nicht wieder miteinander gesprochen.

»Macht ihr einen Ausritt?«, fragte ich und lächelte, damit sie sehen konnte, dass ich keine Vampirzähne hatte.

»Ja, Elani und Nesrin nehmen mich mit. Hanno meinte, hier um die Ecke wäre gleich ein schöner Reitweg.«

Tja, da hatte er recht.

Ich streichelte Lunas Nase und sagte: »Genau, ihr müsst am Ende der Allee einfach nur rechts abbiegen, dann kommt ihr gar nicht erst auf die Straße. Wenn ihr dem Weg folgt, könnt ihr eine Runde um den See reiten, das ist immer total schön. Aber das wissen Elani und Nesrin bestimmt auch.«

Sie bedankte sich und schloss zu Elani und Nesrin auf. Neidisch sah ich den dreien nach. Wie gern wäre ich auch mal wieder ausgeritten! Seit dem Winter hatte das nicht mehr geklappt. Ob ich es mal mit Jupiter probieren sollte? Aber Hanno würde es vielleicht nicht erlauben und besonders viel Lust hatte ich sowieso nicht, dafür kannte ich Jupiter viel zu wenig. Am allerliebsten hätte ich einen Ausritt mit Willow gemacht!

Ich seufzte. Ob das jemals passieren würde, stand in den Sternen.

Für einen Moment war ich genervt. Immer nur spazieren

gehen oder an der Longe reiten – das konnte doch nicht ewig so weitergehen! Bei Hanno ritt ich Turniere und fliegende Galoppwechsel und alles, aber mit Willow durfte ich noch nicht mal eine Runde bis zum Fluss drehen. Also echt!

Aber immerhin durfte ich jetzt gleich Jupiter reiten und er war wirklich ein Ausnahmepferd! Darüber konnte ich mich doch wirklich freuen. So raumgreifende Gänge hatten weder Luna noch Willow und was er alles schon beherrschte! Hanno hatte recht, von ihm würde ich bestimmt noch viel lernen.

Trotzdem, dachte ich trübselig, als Silvana auf Luna am Ende der Gruppe um die Kurve verschwand, für einen Ausritt auf Willow hätte ich alles gegeben.

Der Unterricht auf Jupiter lief heute richtig rund. Auch bei Lukas, Marie und Sophia klappte alles so, wie Hanno es sich vorstellte.

»Wenn es so weitergeht, müssen sich die anderen Turnierteilnehmer warm anziehen«, sagte er nach der Stunde, als wir die Pferde entlang der Mittellinie aufgestellt hatten und sie ausgiebig lobten. »Also weiter so!«

»Kommst du noch mit?«, fragte Sophia, nachdem wir die Pferde versorgt hatten. »Wir wollten im Pferdeladen nach neuen Abschwitzdecken stöbern.«

Ich hob die Schultern. »Ohne eigenes Pferd macht das ja nicht so viel Spaß.«

Sophia guckte betreten. »Entschuldige, das hatte ich gerade total vergessen.«

Gut gelaunt zwitscherten die drei ab, während ich mich auf den Weg zu Willow machte. Sie war zwar nicht mein Pferd, aber immerhin durfte ich mich exklusiv um sie kümmern.

Zuerst war Willow scheu. Sie lief zwar nicht weg, als ich mit dem Halfter kam, aber sie zappelte so herum, dass ich es ihr kaum über die Ohren streifen konnte. Ich ließ die Hände sinken und wartete, bevor ich es erneut versuchte, doch nun machte sie einen Schritt zur Seite.

»Oje, du merkst wieder, dass ich nicht so gut drauf bin, was?«

Diesmal wollte ich es aber besser machen, also blieb ich einfach, wo ich war. Einige Sekunden standen wir einfach nur so da, dann wandte Willow mir den Kopf zu und untersuchte vorsichtig meine Hände.

»Ich habe kein Leckerli dabei.« Ich ließ sie meine Handflächen beschnuppern und legte ihr dann das Halfter an. »Wollen wir?«

Sie schnaubte und senkte entspannt den Kopf – das war genau die Antwort, die ich bekommen wollte!

Mila war beim Karate, deshalb machte ich mich allein mit

Willow zum Fluss auf. Sie ging brav neben mir her, sogar als ich mal schneller und mal langsamer lief, wich sie nicht von meiner Seite, sondern passte sich genau meinem Tempo an.

»Toll, wir sind schon richtig gut eingespielt!« Ich schlang die Arme um sie und legte den Kopf an ihren Hals. Sie schnaubte und schien sich genauso wohlzufühlen wie ich.

Plötzlich hob sie den Kopf und blähte die Nüstern. Hinter uns raschelten Zweige und da kam schon Kay mit Mortimer um die Ecke.

»Ist er verletzt?«, fragte ich erschrocken.

»Weil ich auch spazieren gehe? Nein, du hast mich auf den Geschmack gebracht. Jetzt wollte ich es auch mal probieren.«

Wir lachten beide.

»Mit einem Pferd spazieren gehen ist toll, aber trotzdem würde ich jederzeit lieber ausreiten, wenn ich könnte.«

»Ich ehrlicherweise auch«, sagte Kay. »Aber Corinna meinte, ich soll es mit dem Training für das Turnier besser nicht übertreiben und auch mal eine Abwechslung einbauen, damit Mortimer die Lust am Springen behält.«

Gemeinsam bummelten wir zum Fluss und plauderten.

»Wie lange hast du Mortimer schon?«

»Seit zwei Jahren.« Kay strahlte und fuhr ihm durch die schwarze Mähne.

»Und seit wann bist du auf dem Hollerhof?«

»Seit Corinna den Stall eröffnet hat. Ich war auf meinem alten Reiterhof nicht zufrieden und wir hatten schon nach etwas Neuem gesucht. Als ich das erste Mal hier war, hat mir die Atmosphäre sofort gefallen.«

»Ging mir genauso.«

Wir lächelten uns an.

Mortimer war überhaupt nicht wasserscheu, im Gegenteil! Er marschierte sofort auf den Fluss zu, während Willow noch misstrauisch den Ufersaum beschnupperte.

Ich schob die Ärmel des Pullovers hoch. Jetzt in der Sonne war es schon richtig warm.

Wir blieben eine ganze Weile am Fluss, bis wir irgendwann gemütlich zurückschlenderten.

Auf dem Hollerhof kam Mieke sofort auf uns zugeschossen. »Wo seid ihr denn gewesen?«

»Unten am Fluss, wieso?«, fragte Kay erstaunt.

»Wieso hast du denn nicht Bescheid gesagt? Du hast dich einfach weggeschlichen.«

»Hallo, spinnst du? Du warst überhaupt nicht da, als ich losgegangen bin.«

»Du hättest ja auch warten können.« Mieke verschränkte die Arme vor der Brust.

»Wenn du mit Sabrina einkaufen gehst, dauert das doch immer ewig.«

»Diesmal nicht«, meinte Mieke, »aber egal. Nächstes Mal komme ich auch mit. Sag mal, wollen wir nachher ins Kino gehen? Wenn wir uns beeilen, schaffen wir die frühe Vorstellung noch.«

»Willst du denn jetzt nichts mit Sunny machen?«

Mieke schüttelte den Kopf. »Heute nicht. Sie ist bestimmt auch mal glücklich über einen faulen Weidetag. Komm, ich helfe dir mit Mortimer.«

Willow stupste mich an und erinnerte mich daran, dass sie auch noch da war. Als ich sie zur Weide brachte, kam Mila gerade vom Karatetraining wieder. Ob sie gestern fündig geworden war?

KAPITEL 26

Mila bereitete Coconut für eine Reitstunde vor, als ich von der Koppel zurückkam.

»Hast du den Stick gefunden?«

»Nein, immer noch nicht.« Sie seufzte und führte Coconut zum Reitplatz. »Dabei habe ich alles abgesucht. Es ist mir echt ein Rätsel.«

Ich konnte sehen, wie unglücklich sie darüber war, aber ich wusste leider auch keinen Trost. Sie hob einen kleinen Jungen auf Coconuts Rücken und wir gingen zum Reitplatz.

»Halt dich schön an der Mähne fest, hörst du?«, sagte sie und schob ihn unauffällig auf Coconuts Rücken zurecht, während uns seine Mutter vom Zaun aus mit Argusaugen beobachtete.

»Meinst du, jemand hat den Stick eingesteckt?«, fragte Mila nach der dritten Runde in der Reitbahn.

»Das glaube ich nicht. Wie soll das denn passiert sein? Ist ja kein Kugelschreiber oder Feuerzeug oder so.«

»Nein, ich habe an etwas anderes gedacht. Vielleicht hat jemand ihn geklaut?«

»Was? Doch nicht bei euch zu Hause. Das ist doch echt noch etwas anderes als die Dose im Stall.«

Sie antwortete nicht, doch ihre düstere Miene sprach Bände.

»Komm, das kannst du doch nicht ernsthaft überlegen. Und wozu ausgerechnet deinen Datenstick? Wenn es Geld wäre, dann vielleicht, aber so? Einen Stick bekommst du doch an jeder Ecke.«

Coconut schnaubte und zog damit wieder Milas Aufmerksamkeit auf sich. Ich ließ mir alles noch mal durch den Kopf gehen.

»Die Ziegen!«, rief ich.

»Was?« Sie runzelte die Stirn. »Meinst du Zeus und Hades?«

»Ja, die eine von den beiden. Wer hat gestern noch mal aufs Fensterbrett geguckt?«

»Das war Zeus, der ist etwas größer als Hades und hat ein dunkleres Fell.«

»Okay, also, der hat doch über das Fensterbrett geschnuffelt, erinnerst du dich?«

»Na und?«

»Vielleicht hat er den Stick ja gefressen, wer weiß?«

»Ziegen fressen ja alles Mögliche, aber Datensticks?

Davon habe ich noch nie gehört. Dann müsste er ja auch Bauchschmerzen haben.«

»Vielleicht bekommt er ja noch welche. Ich finde, das ist gar nicht so weit hergeholt. Ich habe auch schon davon gehört, wie verfressen Ziegen sind. An deiner Stelle würde ich die nächsten Tage mal ihre Hinterlassenschaften genau untersuchen.«

»Das sind doch nur so kleine Kötel.«

»Umso besser, dann erkennst du es, wenn er Verstopfung hat.«

»Ich behalte es im Auge«, sagte sie, schien von der Idee aber deutlich weniger begeistert zu sein als ich.

Nach der Stunde mit Coconut beorderte Kay uns in die Nische im ersten Stock. »Heute habe ich etwas mitgebracht«, verkündete sie. »Kommt zum Sofa, sobald ihr Coconut auf die Weide gebracht habt.«

Sie trug ein Tablett die Rampe hoch. Die Wölbung unter dem Küchenhandtuch sah verheißungsvoll aus, also putzte Mila Coconut in Rekordzeit, während ich mich um seine Hufe kümmerte. Wir lieferten uns ein Wettrennen mit ihm bis zur Koppel und keuchten danach die Rampe hinauf, wo sich Kay und Mieke schon auf dem Sofa fläzten.

»Gestern Nachmittag war der Stick jedenfalls noch da«, hörten wir Kay sagen.

Aha, das war also auch hier das Gesprächsthema.

»Entweder ist der Stick irgendwo untergemüllt, was mich in dem Haushalt wirklich nicht wundern würde«, sagte Mieke, »oder es hat ihn jemand geklaut.«

»Geklaut?«

Wir bogen um die Ecke, gerade rechtzeitig, denn Kay lüftete soeben das Handtuch. Darunter kam ein Berg Schnittchen zum Vorschein.

»Nein, das sind englische Sandwiches«, erklärte sie uns Ahnungslosen. »Extradünn geschnitten, mit Gürkchen und Thunfischpaste. Es sind auch vegane dabei«, schob sie eilig hinterher, nachdem sie Mila einen Blick zugeworfen hatte. »Josse, probier auch mal, die habe ich selbst gemacht.«

Josse kam aus dem Laufstall und setzte sich auf einen Strohballen.

»Die sind doch was für den hohlen Zahn.« Misstrauisch musterte er eines der Brote, dann verschlang er es mit einem Bissen.

»Ein bisschen mehr Respekt vor meiner kulinarischen Glanzleistung, bitte!«

Mila kicherte, während Mieke die Lippen zusammenpresste, als Josse sich beim nächsten Griff gleich zwei auf einmal in den Mund schob.

»Oh, kriege ich auch was ab?«, fragte Corinna, die gerade die Rampe heraufkam. »Klasse Idee mit dem Sofa übrigens!« Sie zog sich einen Strohballen heran und nahm sich ein Sandwich. »Wer weiß, was du beim Entrümpeln noch für Schätze aufstöberst.«

»Die Chancen stehen gut, so viel Zeug, wie da herumsteht«, meinte Josse. »Auf jeden Fall dauert die Schatzsuche noch eine Weile.«

Plötzlich schrie Mila auf. »Oh nein!«

»Was ist denn los?« Erschrocken starrten wir sie an.

Sie hatte ihr Telefon hervorgeholt und betrachtete fassungslos das Display. »Das auch noch!«

»Nun sag schon, was passiert ist«, meinte Kay ungeduldig.

Eine Träne rann Milas Wange hinunter, sie wischte sie schnell mit dem Armrücken ab.

»Ich weiß, es ist albern, es waren ja nur Fotos, aber ...«

»Hey, Kleines.« Corinna stand auf und kniete sich vor ihr hin. »Was ist denn los?«

»Papa hat mir gerade geschrieben.« Mila schluchzte auf. »Sein Computer ist abgestürzt und jetzt endgültig kaputt. Und alle Fotos sind weg.«

»Aber deine sind doch noch da.«

»Eben nicht, das ist es ja!«

Sie schluckte. »Ich habe Papa neulich die Fotos geschickt, direkt vom Laptop aus. Dort habe ich sie aber wieder gelöscht, weil mein Speicher fast voll war. Die ganze Zeit schon wollte ich sie von meinem Stick auf den großen PC übertragen, aber ich habe es immer wieder aufgeschoben. Und nun ist der Stick weg und ich habe gar keine Fotos. Und Papa hat jetzt auch keine mehr. Das war so ein toller Urlaub … und nun ist alles weg!«

Jetzt fing Mila richtig an zu weinen. Corinna sah aus, als würden ihr ebenfalls gleich die Tränen kommen, und auch mir steckte ein Kloß im Hals.

»Hast du den Stick nicht irgendwo verlegt?«, fragte Kay.

»Bei dem Chaos in deinem Zimmer könnte das doch leicht passieren«, sagte Corinna vorsichtig.

»Auf keinen Fall! Das ist ein geordnetes Chaos. Ich kenne jeden Zentimeter und weiß immer genau, wo alles ist. Auch wenn es für euch vielleicht nicht so aussieht. Außerdem lag er gestern noch auf der Fensterbank.«

»Was glaubst du denn, was passiert ist?«, fragte Corinna ernst.

Mila holte tief Luft. »Ich glaube, jemand hat ihn weggenommen.«

KAPITEL 27

In der nächsten Sekunde redeten alle durcheinander.

»Was? Wieso das denn?«

»Die Ponykasse ist ja auch leer!«

»Aber wer macht denn so was?«

»Kann ich mir nicht vorstellen!«

»Doch, ich mir schon!«

»Ruhe bitte mal!« Corinna hatte die Hände gehoben. »Wir wissen nicht, wo der Stick ist, aber das klärt sich hoffentlich ganz bald. Eins ist doch klar: Stehlen geht gar nicht. So etwas dulde ich nicht auf dem Hollerhof. Ich hoffe wirklich, Mila irrt sich und der Stick taucht wieder auf.« Sie sah auf ihre Armbanduhr. »Ich muss leider los, denn ich habe gleich noch einen Termin bei der Bank.«

Sie stand auf und sah uns der Reihe nach ernst an. Ich fröstelte ein wenig. So streng, wie sie guckte, wollte ich nicht in der Haut des Diebs stecken – wenn es ihn denn gab.

»Ihr sucht jetzt noch einmal alles ab«, sagte Corinna, »du

bitte auch, Josse, die Scheune kann warten. Dreht jeden Stein und jeden Heuballen um.«

»Ich bekomme die Krise, wenn ich zum fünften Mal unsere Küche durchsuche«, stöhnte Mila. »Kann das jemand anderes übernehmen?«

»Kein Problem«, sagte ich. Es war immer toll, wenn ich mal irgendwo sein konnte, wo es noch unordentlicher war als bei uns zu Hause.

Kay schloss sich mir an.

»Dann gehe ich in die Sattelkammer«, verkündete Mieke, während sich Mila Richtung Scheune verzog, auch wenn niemand von uns glaubte, dass sie dort fündig werden würde.

Die Tür des Hexenhäuschens stand halb offen und wir betraten die Küche.

»Sollen wir uns auch in den anderen Zimmern umschauen?«, fragte Kay.

In Corinnas und Milas Privatsphäre herumschnüffeln? Das traute ich mich dann doch nicht.

»Du hast recht, ist sicher besser so«, stimmte sie mir zu und krempelte die Ärmel ihrer Bluse hoch. »Also los, fangen wir an.«

Sie stürzte sich auf den Küchentisch, auf dem sich schon wieder eine neue interessante Mischung an Zeug angesammelt hatte: ein Lederzaumzeug mit Gebiss, einige Fachbücher, eine Postkarte aus Bali, eine Bratpfanne mit einem einsamen Spiegelei darin, ein gebatikter Seidenschal und vier verschiedene Zeitungsstapel, die – völlig überraschend – feinsäuberlich aufeinanderlagen.

Ich nahm mir die Fensterbank vor, wo sich vor dem offenen Fenster auch jede Menge Kram stapelte. Als ich die Hand ausstreckte, berührte etwas Weiches meine Finger. Zeus oder Hades beschnupperte eingehend den Dreck unter meinen Nägeln. Meine Güte, die waren wirklich sofort zur Stelle, wenn sich hier etwas tat.

Ich kraulte Zeus – oder Hades – zwischen den Hörnern. »Hast du doch etwas damit zu tun? Gib's zu, du hast den Stick gefressen, oder?«

Zeus zog entrüstet den Kopf zurück und trottete hinüber zu seinem Freund, der soeben ein paar Blätter von irgendeinem Gemüse fraß. Ich sah ihnen kurz dabei zu, dann suchte ich weiter, aber immer wieder wanderte mein Blick zu den beiden Vielfraßen im Gemüsebeet, bis ich irgendwann merkte, wie hungrig ich war.

»Ich hole mir schnell ein Schnittchen, ja?«, sagte ich zu Kay.

»Mmh«, kam es unter der Küchenbank hervor.

Sonnenlicht sprenkelte den Stallboden und es war ganz still. Für einen Moment hielt ich inne und atmete den vertrauten Geruch nach Heu, Pferdefell und frisch verteiltem Stroh ein. Mr Mouse lag auf einer alten Pferdedecke und streckte den stattlichen Bauch in die Sonne. Am liebsten hätte ich mich dazugekuschelt, aber das ging ja leider nicht. Also streichelte ich ihm nur kurz über das warme Fell, was er mit einem behaglichen Schnurren quittierte.

Oben polterte etwas. Nanu? Waren doch nicht alle Pferde auf der Weide?

Inzwischen knurrte mein Magen so laut, dass er fast Mr Mouse übertönte, also riss ich mich los und tappte die Rampe hinauf. Im nächsten Moment raschelte es und zwei Strohballen fielen mir entgegen. Zwei Beine strampelten in der Luft – wer hing denn da oben zwischen den Balken?

»Mieke?«

Zuerst dachte ich, sie würde mir nicht antworten, doch dann presste sie doch etwas hervor. »Hilfst du mir runter?«

»Klar, aber was machst du überhaupt da oben?«

Sie grunzte laut.

»Was hast du gesagt?«

»Na, was wohl?«, stöhnte sie. »Ich suche … den Stick, natürlich.«

»Da oben?«

Ich sah mich um. Hier gab es außer ein paar Strohballen nichts, worauf sie sich stützen konnte.

Sie keuchte laut auf.

»Ich beeile mich ja schon«, sagte ich und trug die Strohballen zusammen. »Aber ich verstehe immer noch nicht, warum du da oben hängst.«

Ihr linker Fuß zuckte. »Ich ... ich bin ...«

Ich wich ihren zappelnden Füßen aus und stapelte die ersten beiden Strohballen aufeinander.

»Ja?« Am besten lenkte ich sie etwas ab.

Sie stöhnte wieder auf. »Ich bin in der Sattelkammer fertig und ... und ... dachte, ich schau mich hier mal um.«

Vier Strohballen übereinander waren zu wackelig, ich musste sie anders stapeln.

»Beeil dich!«

Da, die Schubkarre!

»Aber ausgerechnet da oben auf dem Balken?«, hakte ich nach.

Sie keuchte. »Wegen ... wegen der Elstern.«

»Hä? Wieso?« Ich drehte die Schubkarre um. Es war zwar nicht gerade bombenfest, aber so könnte es gehen.

»Die mögen alles, was glitzert.«

»Ach, du meinst, eine Elster hat den Stick versteckt?« Da fand ich meine Theorie zu Zeus und Hades überzeugender.

»Ge...genau.« Sie stöhnte wieder, diesmal viel lauter.

»Bin fast fertig.« Ich stapelte die übrigen Strohballen auf und um die Schubkarre herum, bis eine Art Treppe zustande kam. »Vorsicht.«

Ich stützte sie, als sie sich langsam heruntersinken ließ. Einen Moment lang hockte sie auf dem Boden und schnaufte nur.

»Oh, meine Arme«, jammerte sie und rieb sich die Ellenbeugen. »Das tat verdammt weh, so lange in der Luft zu hängen.«

Ich nickte und beugte mich endlich zum Teller mit den Sandwiches. Die hatte ich mir jetzt wirklich verdient! Ich plumpste aufs Sofa und stopfte mir das erste Schnittchen in den Mund. Herrlich!

»Danke. Fürs Runterhelfen.« Mieke nahm sich auch ein Sandwich, sie war immer noch ganz schön rot im Gesicht nach der Anstrengung eben.

Ich nickte ihr zu, lehnte mich zurück und genoss die Aussicht auf die Pferdekoppeln. Allein für die Idee, hier das Sofa zu platzieren, hätten wir Josse einen Orden verleihen müssen. Aber jetzt mussten wir weitersuchen! Für den Weg noch ein letztes Sandwich – als ich es mir vom Teller griff, fiel mein Blick auf die Sofalehne und ich stutzte. Was war denn das?

Mieke war aufgestanden. »Jetzt geht es mir wieder besser.«

Ich fuhr mit der Hand die Ritze zwischen Lehne und Sitzfläche entlang. Da war etwas, doch während ich danach tastete, rutschte das Ding tiefer ins Sofa. Ich schob meine Hand weiter und angelte danach. Zuerst zog ich ein uraltes, zerknicktes Heft heraus, dann einen verrosteten Kugelschreiber und ein Knäuel Wollmäuse. Aber da war doch eben etwas Rotes gewesen! Ich schob meine Hand weiter.

»Komm, wir gehen runter«, drängte Mieke mich.

»Gleich, ich will nur das hier zu fassen bekommen.« Und da war es endlich. Meine Finger umklammerten einen kleinen rechteckigen Gegenstand.

»Der Datenstick!« Sie machte große Augen. »Wie kommt der denn hierher?«

»Keine Ahnung. Vielleicht hat Mila ihn doch in die Tasche gesteckt und dann ist er ihr hier auf dem Sofa herausgerutscht.«

»Das ist die einzige logische Erklärung«, stimmte Mieke mir zu. »Komm, wir sagen es ihr gleich, sie rastet bestimmt aus vor Freude.«

»Du hast ihn gefunden! Danke!« Stürmisch fiel Mila kurz darauf Mieke um den Hals.

»Ähm, nee, das war Ylvi.« Sie deutete auf mich. »Ich hatte mich nur oben ein bisschen umgesehen. Aber Ylvi hat ihn gefunden.«

Auch ich bekam eine Umarmung, dann sagte Mila: »Demnächst machen wir einen Fotoabend und ich schmeiße als Dankeschön eine Runde Chips und Limo für alle.«

Wir schlenderten hinauf zum Hexenhäuschen, um Kay von ihrer Suche zu erlösen.

»Seltsam.« Mila fuhr sich durch die Zöpfe. »Ich kann mir echt nicht erklären, wie er dahin gekommen ist.«

»Ist doch jetzt auch egal«, meinte Mieke. »Hauptsache, er ist wieder da.«

Das fand ich auch. Zum Glück war alles wieder im Lot! Deshalb war ich ja auch so gern hier. Irgendwie war es auf dem Hollerhof viel entspannter als in Birkenmoor, und wenn es nach mir ging, würde das auch so bleiben!

Kapitel 28

Ein paar jüngere Reitschüler verwöhnten Lucifer mit Möhren, ansonsten schien der Hollerhof ein paar Tage später wie ausgestorben. Als ich mein Fahrrad gegen die Stallwand lehnte, kam Mila die Rampe herunter.

»Wo sind denn alle?«

»Du kommst gerade richtig. Mama hat Erdbeertörtchen gebacken, was nur alle Jubeljahre vorkommt. Wir sind oben auf dem Sofa.« Sie packte meine Hand und zog mich die Rampe im Stall hinauf. Kay hatte es sich schon auf dem Sofa gemütlich gemacht.

Mila reichte einen Teller mit duftenden Törtchen herum. »Wo steckt denn Josse?«

»Wahrscheinlich in irgendeiner Box«, erwiderte Kay und brüllte: »Josse, komm rauf, hier gibt's 'ne Party.«

»Keine Zeit zum Feiern«, rief er zurück.

»Jetzt stell dich nicht so an. Komm rauf und iss ein Törtchen.«

Von unten kam ein Seufzen und einen Moment später tauchte er auf. Kay ignorierte seine Miene und drückte ihm eine angeschlagene Untertasse mit zwei Törtchen in die Hand. Er ließ sich auf einem Strohballen nieder.

»Wenn das so weitergeht, brauche ich eine neue Hose«, stöhnte er.

»Quatsch, deine schlottert doch total«, sagte Kay.

Er hob die Augenbrauen. »Wo guckst du denn hin?«

Sie errötete leicht. »Das sind ja kleine Kunstwerke!« Sie zeigte auf die Törtchen und sah Mila an.

»Mieses Ablenkungsmanöver!« Josse grinste und biss ein Stück vom Kuchen ab. »Fehlt nur noch Sahne.«

»Nächstes Mal denk ich dran«, sagte Mila trocken.

»Wo ist Mieke?«, fragte ich.

»Sie wartet zu Hause auf einen Anruf von ihrem Vater«, erzählte Kay. »Der ist noch auf Dienstreise. Wegen seines Jobs und der Zeitverschiebung ist das Telefonieren schwierig.«

Mila guckte etwas schuldbewusst. »Ich habe total vergessen, ihr Bescheid zu sagen.«

»Macht nichts«, sagte Kay, »sie wird es verkraften. Die kommt schon, wenn sie es mit ihrer Stiefmutter nicht mehr aushält.«

»Ylvi?« Das war Corinna. Sie stand am Fuß der Rampe. »Hast du Lust auf Unterricht?«

»Klar«, rief ich, hüpfte vom Sofa und stellte meinen Teller auf einen Strohballen. Die letzten Longenstunden waren allesamt toll gelaufen. Mal war ich mit und mal ohne Sattel geritten – und beides hatte super funktioniert!

»Fein, dann mach Willow fertig. Wir treffen uns gleich auf dem kleinen Reitplatz.«

Willow wieherte und trottete auf mich zu, als ich auf die Koppel lief. Nachdem ich sie kurz begrüßt hatte, führte ich sie auf den Hofplatz. Ich entfernte ein paar Steinchen und festgetretene Grasballen aus den Strahlfurchen und hörte dabei durchs offene Stallfenster über mir die anderen reden und lachen, denn Josse gab einen schlechten Witz nach dem anderen zum Besten. Wenig später ging ich mit Willow zum versteckten Reitplatz.

Mein Magen kribbelte, denn es war jedes Mal etwas Besonderes, wenn ich auf Willow ritt. Zu meinem Erstaunen war diesmal weit und breit nichts von einer Longe zu sehen. Also wieder Bodenarbeit? Doch da entdeckte ich das Zaumzeug in Corinnas Hand. Und über dem Zaun hing Willows Sattel! Corinna lächelte bloß.

Endlich!

Ich wollte von dem Holzhocker in der Ecke aufsteigen, rutschte vor lauter Aufregung aber an der Kante ab und wäre fast hinuntergefallen. Wundersamerweise blieb Willow einigermaßen entspannt und rückte nur ein Stück vom Hocker weg. Ich führte sie noch einmal an die Aufsteighilfe und beim zweiten Mal klappte es sofort.

»Geht zu Beginn ein paar Runden Schritt«, sagte Corinna.

Willow senkte den Hals und schnaubte ausgiebig ab. Sie reagierte auf die kleinsten Verlagerungen meines Gewichtes. Es war so schön, ohne Longe auf ihr zu reiten! Wie schon zuvor fiel mir auf, dass sie etwas kleinere Schritte machte als Luna und Jupiter. Sie spitzte die Ohren und schaute sich aufmerksam um.

Während Corinna mir verschiedene Anweisungen gab, spielten Willow und ich uns immer besser aufeinander ein. Es war ganz anders als an der Longe!

»Schon?«, wunderte ich mich, als Corinna den Unterricht beendete, denn es fühlte sich an, als wäre ich gerade erst aufgestiegen.

»Das war supergut!«, lobte sie uns, bevor sie zu ihrer nächsten Stunde aufbrach. »Du kommst richtig klasse mit Willow zurecht. Da machen wir nächstes Mal weiter.«

Ich strahlte. Ganz meine Meinung!

Am Abend feierte Oma mit uns ihren Geburtstag.

»Wir gehen essen«, bestimmte sie und lud uns alle in das griechische Restaurant um die Ecke ein.

»Für mich bitte einen Salat«, sagte Marlene, als die Kellnerin die Bestellung aufnahm, aber Oma schlug ihr auf die Schulter und rief: »Kind, doch nicht heute! Wir nehmen die Familienplatte, gleich dreimal. Tsatsiki, Gyros, Pommes, Krautsalat, Reis … das volle Programm, bitte. Und Ouzo für die Großen! Gleich eine ganze Flasche!«

Oma war wirklich in Feierstimmung.

Ich schlug mir den Bauch voll, denn seit dem halben Erdbeertörtchen vorhin hatte ich nichts mehr gegessen.

»Na, wie läuft es mit Jupiter?«, fragte Oma und beugte sich zu mir herüber. »Und mit Willow?«

Marlene rollte mit den Augen und Papa stellte staunend fest: »Du bist aber gut informiert.«

»Natürlich!« Oma drückte mich kurz. »Ylvi hält mich auf dem Laufenden.«

»Mit Willow ist es toll«, antwortete ich und erzählte ihr von vorhin.

»Das freut mich«, meinte Oma. »Und wie ist es auf Birkenmoor?«

»Ganz gut.« Ich spießte eine Olive auf die Gabel und kaute nachdenklich. »Es ist nur schwierig mit Jupiter. Er ist super, aber …« Oma wartete geduldig, während ich nach den richtigen Worten suchte. »Er ist ein völlig anderer Typ als Luna oder Willow.«

Sie nickte verständnisvoll.

»Außerdem sind Lukas und die Zwillinge gerade genervt, weil ich so oft bei Willow bin«, fuhr ich fort und nahm mir noch etwas von dem Tomatenreis. »Manchmal fühle ich mich total hin- und hergerissen.«

Auf Birkenmoor waren meine alten Freunde und dort war mir alles vertraut, aber den Hollerhof mochte ich eben auch.

Oma lächelte und sah mir in die Augen. »Dein Traumpferd wird dir den Weg schon zeigen.«

KAPITEL 29

Eine Woche später war es fast sommerlich warm. Wenn es so weiterging, konnten wir auf dem Hollerhof bald ein Bad im Fluss wagen.

Eine Abkühlung wäre jetzt fantastisch gewesen, denn die Sonne knallte auf das Dach der Reithalle auf Birkenmoor und mir war schon richtig heiß, dabei hatte der Unterricht noch nicht mal angefangen.

»So, los geht's!«, rief Hanno, als hätte er meine Gedanken gelesen. »Aufgewärmt habt ihr eure Pferde ja, nun beginnen wir mit der Arbeit. Marie, das ist keine Volte, sondern ein Osterei. Lukas, erstens schätze ich Genauigkeit, zweitens will ich nicht über den Haufen geritten werden, also halte bitte deine Linie!«

Meine Güte, der war aber forsch heute! Ob das an den Zuschauern lag? Die beiden standen mit Klemmbrett und Tablet an der Bande, machten sich Notizen und sahen dabei unglaublich offiziell aus. Wer das wohl war?

Ich hielt korrekt über der Mittellinie an, beugte mich hinunter zum Sattelgurt und gurtete nach – ein bisschen zu fest, was Jupiter prompt mit ungnädigem Schweifschlagen quittierte.

»Entschuldige!« Zerknirscht fuhr ich ihm durch die Mähne.

Hanno stand in der Mitte der Halle, die Fäuste in die Seiten gestützt, und sah uns mit ausdrucksloser Miene entgegen, als wir wieder auf den Hufschlag ritten. Ich lenkte Jupiter hinter Sophia und Delilah und folgte ihnen.

Nach ein paar Runden Leichttraben ging es los. Hanno spulte das ganze Programm ab: aus dem Zirkel wechseln, Rückwärtsrichten, aber auch Volten und viele Wechsel zwischen den und innerhalb der Gangarten ... Ich wusste kaum, wo mir der Kopf stand.

Als Hanno sich an Marie wandte und ihre Zügelhaltung korrigierte, übte ich abwechselnd Aussitzen und Leichttraben. Jupiter schlug mit dem Schweif und wollte immer wieder galoppieren. Ich hatte alle Mühe, ihn im Trab zu halten. Vielleicht wäre es besser, wenn ich ihn mehr beschäftigte? Ich baute jede Menge unterschiedliche Hufschlagfiguren wie Zirkel, Schlangenlinien und Volten ein, damit er gar nicht auf die Idee kam, schneller zu werden.

»Das eben war nicht sauber geritten«, bemerkte Hanno. »Gleich noch einmal, aber diesmal nicht Leichttraben, sondern nur Aussitzen.«

Ich fühlte mich wie eine Anfängerin, total durchgerüttelt. Als wäre ich ein Kartoffelsack, den sie auf ein Pferd gesetzt hatten. Hannos Adleraugen blieb mein Gehoppel natürlich nicht verborgen.

»Setz dich gerade in den Sattel, Ylvi«, ermahnte er mich. »Und zieh bloß nicht die Fersen hoch, das sieht ja aus, als würdest du Ballett tanzen wollen.«

Ich blickte hinüber zu Lukas. Auch der hatte zu kämpfen. Peanut schien heute nicht so gut drauf zu sein, er legte immer wieder die Ohren an, sobald eines der anderen Pferde ihm zu nahe kam.

Sobald Hanno nicht mehr hinsah, wechselte ich die Gangart. Im Galopp ritt ich auf dem Zirkel und versuchte dabei, die Zirkellinie etwas zu verkleinern. Doch heute klappte anscheinend gar nichts. Entweder wurde Jupiter zu langsam oder zu schnell. Wir eierten so herum, dass wir nie die Linie hielten. Es war wie verhext!

»Komm, Süßer, wir schaffen das«, raunte ich ihm zu, doch Jupiter dampfte durch die Bahn, als säße ich gar nicht auf seinem Rücken.

»Wenn ihr die Lektionen nicht im Schlaf beherrscht, könnt ihr die Dressurprüfung vergessen«, schallte Hannos Stimme durch die Halle.

Ich wischte mir eine Haarsträhne aus dem Gesicht. Mein T-Shirt fühlte sich schon feucht an. Ganz gleich, wie sehr ich mich auch bemühte, Jupiter stimmte sich einfach nicht auf mich ein.

Ich legte an der langen Seite im Galopp zu und schon vergrößerte er seine Sprünge, kurz bevor wir die Ecke erreichten. Das war doch gar nicht schlecht, wie ich bei einem schnellen Blick in den großen Spiegel erkannte. Doch kurz vor den beiden Zuschauern blieb er so abrupt stehen, dass ich fast über seinen Hals geflogen wäre. Er tänzelte zur Seite und wollte nicht an ihnen vorbeigehen. Ich biss mir auf die Unterlippe.

»Ylvi, gib ihm etwas zu tun, damit er nicht auf dumme Gedanken kommt«, rief Hanno mir zu, also ritt ich eine kleine Wendung und wechselte aus der Ecke.

Als wir das nächste Mal an den Zuschauern vorbeikamen, wurde Jupiter wieder langsamer.

»Denk dran, klare Anweisungen«, gab Hanno mir mit auf den Weg.

Im Arbeitstrab schafften wir es an den beiden vorbei.

»Gut gemacht«, lobte ich Jupiter und er senkte den Kopf und schnaubte ab.

Na also, jetzt machten wir ja doch Fortschritte! Ich entspannte meinen Sitz etwas und atmete auf.

Während wir zur Abwechslung eine Runde Schritt einlegten, beobachtete ich, wie Hanno zur Bande ging und seine Besucher verabschiedete.

»Wer war denn das?«, fragte ich Marie und trabte wieder an.

»Keine Ahnung«, antwortete sie und überholte uns. »Ich glaube, die sind von irgendeinem Verband oder so.«

Lukas kam von hinten und wollte ebenfalls vorbei. Jupiter schlug mit dem Schweif, als die beiden auf unserer Höhe waren. Peanut schüttelte unwillig den Kopf und legte ein wenig die Ohren an.

Ich parierte durch, damit wir langsamer wurden, doch Jupiter wollte schneller voran. Er reagierte nicht auf meine Hilfen, sondern blieb Kopf an Kopf mit Peanut.

»Mmh, was haben die beiden denn jetzt vor?«, fragte Lukas.

Jupiter legte immer mehr an Tempo zu, auch als Peanut schon zurückblieb, denn im Gegensatz zu mir konnte Lukas ihn wieder gut durchparieren.

Im vollen Galopp rauschten wir jetzt an Hanno vorbei, der gerade an seinen alten Platz in der Mitte zurückgekehrt war.

»Ylvi, halte deine Hände korrekt senkrecht und reite einen Zirkel. Bei X parierst du ihn wieder zum Trab durch«, rief er.

Es war, als würde Hannos Stimme ihn wieder zurückholen, denn Jupiter reagierte sofort.

Ziemlich erledigt parierte ich ihn endlich durch und steuerte Hanno an.

»Heute ist es ein bisschen schwierig, ich habe das Gefühl, er achtet nicht wirklich auf mich«, sagte ich zu ihm.

Er runzelte die Stirn. »Das geht so aber nicht, Ylvi. Du musst noch viel klarer werden in deinen Hilfen, das habe ich dir jetzt schon so oft gesagt! Jupiter braucht eindeutige Signale.«

»Ja, bestimmt, aber ich bin auch immer wieder überrascht, wie er reagiert.«

Ich biss mir auf die Unterlippe. Sollte ich es noch einmal probieren? Neulich hatte ich es ja schon mal vorgeschlagen, ohne Erfolg. Ach, was hatte ich schon zu verlieren?

»Kann ich vielleicht mal mit Jupiter ins Gelände?«

Hanno guckte verblüfft, also schob ich schnell nach: »Nein, ich meine keinen Ausritt. Ich wollte mit ihm spazieren gehen, damit wir uns besser kennenlernen.«

Hanno stutzte. »Und du denkst, das funktioniert eher als beim Reiten? Das kann ich mir nicht recht vorstellen.« Er überlegte kurz, dann schüttelte er den Kopf. »Nein, das ist keine Lösung, du musst einfach intensiv mit Jupiter trainieren. Streng dich mehr an, dann seid ihr auch bis zum Turnier aufeinander eingespielt.«

»Okay, wenn du meinst.« Ich wendete Jupiter und ritt schnell auf den Hufschlag, damit Hanno nicht sah, wie enttäuscht ich war.

Ich hätte das so gern mit Jupiter ausprobiert!

»Findest du das nicht ein bisschen viel verlangt?«, fragte Marie nach der Stunde.

Sophia nickte. »Genau, das denke ich auch. Hanno ist ein Toptrainer. Der weiß am besten, wie man mit Pferden zurechtkommt. Warum vertraust du ihm nicht einfach?«

Ich legte den Striegel in den Putzkasten und klappte ihn zu. »Das tue ich doch. Und das mit Jupiter war ja nur ein Vorschlag. Einen Versuch wäre es wert gewesen, finde ich.«

»Mit dem Pferd spazieren zu gehen ist doch kein Allheilmittel«, sagte Lukas.

»Nein, natürlich nicht. Aber abgesehen vom Training verbringe ich kaum Zeit mit Jupiter. Wie soll ich ihn da richtig kennenlernen? Ach, egal, jetzt ist es ja sowieso vom Tisch.« Ich nahm den Putzkasten und streckte die Hand aus. »Soll ich deinen gleich mitnehmen?«

»Ja, gern«, sagte Sophia und packte schnell den Hufkratzer in ihre Kiste.

Ich war schon halb auf dem Weg zur Sattelkammer, da rief Marie mir nach: »Übrigens, wir treffen uns nachher zu einem Extratraining draußen auf dem Platz.«

Erstaunt drehte ich mich wieder um. »Wie, gibt Hanno uns heute ein zweites Mal Unterricht?« Das war ja noch nie vorgekommen!

»Nein, wir wollten allein üben«, antwortete sie. »Bist du dabei?«

»Nee, nachher kann ich leider nicht.«

»Schon wieder? Und wieso diesmal nicht?«, fragte Lukas genervt. »Lass mich raten: Du willst zum Hollerhof?«

Sein Ton gefiel mir nicht. »Und was, wenn ja? Stört dich das etwa?«

»Klar, wenn wir uns dadurch nicht anständig aufs Turnier vorbereiten können.«

Ich schnappte nach Luft. Das war ja wohl die Höhe!

»Ihr hättet ja auch einfach mal fragen können, wann ich Zeit habe! Und übrigens, ihr scheint es ja ständig zu vergessen: Welches Pferd soll ich denn reiten? Eins von euren ja wohl nicht, oder?«

Marie lächelte dünn. »Darum habe ich mich schon gekümmert.«

»Genau, du könntest uns ruhig dankbar sein, dass wir das für dich erledigt haben«, sagte Sophia. »Wir haben Hanno vorhin gefragt und er ist einverstanden. Du darfst Jupiter nachher noch einmal auf dem Platz reiten.«

Mir blieb die Sprache weg.

»Was guckst du denn so, Ylvi?«, fragte Lukas. »Das ist doch total nett von den beiden. Wenn wir in Zukunft öfter außer der Reihe trainieren, bringt das bestimmt richtig was.«

»Aber ich habe nachher schon eine Stunde auf Willow«, protestierte ich. »Warum habt ihr mich nicht vorher gefragt? Jetzt denkt Hanno sicher, dass mir das mit Jupiter nicht so wichtig ist.«

»Ja, und?«, fragte Marie giftig. »Liegt er damit so falsch?«

»Natürlich stimmt das nicht, das ist doch klar. Ich will mich genauso gut aufs Turnier vorbereiten wie ihr.«

»Und warum bist du dann ständig auf dem Hollerhof?«, fragte Sophia vorwurfsvoll.

»Weil es mir gefällt! Aber das heißt doch nicht, dass mir das hier alles egal ist.«

»Ja, aber sonst sind wir auch mal ausgeritten oder haben andere Sachen mit den Pferden gemacht«, meinte Lukas.

»Beschwert euch doch bei Hanno und nicht bei mir. Als ob ich etwas dafür könnte, dass ich Luna nicht mehr reiten darf!«

Marie schnaubte. »Groß um sie gekämpft hast du ja auch nicht.«

»Quatsch!« Ich wollte schon gehen, da fiel mir noch etwas ein. »Wisst ihr was? Am besten erklärt ihr Hanno selbst, warum ich nachher nicht dabei bin.«

»Ach, sollen wir ihm sagen, dass du jetzt in einem anderen Reitstall trainierst?« Lukas sah mich herausfordernd an. »Das wird ihn bestimmt interessieren. Nach allem, was er für dich getan hat!«

Hallo? Als wäre ich dafür nicht dankbar!

»Nicht nötig! Das mit Willow ist etwas völlig anderes.«

Ich schaute einen nach dem anderen an. Wenn sie glaubten, sie könnten einfach so über mich verfügen, dann hatten sie sich geschnitten. Und erpressen ließ ich mich schon gar nicht!

»Sagt ihm doch einfach, dass ihr alles ohne mich organisiert habt.« Ich lächelte bitter. »Anscheinend denkt ihr, ihr wüsstet besser als ich, was gut für mich ist. Aber damit liegt ihr so was von daneben!«

KAPITEL 30

Ich stürmte in die Sattelkammer und packte die Putzkisten weg. Dann lief ich nach draußen, ohne die drei noch einmal anzusehen. Für heute konnten sie mir echt gestohlen bleiben!

»Oh nein, das auch noch!« Anscheinend hatte sich jetzt alles gegen mich verschworen, nun war auch noch der Fahrradreifen platt. Ich löste die Luftpumpe, doch das Aufpumpen hätte ich mir sparen können. Bevor ich die Kappe wieder aufs Ventil gedreht hatte, war der Schlauch schon wieder schlaff.

Und nun? Normalerweise hätte ich mir jetzt das Rad von Lukas geborgt, aber das kam natürlich nicht infrage.

Ich schaute auf die Uhr. Wenn ich mich beeilte, würde ich es gerade noch nach Hause schaffen und das Rad tauschen können, bevor ich auf dem Hollerhof sein musste.

Mit hängender Zunge kam ich auf dem Hofplatz an. Nach der Stunde mit Jupiter freute ich mich auf Willow. Ich rannte zur Weide und machte sie in Rekordzeit fertig, sodass wir es gerade noch zeitgleich mit Corinna auf den Platz schafften.

»Du musst dich nicht so hetzen«, beruhigte Corinna mich. »Gib mir einfach nächstes Mal Bescheid, wenn es bei dir eng wird, dann fangen wir ein bisschen später an.«

Erleichtert stieg ich in den Sattel und Willow lief sofort los.

»Hey, du bist ja schnell heute.«

»Kommt beide noch einmal her zu mir«, sagte Corinna. »Willow ist unruhig, weil du so gestresst hier angekommen bist. Atme ein paarmal tief durch.« Sie hielt kurz inne. »Und jetzt reite noch mal an und konzentriere dich bei jedem Schritt auf deine Atmung.«

So richtig wollte es trotzdem noch nicht klappen – ganz anders als bei unserer letzten Reitstunde. Hoffentlich musste ich nicht wieder an die Longe! Doch zum Glück gab mir Corinna nur Tipps, wie ich besser mit Willow zurechtkommen würde.

»Nicht ganz so hart in den Händen, Ylvi«, korrigierte sie mich. »Merkst du, dass sie sofort dicht macht?«

Ich nickte und probierte es erneut, doch diesmal war mein Schenkeldruck zu stark.

Frustriert biss ich mir auf die Unterlippe. Was bei Jupiter zu wenig war, war bei Willow zu viel! Und zu allem Überfluss spukte mir im Hinterkopf auch noch der Streit mit Lukas und den Zwillingen herum.

»Gib ihr etwas mehr Zügel«, ermahnte Corinna mich. »Sie soll sich wohlfühlen mit deiner Hand. So kann sie sich nicht entspannen.«

Oje! Die ganze Zeit ging es so weiter und am Ende der Stunde stieg ich erschöpft und traurig vom Pferd.

»Es gibt solche Tage«, tröstete mich Corinna. »Du warst nicht ganz bei der Sache. Beschäftigt dich etwas?«

»Nur ein dummer Streit«, gestand ich.

Blöd, dass ich mich davon hatte ablenken lassen! Jetzt hatten die drei es doch geschafft, mir die Reitstunde auf Willow zu vermiesen. Aber zum Glück hatte Corinna so verständnisvoll reagiert – mit Hanno wäre das bestimmt anders gelaufen!

Als ich von der Koppel kam, türmte sich auf dem Hofplatz ein Haufen Schabracken, Bandagen und Abschwitzdecken.

»Hey, was habt ihr denn vor?«, fragte Mila, die auch gerade um die Ecke bog.

»Die müssen dringend mal gewaschen werden.« Mieke rümpfte die Nase. »Aber eine Waschmaschine habt ihr dafür immer noch nicht, oder?«

»Die steht ganz unten auf der Liste, erst mal braucht der Hühnerstall ein neues Dach.« Mila hob die Hände. »Es sei denn, es kommt ein unerwarteter Geldsegen über uns.«

»Ach, macht doch nichts, dann waschen wir das Zeug eben zu Hause«, sagte Kay und schüttelte eine riesige rote Decke so kräftig aus, dass uns Staubkörnchen und schwarze Pferdehaare ins Gesicht wehten.

»Na, Sabrina wird sich bedanken.« Mieke zog eine Grimasse. »Bestimmt schickt sie mich wieder zum Waschsalon, damit ich ihre kostbare Maschine nicht einsaue.«

»Solange sie dir das Geld dafür gibt.« Kay grinste.

»Das kannst du vergessen«, beschwerte sich Mieke, »das muss ich vom Taschengeld bezahlen. Und das ist nicht billig, eine Decke und schon ist die Waschmaschine voll, da kommt ganz schön was zusammen bei mehreren Gängen.«

»Das ist echt blöd. Sobald wir es uns leisten können, schaffen wir eine Maschine an«, tröstete Mila sie.

»Okay, ich nehme Willows Sachen auch mit«, beschloss ich.

»Super. Allerdings ist das Zeug überall verstreut«, entschuldigte sich Mila. »Ich würde dir ja beim Suchen helfen, aber ich muss jetzt was für Mama besorgen.«

»Kein Problem, ich stöbere schon alles auf.«

Kurz darauf stand ich in der Sattelkammer und bereute meine Worte. Wie sollte ich hier jemals etwas finden?

Mila hatte mir noch den Tipp gegeben, dass Willows Sachen alle blau und mit einem verschlungenen W bestickt waren, aber das Chaos in der Sattelkammer war in den letzten Tagen noch mal angewachsen. Überall lag Zeug herum. Anscheinend packte jeder einfach alles so hin, wie es ihm gefiel.

Ich suchte zuerst in dem Spind, in dem auch Willows Putzkiste stand. Das war schon mal ein guter Anfang, denn dort hatte jemand eine hellblaue Schabracke hineingestopft. Ich roch daran. Puh, der letzte Waschgang war definitiv ziemlich lange her!

In der Ecke neben den Körben mit den Äpfeln moderte noch ein Berg Abschwitzdecken vor sich hin, doch die von Willow war nicht dabei. Hinter einem Holzpfeiler wurde ich schließlich fündig. An einem Nagel hing eine dicke dunkelblaue Abschwitzdecke aus Samt mit einem kleinen W an der Saumkante. Der Stoff fühlte sich weich und irgendwie teuer an.

Kein Zweifel, Willows Besitzerin hatte einiges in das Material investiert. Ihre Ausrüstung war ziemlich hochpreisig, das war mir schon an ihrem Sattel und dem Zaumzeug aufgefallen. Alles bestand aus feinstem Leder.

Hinter der Decke für die kalten Tage entdeckte ich noch

eine dünnere für den Sommer. Großartig, die konnten wir jetzt gut gebrauchen!

Ich stopfte alles in eine große Plastiktüte, die vor der Möhrentonne lag. Bei dem Wetter trockneten die Sachen bestimmt schnell und Willow bekam ihre Ausrüstung blitzblank zurück.

Bei der Gelegenheit nahm ich mir gleich auch noch Willows Putzkiste vor, wischte sie aus und sortierte alles neu ein. Der kaputte Striegel kam endlich weg, ebenso der zu einem braunen Etwas zusammengeschrumpfte Schwamm.

In Zukunft würde ich dafür sorgen, dass ihre Sachen nicht mehr untergemüllt wurden, sondern im Spind hingen.

KAPITEL 31

Josse

Er setzte sich auf die Kellertreppe und wischte sich ein paar Schweißperlen von der Stirn. Der Stapel dort unten wurde ja immer größer! Und was für Sachen da zum Vorschein kamen! In den Kellerräumen mussten sie Berge von Zeug horten, aber so, wie das aussah, wunderte es ihn nicht, dass der Kram keinen Käufer mehr fand.

»Beeil dich, Josse, ausruhen kannst du dich später«, rief ihm Herr Johansson vom Bürgersteig aus zu. »Ich stehe im Halteverbot.«

In dem Moment drückte jemand auf die Hupe.

»Ja, ja, wir sind gleich weg«, brüllte der Besitzer des Antiquitätenladens.

Josse sprang auf und machte sich wieder an die Arbeit.

Das kitschige Bild mit dem Hirsch vor einem schrecklichen Sonnenuntergang schaffte er problemlos alleine hoch, den Polsterhocker und die fünf Kisten mit angelaufenen Messingkerzenleuchtern auch. Aber bei der Schrankwand musste Herr Johansson mit anfassen, der sich in der Zwischenzeit mit einer Passantin herumgestritten hatte.

»Dann gehen Sie doch einfach drum herum«, maulte er die Frau mit dem Kinderwagen an.

»Ihre Plastikpalme versperrt aber den ganzen Weg«, zeterte sie.

»Ihr Kinderwagen auch! Neulich kam ich kaum ins Café!«

»Das ist ja wohl etwas völlig anderes«, empörte sich die Frau und schob erbost weiter.

Herr Johansson rückte die Palme ein winziges Stück Richtung Ladeklappe.

»Du musst sie leider in den Transporter heben.« Er stöhnte und rieb sich den Rücken. »Die Schrankwand eben hat mir den Rest gegeben, jetzt hab ich's im Kreuz.«

Herr Johansson ließ sich auf einen Stapel zerfledderter Zeitschriften vor seinem Schaufenster sinken und jammerte leise vor sich hin, während Josse wieder in den Keller lief.

Der war ja immer noch halb voll!

»Mensch, und dafür bekomme ich noch nicht mal den Mindestlohn!« Er ächzte und zog eine Statue aus weißem Gips hervor. Ein Stück vom Arm platzte ab, als er damit gegen das Treppengeländer stieß. Egal! Dem Sperrmüll würde das nichts ausmachen.

Zwei Stunden später war es fast geschafft. Jetzt fehlte nur noch der Holzelefant. Der ging ihm fast bis zum Bauch, aber Herr Johansson war inzwischen in seinem Laden verschwunden und telefonierte. Also musste er den irgendwie allein die Ladeklappe hochbekommen.

»Warte, ich fasse mit an.«

Erstaunt drehte er sich um.

»Was machst du denn hier?« Mit Sonnenbrille hatte er sie erst auf den zweiten Blick erkannt.

Corinna lächelte ihn an. »Ich war mit Mr Mouse beim Tierarzt.« Sie deutete auf die Praxis neben dem Antiquitätenladen. »Jetzt sitzt er schon im Auto und erholt sich von seiner Impfung.« Sie spähte in das Innere des Lastwagens. »Sag mal, hast du den ganz alleine beladen?«

»Ja, fast.«

Sie umfasste den Elefantenpo. »Dann nimm du den Rüssel. Los geht's!«

Beim ersten Anlauf rutschte der Elefant ab, aber beim zweiten Mal schafften sie es, ihn auf die Ladefläche zu bugsieren. Allerdings ragte er jetzt ein gutes Stück heraus. Corinna stemmte sich dagegen und schob. Er sprang dazu und drückte mit.

»Das ist ja Schwerstarbeit«, keuchte sie. »Bekommst du eigentlich Geld dafür?«

Er stützte sich auf die Knie und verschnaufte kurz, dann warf er einen Blick durchs Schaufenster. »Ja, natürlich.«

»Das klingt aber nicht so überzeugend.« Sie sah ihn aufmerksam an, dann wechselte sie plötzlich das Thema. »Bist du fertig hier? Dann lade ich dich zu einem Eis ein, gleich da vorn ist ein Café, in Ordnung?«

»Und Mr Mouse?«

»Ich gucke gleich noch mal nach ihm, aber ich wette, er schläft jetzt. Der Tierarzt ist nicht gerade sein bester Freund. Ein bisschen kann er ruhig noch im Auto bleiben, ich habe alle Fenster heruntergelassen, sodass es nicht zu warm ist.«

»Okay, dann sage ich eben drinnen Bescheid.« Er lief in den Laden und holte sich von Herrn Johansson seinen Lohn ab.

»Du, in ein paar Monaten wollte ich den Dachboden entrümpeln, dann sage ich dir wieder Bescheid, ja?«

Das war ja eine verlockende Aussicht! Aber ob er bis dahin einen besseren Job gefunden hatte?

»Ist gut«, sagte er also und verabschiedete sich.

Auf der anderen Straßenseite wartete Corinna schon an einem kleinen Tisch vor dem Café.

Als er sich zu ihr gesetzt hatte, schob sie ihm die Speisekarte zu. »Such dir aus, worauf du Lust hast.«

»Ehrlich?«

»Klar«, sagte sie.

Die Auswahl war nicht ganz so riesig wie in der Eisdiele am Brunnen. Schade, dass es dort mit dem Job nicht geklappt hatte! Er entschied sich für einen Amarenabecher, doch dann fiel sein Blick auf den Preis. Acht Euro fünfzig waren vielleicht etwas übertrieben.

»Ich nehme eine Kugel Kirsche und eine Kugel Stracciatella«, sagte er.

Corinna winkte den Kellner heran.

»Einen Espresso und einen Amarenabecher, bitte«, bestellte sie.

Er guckte überrascht und sie schmunzelte.

»Der ist gut hier, den musst du unbedingt probieren.«

Kurz darauf kam die Bestellung. Corinna hatte nicht zu viel versprochen.

»Arbeitest du regelmäßig in dem Laden?«, erkundigte sie sich.

Er schüttelte den Kopf und schluckte dann die Amarenakirsche hinunter. »Nein, nur ausnahmsweise. Mein großer Bruder hat erzählt, dass Herr Johansson jemanden zum Anpacken braucht, aber mehr Arbeit hat er leider erst mal nicht.«

Na ja, vielleicht war es aber auch besser so. Wenn er das öfter machen würde, hätte er demnächst wahrscheinlich auch Rückenprobleme.

Corinna öffnete ein Tütchen Zucker und schüttete den Inhalt in die Tasse. »Bist du denn auf der Suche nach einem Job?«

»Schon ewig. Es ist nur echt schwer, etwas zu bekommen.«

Sie trank einen Schluck von ihrem Espresso und sah ihn an. »Demnächst bist du mit den Arbeitsstunden fertig, oder? Wie viele sind es noch?«

»Nur noch fünf Stunden.«

»Das trifft sich prima. Ich wollte dich nämlich fragen, ob du bei uns anfangen willst.«

Er ließ den Löffel sinken. »Auf dem Hollerhof?«

»Ja, wir könnten jemanden gebrauchen, der mit anpackt.« Sie grinste. »Nach dem, was du eben geschleppt hast, wird dir das Ausmisten ja wie eine Kur vorkommen. Im Ernst, hättest du Lust? Du hast dich so gut bei uns eingewöhnt, kennst alles und bist eine Riesenhilfe.« Sie deutete seine Miene falsch. »Aber der coolste Job ist es natürlich nicht. Du kannst es dir ja noch einmal überlegen.«

Sie trank ihren Espresso aus und schob die Tasse zur Seite.

»Nein, nein, muss ich gar nicht.« Er grinste und versenkte den Löffel wieder in seinem Eisbecher. »Ich bin auf jeden Fall dabei.«

KAPITEL 32

Die beiden Abschwitzdecken und die Schabracke hingen in der Abendsonne auf der Leine. Zufrieden betrachtete ich mein Werk. Die Flecken waren fast komplett rausgegangen. Außerdem duftete jetzt alles schön frisch nach Frühlingswind. Wenigstens das war gut gelaufen, von Birkenmoor konnte man das ja nun wirklich nicht sagen. Wenn ich bloß gewusst hätte, wie wir das alles wieder hinbekommen könnten! Ständig diese Streitereien, das machte mich noch völlig fertig. Vor allem mit Lukas! Wir verstanden uns doch sonst immer so gut! Ich fühlte mich total zerrissen: Einerseits wollte ich ihn auf gar keinen Fall verlieren. Aber auf der anderen Seite war es so toll mit Willow und auf dem Hollerhof. Das wollte ich nicht wieder aufgeben!

Ich seufzte tief. Wie sollte sich das bloß wieder einrenken?

»Sieht super aus, du bist ja richtig fleißig gewesen.« Marlene kam zu mir auf die Terrasse und stupste mich an. »Da kannst du gern auch mit meiner Wäsche weitermachen.«

»Klar, wenn ich mir dafür deine Klamotten ausleihen darf.«

Marlene riss die Augen auf. »Bist du verrückt? Auf keinen Fall! Dann kann ich sie ja gleich in die Altkleidersammlung geben, so wie deine Sachen nach einmal Tragen aussehen. Du bringst es fertig und gehst mit meiner Seidenbluse zum Reiten.«

Ich kicherte.

»Nein, danke. Da überlasse ich die Wäsche doch lieber Mama, da kann ich das Risiko besser kalkulieren. Immerhin schafft sie es, nur jede dritte Klamotte falsch zu waschen. Das ist ein besserer Schnitt, als wenn du meine Sachen anziehst.«

»Du bist gemein, Mama hat sich die letzte Zeit voll Mühe gegeben!«, verteidigte ich Mama, aber insgeheim gab ich Marlene recht. Seit ich wusste, wie man die Waschmaschine bediente, kümmerte ich mich um meine Reithosen auch lieber selbst, das war sicherer. Der Rest meiner Klamotten war mir nicht so wichtig, zur Not lief ich auch mit T-Shirts herum, die statt weiß nun schweinchenrosa waren.

Marlene zog mich um die Hausecke. »Apropos fleißig. Guck mal, was Papa heute Nachmittag gemacht hat, als du beim Reiten warst.«

Neben dem Gewächshaus lehnte mein Fahrrad. Der Reifen war repariert und beide Schläuche aufgepumpt. Papa hatte sich auch sonst schwer ins Zeug gelegt: Kette geölt,

Glühbirne ersetzt, weichen Sattel montiert und sogar eine Klingel angebracht. Mit Ponykopf drauf.

Ich war zwar nicht mehr vier, aber trotzdem voll gerührt. »Das ist ja toll!«

In dem Moment hielt ein knallrotes Auto vor dem Haus.

»Ah, Mama ist heute dran mit Kochen.« Marlene grinste. »Deck schon mal den Tisch auf der Terrasse, dann bezahle ich den Pizzaboten.«

»Der gefällt dir wohl, was?«

»Blödsinn!«

Marlene machte eine Handbewegung und wollte mich schon losscheuchen, doch ich wartete grinsend, bis sie dem jungen Mann mit den halblangen schwarzen Haaren einen Stapel Kartons abgenommen hatte.

»Die kann ich auch für dich zur Terrasse tragen«, hörte ich ihn sagen. »Ich kenne ja den Weg.«

»Oh, danke«, antwortete Marlene und gab ihm die Kartons zurück. Er guckte so, als hätte er gern noch etwas länger mit ihr geplaudert, doch sie lächelte bloß und sagte: »Dann flitze ich eben nach drinnen und hole das Geld.«

Er seufzte leise, als sie die Treppe hinauflief und die Haustür aufschloss.

Mann, den hatte es aber ganz schön erwischt!

Na ja, seine Aussichten waren gut. Morgen fuhr Papa für ein paar Tage mit seinem besten Freund zum Angeln und

Mama war fürs Essen zuständig. Da standen die Chancen für den Pizzaboten nicht schlecht, dass er bald wieder hier zum Einsatz kam.

Als er den Gartenweg ums Haus einschlug, drehte ich mich um und rannte los, um die anderen zum Essen zu holen.

Nach der Pizza guckten wir alle zusammen einen Film, außer Flavia, die hatte Papa schon ins Bett gebracht. Heute war Mama dran mit Aussuchen.

»Nicht schon wieder ›Casablanca‹«, stöhnte Marlene.

Bella winselte und rollte sich auf den Rücken.

»Aber ich darf doch entscheiden«, protestierte Mama.

»Neue Regel«, sagte Papa. »Man darf nie mehr als dreimal denselben Film nehmen. Wer ist dafür?«

Sofort reckten sich drei Hände in die Höhe. Und Bellas eine Pfote auch!

»Hey, das ist unfair«, beschwerte sich Mama.

»Du bist überstimmt«, sagte Papa. »Das nennt man Demokratie.«

Mama seufzte. »Schön, dann eben etwas anderes.«

Bis wir die Anfangsmelodie hörten, verging dann noch einmal eine Dreiviertelstunde, denn Papa wollte Mama zu »Dracula« überreden und Marlene irgendeine Komödie gucken, in der es um einen Juwelendiebstahl ging.

Schließlich einigten wir uns auf meinen Vorschlag: einen Krimi, der auf einem düsteren Gestüt auf Island spielte.

»Schon wieder Pferde«, stöhnte Marlene noch, doch dann war sie völlig mitgerissen von der Handlung.

Ich lehnte mich zufrieden zurück. Da hatte ich doch den richtigen Riecher gehabt!

Als der Abspann lief, streckte Papa sich und sagte: »Gute Nacht! Ich gehe ins Bett, muss ja morgen früh raus.«

Auch Mama schloss sich ihm an.

Marlene holte sich noch etwas Saft aus der Küche und ging auf die Terrasse, um zu telefonieren. Ich lag faul auf dem Sofa und kraulte Bella hinter den Ohren, denn ich konnte mich noch nicht zum Zähneputzen aufraffen, obwohl ich hundemüde war.

Pling. Eine Nachricht von Sophia! Oh, oh.

Sollte ich die heute noch lesen? Oder lieber erst morgen, damit ich deswegen nicht die halbe Nacht wach lag und mich ärgerte? Doch dann siegte die Neugier und ich tippte auf das Display.

Nur ein Foto.

Ich vergrößerte es und musste lachen.

Sophia, Marie und Lukas hatten ein Selfie gemacht. Sie standen vor meinem Spind und grinsten. Es musste am Nachmittag gewesen sein, denn Sonnenlicht fiel in die Sattelkammer. Die drei hielten zusammen eine Tafel Schokolade in die Kamera. Auf das Foto hatte Sophia nachträglich geschrieben: *»SORRY! Kommst du wieder?«*

Jetzt war ich völlig platt, damit hatte ich überhaupt nicht gerechnet! Ich lächelte gerührt und machte schnell ein Selfie von Bella und mir.

»Natürlich!«, schrieb ich zurück.

KAPITEL 33

Helles Sonnenlicht fiel durch den Spalt in der Gardine und kitzelte mich am nächsten Morgen wach. Ich blinzelte und kuschelte mich ins Kissen, obwohl es ziemlich warm im Zimmer war. Heute war Samstag und das erste Mal seit ewigen Zeiten hatte ich nichts vor. Hanno wollte zu einer Fohlenschau und hatte deshalb den Unterricht abgesagt. Auch Mila und Corinna waren unterwegs. Sie wollten ein Ersatzteil für den alten Traktor organisieren und waren dafür zu einem Freund von Corinna gefahren, der irgendwo an der Nordsee wohnte.

Ich gähnte und zog die Decke bis zum Kinn. Sollte ich mich noch einmal umdrehen und eine Runde weiterschlafen? Da ging die Tür auf und Bella tapste ins Zimmer.

»Hopp!« Ich klopfte einladend auf die Bettdecke. Mit einem Riesensatz hüpfte sie neben mich. »Mann, bist du schwer!«

Als Antwort klopfte sie wild mit dem Schwanz. Ich schlang die Arme um sie und vergrub das Gesicht in ihrem

Fell. Ihr ganz spezieller Bella-Duft stieg mir in die Nase: ein Geruch nach gemahlenen Kaffeebohnen, dazu eine Prise frisch umgegrabener Erde und natürlich eine große Portion Hund. Warum sie ausgerechnet nach Kaffee duftete, hatte ich bisher nicht herausbekommen. Jedenfalls roch kein anderer Hund so gut wie sie, da war ich mir sicher.

Sie brummte zufrieden und schmiegte sich in meine Ellenbeuge. Dann schloss sie die Augen und schnaufte auf. Ihre Atemzüge wurden tiefer und irgendwann fing ihre Hinterpfote an zu zucken. Sie fiepte leise. Ob sie im Traum ein Kaninchen jagte?

Ich döste ein bisschen vor mich hin. Früher war Bella viel öfter gekommen, doch seit Flavia da war, lag sie meist bei ihr vor dem Bett. Oder drin, wenn Mama und Papa außer Sichtweite waren.

Unten klingelte das Telefon. Bella war sofort wieder hellwach. Als Schritte auf der Treppe zu hören waren, sprang sie vom Bett und legte sich auf den Läufer vor meinem Schrank, als wäre sie dort schon die ganze Zeit gewesen.

»Du bist vielleicht gewieft.« Ich lachte, als sie aufsprang und Mama begrüßte, die noch halb schlief und mir den Hörer hinhielt.

»Für dich«, murmelte sie und verschwand mit Bella im Schlepptau.

»Hi, Ylvi, habe ich dich geweckt?«, fragte Kay.

»Nein, gar nicht. Was gibt's?« Jetzt war ich neugierig, denn Kay hatte noch nie angerufen.

»Dein Handy war aus, deshalb habe ich die andere Nummer gewählt«, sagte sie. »Sag mal, könntest du heute bei mir vorbeikommen?«

Noch eine Premiere – bei ihr zu Hause war ich auch noch nie gewesen.

»Klar. Geht's um etwas Bestimmtes?«

»Ich habe meinen Vater überzeugt, dass wir ganz dringend eine neue Waschmaschine brauchen«, erklärte sie. »Die alte spendet er Corinna und Mila.«

»Das ist super!« Die würden sich vielleicht freuen!

»Kannst du mit anfassen? Josse habe ich auch schon Bescheid gesagt. Mein Vater hat sich beim Tennis das Handgelenk verstaucht und jetzt kann er nichts mehr heben.«

»Oh, tut mir leid.«

»Selbst schuld. Die erste Tennisstunde seit fünf Jahren und er hat es gleich voll übertrieben.« Sie kicherte. »Jetzt dauert es bestimmt noch mal so lange, bis er den Hintern wieder hochbekommt.«

»Okay, dann düse ich gleich los.« Ich strampelte die Decke weg. »Schick mir nur noch mal die Adresse.«

Mir blieb der Mund offen stehen. Sicherheitshalber checkte ich noch einmal Straße und Nummer. Kein Zweifel, es war das richtige Haus. Wobei der Ausdruck »Haus« nicht wirklich passte. »Palast« beschrieb es treffender.

Ich trat ein Stück zurück und betrachtete die Gebäude rechts und links davon. Ziemlich große Einfamilienhäuser, aber ansonsten nicht besonders ungewöhnlich. Kay dagegen wohnte in einer Villa, die auf einer Anhöhe stand. Überall gab es Türmchen und Erker, dazwischen mehrere Terrassen und Balkone – und das nur an der Vorderseite! Die Mauern waren frisch gestrichen, so weiß, dass die Farbe mich in der Morgensonne fast blendete. Der Garten war gepflegt wie ein Park und hatte wahrscheinlich auch solche Ausmaße. Die beiden Torflügel aus schwarzem Eisen standen weit offen. Zögernd beäugte ich die gekieste Auffahrt.

Ein Fahrrad bremste neben mir ab, so scharf, dass der Hinterreifen wegrutschte.

»Meine Fresse«, sagte Josse.

»Dann können wir ja zusammen reingehen.«

»Ich höre da eine gewisse Erleichterung heraus.« Er grinste diabolisch.

»Bilde dir bloß nichts ein!«

Wir gingen auf das Haus zu.

»Vielleicht hätten wir besser vorn am Tor geklingelt.«

»Nicht nötig, sie sehen uns bestimmt längst durch ihre Kameras.« Er lehnte sein Fahrrad gegen die Garagenwand. »Vier Autos, meine Güte!«

»Psst«, sagte ich hastig, denn die Haustür öffnete sich bereits.

»Toll, dass ihr da seid!« Kay umarmte erst mich kurz, dann Josse. Aus dem Augenwinkel sah ich, wie seine Ohren anfingen zu glühen. Jetzt holte ich mein diabolisches Grinsen heraus.

»Und wo ist das gute Stück?«, fragte er hastig.

»Die Waschmaschine? Unten im Wäscheraum. Aber wollt ihr nicht erst mal was trinken? Oder essen? Wir sind noch beim Frühstück.«

Sie wies mit dem Kopf auf eine Glastür. Jetzt erst kam ich dazu, mich umzusehen. Der Eingangsbereich war etwa halb so groß wie die Turnhalle in unserer Schule. Hinter der Glastür stand ein langer Tisch, an dessen Kopfenden eine Frau in einem cremefarbenen Bademantel und ein Mann im Jogginganzug saßen. Der Tisch bog sich unter dem Essen: Eier, Brötchen, Saft, Platten mit Aufschnitt und Käse und noch tausend Sachen mehr.

Josse schüttelte den Kopf. »Nein, danke, ich habe schon gegessen.«

Kays Eltern winkten uns freundlich zu.

»Ich stelle euch wenigstens vor«, sagte Kay und schob uns beide ins Esszimmer.

»Setzt euch doch«, rief die Frau und lächelte. »Wie schön, dass Kay mal andere Freunde mit nach Hause bringt!«

»Mama!« Jetzt wurde Kay rot.

»Wieso, stimmt doch«, sagte ihre Mutter ungerührt. »Sonst bist du nur mit Mieke zusammen. Das ist mal eine Abwechslung.«

Kays Vater räusperte sich. »Seit sie auf dem Hollerhof reitet, ist es doch schon anders geworden.«

»Die freuen sich bestimmt über die Waschmaschine«, sagte ich schnell.

Dankbar griff sich Kay den Strohhalm. »Das hoffe ich. Sie funktioniert einwandfrei.«

»Überrascht mich nicht«, brummte ihr Vater. »Sie ist so gut wie neu.«

»Papa«, sagte Kay vorwurfsvoll, »du wolltest doch schon immer eine von diesen superschnellen Maschinen haben.« Sie nahm sich einen Apfel vom Esstisch und biss hinein.

»Ich frage mich, wieso«, warf ihre Mutter trocken ein, »die versteckte Wäschekammer unten hat er gestern zum allerersten Mal betreten.«

Ihr Mann lachte schallend und wir stimmten mit ein.

»Na schön, wenn ihr sicher seid, dass ihr nichts essen wollt, legen wir los«, sagte er und schob seinen Stuhl zurück. »Bestimmt möchtet ihr noch reiten, oder?«

»Ich reite nicht«, sagte Josse, »und Ylvi hat kein eigenes Pferd.«

Schön, wie er das auf den Punkt gebracht hatte.

»Oh, wie schade, aber das kann ja noch kommen«, sagte Kays Mutter an mich gewandt. Und zu Josse: »Bei dir übrigens auch. Wir sprechen uns in einem halben Jahr noch mal.«

Josse grinste und salutierte kurz.

Eine breite, geschwungene Treppe führte nach unten in den Keller. Wir folgten einem langen Flur, von dem lauter Räume abgingen: ein Fitnessstudio, zwei Vorratsräume, zwei Zimmer mit Schränken bis zur Decke und eine Fahrradwerkstatt. Zuletzt kam die Waschküche.

»Die soll wirklich weg?«, fragte Josse überrascht, als wir uns alle um eine Maschine mit silbergrauem Gehäuse versammelten.

Kays Vater legte ihr einen Arm um die Schulter und schmunzelte. »Für meine Tochter tue ich alles.« Er hielt das verbundene Handgelenk hoch. »Leider bin ich etwas eingeschränkt, aber wir versuchen es.«

»Lass mich mal«, sagte da Kays Mutter hinter uns. Sie hatte den Bademantel gegen ein geblümtes Kleid getauscht und ein Paar Arbeitshandschuhe übergestreift. »Bevor du dich noch verhebst.«

»Ach was«, sagte ihr Mann, doch Kays Mutter blieb standhaft. Zu viert wuchteten wir die Maschine zu einer Hintertür.

»Ich brauche eine Pause«, ächzte Kays Mutter und rieb

sich den Rücken. In dem Moment tauchte ein Schatten hinter der Milchglasscheibe auf. Erschrocken fuhr sie zurück.

»Das ist Mieke«, sagte Kay und quetschte sich an uns vorbei, um die Tür aufzuschließen.

Ihre Mutter verdrehte die Augen.

»Hey, findet die Party ohne mich statt?«, fragte Mieke und guckte uns vorwurfsvoll an. »Warum hast du mir nicht Bescheid gesagt?«

Kay öffnete den Mund, doch ihre Mutter war schneller. »Jetzt bist du ja hier und kannst gleich mal mit anfassen. Auf drei!«

Wir kämpften uns die Stufen zu einer kleinen Terrasse hinauf. Kays Vater hatte inzwischen den SUV davor geparkt.

»Die paar Meter schaffen wir auch noch«, stöhnte Kays Mutter.

Vor dem Kofferraum bekam sie einen Kuss. »Ab hier übernehme ich«, sagte ihr Mann.

Es dauerte etwas, bis wir die Maschine ins Fahrzeug bugsiert hatten. Kays Vater legte einen Haufen Wolldecken über sie und sagte: »Steigt ein.«

Die Fahrt bis zum Hollerhof verging wie im Flug, was daran lag, dass wir die ganze Zeit redeten, bis auf Mieke, die ein bisschen einsilbig war.

»Was macht dein Vater denn in Kanada?«, fing ich ein Gespräch an.

Sie wandte sich mir zu. »Ach, es hat mit irgendwelchen Handelsabschlüssen zu tun.«

»Na ja, so kann man es auch sagen.« Kays Vater lachte. »Dein Vater sorgt dafür, dass wir hierzulande kanadische Eisweine genießen können. Er hat ein verdammt gutes Händchen für den Weinhandel.«

»Eisweine?«, fragte ich.

»Sie werden aus gefrorenen Trauben hergestellt«, erklärte Mieke.

»Ah, du interessierst dich ja doch dafür«, sagte Kays Vater.

Mieke sah aus dem Fenster. »Es lässt sich nicht vermeiden, zu Hause reden sie ja über nichts anderes als Wein.«

Wir bogen in die Auffahrt ein und parkten direkt vor dem Stall.

»Wo soll das gute Stück denn hin?«, fragte Kays Vater.

Kay blies die Wangen auf. »Darüber habe ich noch gar nicht nachgedacht.«

»Ins Haus können wir nicht«, sagte ich. »Mila und Corinna haben bestimmt abgeschlossen.«

»Die Sattelkammer ist immer offen.« Josse drückte die Tür auf. »Steht sie dort nicht sowieso am besten?«

»Wenn da ein Wasseranschluss ist, ja«, meinte Kays Vater.

Ein paar Minuten lang schoben wir den angesammelten Kram zur Seite, bis wir eine Schneise zur hinteren Wand geschaffen hatten, wo auch das kleine Handwaschbecken war.

Ächzend ließ sich Kays Vater auf alle viere nieder und hantierte am Rohr herum. »Verflixt! Der Schlauch rutscht immer wieder raus«, fluchte er.

»Darf ich mal?«, fragte Josse.

Kays Vater machte ihm verwundert Platz. Im Handumdrehen befestigte Josse eine Schelle am Wasseranschluss. »Jetzt hält es.«

»Du kennst dich ja aus!«, staunte Kays Vater.

»Mein Onkel ist Installateur und ich helfe ihm ab und zu mal«, erklärte Josse.

»Wollen wir sie gleich ausprobieren?« Kay zog einen kleinen Beutel mit Waschpulver aus der Jackentasche.

Ihr Vater warf ihr einen Luftkuss zu. »Ich muss los, Schatz. Hast du dein Handy dabei? Ruf einfach an, wenn ich dich abholen soll.«

»Darf ich dann auch mit?«, fragte Mieke schnell. »Sabrina ist den ganzen Tag auf einem Yoga-Retreat.«

Kays Vater nickte gutmütig. »Natürlich.«

Wir zogen gerade die erste Regendecke aus der Maschine, da standen Corinna und Mila in der Tür.

Corinna schlug die Hand vor den Mund. »Ich glaub's nicht!«

»Das ist ja toll«, jubelte Mila und fiel uns nacheinander um den Hals.

Kay wurde ganz rot vor Freude. »Meine Eltern lassen herzlich grüßen«, sagte sie verlegen.

Corinna strich über die Metalloberfläche. »Langsam wird es auf dem Hollerhof richtig professionell«, sagte sie und wischte sich unauffällig über die Augen. »So, jetzt kommt ihr alle mit rauf. Mal sehen, was wir Leckeres aus unseren Vorräten zaubern können.«

Die nächsten Tage wuschen wir alles, was uns unter die Finger kam: Bandagen, Schabracken, Pflegetücher und sämtliche Fliegen- und Abschwitzdecken, die wir in der Sattelkammer fanden. Die Maschine lief praktisch rund um die Uhr.

»Jetzt reicht's aber«, beschwerte sich Corinna schließlich und lachte. »Morgen brauche ich die Wäscheleine mal für unsere Klamotten. Die müssen ja auch irgendwo trocknen. Gönnen wir der Maschine eine kleine Pause.«

KAPITEL 34

Die Schokolade war mit einer Schnur an meinem Spind befestigt. Ein kleiner Strauß aus Gänseblümchen und Löwenzahn und ein paar anderen Blumen hing auch daran. Ich tauchte die Nase in die Blüten. Wie zart sie dufteten! Und Gänseblümchen mochte ich am liebsten! Auf der Fensterbank stand ein angestaubtes Glas aus dem Reiterstübchen. Ich spülte es aus und steckte den Strauß hinein. Nachher würde er auf meinen Nachttisch kommen. Das sah bestimmt schön aus! Dann machte ich mich auf die Suche nach Sophia und den anderen.

Die Zwillinge saßen auf der Weide und sahen Delilah, Peanut und Caruso beim Grasen zu.

»Danke!«, rief ich ihnen zu und hielt die Schokolade hoch. »Auch für die Blumen.«

»Welche Blumen?«, fragte Marie erstaunt.

Ich legte mich zu ihnen auf die Wiese und stützte den Kopf auf die Hände. »Sind die nicht von euch?«

Sophia schüttelte den Kopf. »Nee. Wir haben die Schokolade ja schon vor drei Tagen hingehängt, da waren noch keine Blumen da.«

Seltsam!

In dem Moment kam Lukas angeschlendert. Ich schirmte die Hand gegen die Sonne ab und winkte ihm zu. Er grinste mich kurz an, dann begrüßte er Peanut, der seine Hände beschnupperte. Lukas gab ihm ein Leckerli und kraulte ihn an der Brust.

»Weißt du was von Blumen?«, fragte Marie ihn.

»Mmh«, brummte er und untersuchte Peanuts Hinterhuf. Seine Haare fielen ihm ins Gesicht, doch ich bekam mit, wie sich am Hals ein paar rote Flecken ausbreiteten.

Marie grinste breit. »Wie jetzt? Das warst du?«

Sophia kicherte.

Er zuckte mit den Schultern. »Gibt ja genug davon.«

»Die sehen voll schön aus«, sagte ich schnell. »Danke.«

»Gehen wir vor der Stunde noch mal alle auf den Platz?«, wechselte Lukas das Thema.

»Gern, wenn Jupiter frei ist.«

»Da musst du Hanno fragen«, sagte er trocken und wir kicherten. Ich rollte mich auf den Rücken und sah in den blauen Himmel. Ein paar Schäfchenwolken zogen vorüber und im Gebüsch zwitscherte ein Vogel, als sänge er nur für uns. Lukas strich Peanut noch einmal über den Rücken und setzte sich dann neben mich ins Gras. Er war schon richtig braungebrannt, dabei hatte der Sommer noch nicht mal angefangen. Er bemerkte, dass ich ihn ansah, und wir lächelten uns verlegen an.

Sophia und Marie stritten ein bisschen herum, wem die orangefarbenen Bandagen in Maries Spind gehörten.

»Es sind meine«, behauptete Sophia.

»Aber bei Carusos braunem Fell sehen sie tausendmal besser aus«, hielt Marie dagegen.

»Zum Training will ich sie zurück, meine anderen sind schon so zerschlissen.«

»Ihr habt Probleme.« Lukas seufzte.

»Deine hellgrünen Bandagen gefallen mir auch«, sagte Marie zu ihm. »Leihst du sie mir mal?«

Er stöhnte nur und ich boxte ihn grinsend in die Seite.

»Ich bin schon total gespannt auf das Turnier«, brachte Sophia das allgegenwärtige Thema auf den Tisch.

»Ich auch!«, rief Marie. »Das wird so gut! Momentan machen wir im Unterricht jedes Mal total die Fortschritte.«

Hm, ganz so fühlte ich mich nicht, aber na ja. Das würde in den nächsten Tagen bestimmt noch werden.

Eine Weile saßen wir auf der Wiese, aßen Schokolade und übten, auf einem Grashalm zu pfeifen, bis die Pferde schließlich die schiefen Töne nicht mehr aushielten und sich ans andere Ende der Koppel verzogen.

Zu Hause aß ich meinen Kartoffelauflauf so schnell, dass Marlene noch nicht mal dazu kam, eine bissige Bemerkung wegen meines Zeitmanagements zu machen – schon war ich wieder verschwunden und in Lichtgeschwindigkeit auf dem Weg zum Hollerhof.

Dort angekommen, wurde ich allerdings schwach. Die Bank vor dem Stall sah zu einladend aus. Rechts und links rankten sich rote und gelbe Rosen an der Stallmauer hinauf. Dank des schönen Wetters der letzten Zeit hatten sie nun endlich ihre Blüten geöffnet. Die Nachmittagssonne schien direkt auf die Backsteinwand und erhitzte die alten Ziegel. Ihre Wärme durchflutete meinen Rücken, als ich mich dagegenlehnte. Ein paar Meter entfernt trippelte eine Maus über den Hof. Sie blieb kurz stehen und futterte einige Haferkörner vom Kopfsteinpflaster, huschte dann aber plötzlich davon.

Corinna setzte sich neben mich. »Du, mir ist gerade ein wichtiger Telefontermin reingekommen«, sagte sie. »Der dauert länger.«

Oh schade. Jetzt wollte sie bestimmt die Stunde absagen. Dabei hatte ich mich schon so darauf gefreut, denn in den letzten Tagen war es echt gut gelaufen. Kein Vergleich zu neulich, als ich mit Willow solche Schwierigkeiten gehabt hatte.

Ich seufzte und öffnete schon den Klettverschluss meiner Chaps, doch Corinna berührte mich am Arm. »Willst du heute mal allein auf den Platz?«

»Allein auf Willow reiten?«

»Ja, es sei denn, du fühlst dich noch nicht ...«

»Doch, klar!«

Ich sprang auf und lief in den Stall. Jetzt wollte ich keine Minute länger vertrödeln.

Wenig später führte ich Willow auf den Platz. Das Aufsteigen war kein Problem, auch das Aufwärmen und danach die Tempounterschiede klappten super. Wir waren schon fast am Ende unseres Trainings angelangt, als Willow plötzlich neben der blauen Tonne haltmachte, die jemand mitten auf dem Platz abgestellt hatte.

»Wie, ist die ein Problem?«

Sie schnaubte und musterte das Blechding, als würde es in der nächsten Sekunde explodieren.

»Ach komm, es ist nur eine Tonne.«

Ich fuhr mir über die Stirn. Die Sonne brannte mir auf den Helm und das T-Shirt klebte mir am Rücken. Ich brauchte dringend etwas Kaltes zu trinken, aber ich wollte auch nicht Schluss machen, bevor ich mit Willow nicht um diese Tonne geritten war.

»Hört immer mit einem Erfolg auf, und wenn er noch so klein ist«, hallte Hannos Stimme in meinem Kopf wider.

Tja, was in unserem Fall bedeutete, dass Willow einfach weiterging. Das war nun wirklich nichts Weltbewegendes!

Doch sie stemmte die Hufe in den Sand und weigerte sich, auch nur den Kopf zu senken und das Ding wenigstens mal zu beschnuppern. Stattdessen wich sie zur Seite aus, als würde sie gleich von der Tonne gefressen werden.

Ich beugte mich vor. »Vertrau mir.«

Willow legte die Ohren an. Was sollte das denn jetzt?

»Na komm, wir schaffen das!« Ich setzte mich wieder aufrecht in den Sattel und ritt von der Tonne weg. Sie ging sofort darauf ein und lief brav auf dem Hufschlag weiter, in sicherer Entfernung zur Tonne. Runde um Runde trabten wir auf dem Hufschlag, bis ich beschloss, es erneut zu riskieren. Unauffällig steuerte ich sie in kleiner werdenden Kreisen auf die Tonne zu. Willow äugte misstrauisch hinüber, doch sie drosselte immerhin nicht das Tempo.

Gleich hatte ich sie da, wo ich sie haben wollte, direkt neben der Tonne.

Ich parierte zum Schritt durch und ritt eine letzte kleine Volte. Jetzt waren es nur noch wenige Meter, dann hatten wir die Tonne erfolgreich passiert und eine Abkühlung war endlich in Reichweite.

Da spürte ich einen Ruck und fiel im Sattel nach vorn. Willow stemmte die Beine in den Boden, guckte die Tonne an und wartete, was als Nächstes passieren würde.

»Du kannst doch nicht einfach so stehen bleiben!«

Am liebsten hätte ich jetzt mit Corinna gesprochen, bestimmt konnte sie mir helfen! Andererseits ... Das war eine absolute Anfängerübung: Mit dem Pferd um eine Tonne reiten – das schaffte so ziemlich jeder. Abgesehen von mir gerade.

Na gut, anscheinend hatte Willow Angst vor dieser Tonne, aber dass ich damit nicht zurechtkam, würde bei Corinna wahrscheinlich nicht für eine Extraportion Vertrauen sorgen.

Ich strich Willow über den Hals. »Wir machen es noch mal.«

Sie hörte nicht zu. Ihre Ohren drehten sich wie kleine Propeller.

Ich schaute über ihren Rücken Richtung Durchgang. War da etwas? Plötzlich fühlte ich mich unbehaglich, so als würde uns jemand beobachten. Doch da war nichts, die Holunderbüsche wuchsen dicht an dicht und dazwischen konnte ich nichts erkennen.

Also ignorierte ich das komische Gefühl und probierte es noch einmal im Schritt. Erneut versuchte Willow auszuweichen. Jetzt reichte es mir aber!

Energisch nahm ich die Zügel kürzer und trieb sie auf die Tonne zu. Sie schlug mit dem Schweif und legte die Ohren an, doch ich drückte die Fersen kräftig in ihren Bauch.

Ich musste mich durchsetzen und damit basta! Das hatte Hanno mir oft genug vorgebetet. Und hatte nicht auch Corinna neulich etwas Ähnliches gesagt? Wir eierten im Zickzack über den Platz. Jedes Mal, wenn wir auch nur in die Nähe der Tonne kamen, fing Willow an zu tänzeln. Ich biss die Zähne zusammen und trieb sie vorwärts. Das konnte doch nicht sein, dass sie entschied, wo es langging!

Genervt fasste ich die Zügel noch kürzer, doch auch das half nichts. Willow reagierte immer weniger auf mich und wurde immer hektischer. Ich hielt sie in sicherer Entfernung noch einmal an.

So wurde das nichts. Ich überlegte. Mit Druck schien ich irgendwie nicht weiterzukommen, also was dann? Nach einem Moment ließ ich die Zügel lang und atmete tief durch. Ich wartete, bis Willow den Hals streckte und schnaubte, dann nahm ich die Zügel vorsichtig wieder auf, ritt an und verkleinerte unseren Kreis um die Tonnen noch einmal bis auf die Größe einer Volte.

Das musste reichen! Näher würde ich heute mit ihr sowieso nicht an die Tonne kommen. Ich ließ sie über der Mittellinie anhalten. War das blöd gelaufen! Dabei hatte ich mich so darauf gefreut, allein mit ihr zu reiten. Wenn es so weiterging, lag ein Ausritt mit ihr in weiter Ferne!

Ich zog die Füße aus den Steigbügeln und schwang mich von Willows Rücken. Als ich den Sattelgurt lockerte, verspürte ich wieder ein Kribbeln im Nacken. Ich fuhr herum, doch niemand war zu sehen. Was war denn los mit mir?

Missmutig führte ich Willow zum Putzplatz und ärgerte mich dabei die ganze Zeit über mich selbst. Ich sattelte sie ab und führte sie dann um die Ecke. An der Scheunenwand war ein Wasserhahn mit einem Schlauch befestigt. Vorsichtig fuhr ich ihr mit einem dünnen Wasserstrahl über die Beine. Es war, als kühlte die Dusche auch mich wieder ab, denn nach ein paar Minuten war mein Ärger verflogen.

Ich drehte den Hahn zu und kraulte Willow zwischen den Ohren. »Nächstes Mal schaffen wir das.«

Sie hielt den Kopf zuerst weit oben, doch nach und nach ließ sie den Hals sinken, bis sie schließlich den Boden beschnupperte und dabei entspannt schnaubte.

Auf dem Rückweg von der Koppel rief mich jemand. Ich brauchte einige Sekunden, bis ich Mila hinter dem Schuppen entdeckte. Sie saß auf einer Decke und um sie herum waren Dosen und Behälter ausgebreitet. Mr Mouse lag neben ihr und schnurrte.

»Komm!« Mila klopfte auf den Platz neben sich. »Oder hast du es eilig?«

»Nee, jetzt nicht mehr. Ist eben aber nicht so gut gelaufen wie sonst.«

»Och, das ist ja blöd.« Sie öffnete eine Dose und bot mir

gefüllte Weinblätter an. Ich schaute in die anderen Behälter: Fruchtgummis, Gewürzgurken, Cocktailtomaten, Knäckebrot und ein paar vegetarische Bällchen. Das war ja eine wilde Mischung.

Mila bemerkte meinen Blick und grinste. »Ich habe einfach alle Reste aus der Küche genommen.«

Mr Mouse tappte auf meinen Schoß, als ich in ein Weinblatt biss.

»Für dich gibt es auch etwas«, sagte sie und hielt ihm ein Leckerli hin. »Magst du die Bällchen?«

Sie sah mich fragend an und biss in ein Knäckebrot. Bevor ich antworten konnte, fiel ein Schatten auf die Picknickdecke.

»Oh, bist du schon fertig mit Telefonieren?«, fragte Mila mit vollem Mund.

»Ja, es ging doch schneller.« Corinna setzte sich zu uns und nahm sich eine Tomate. »Sag mal, wie ist es denn eben bei Willow und dir gelaufen?«, fragte sie mich.

»Zuerst richtig rund. Bis Willow die blaue Tonne gesehen hat.«

»Aha, und dann?« Sie zog fragend die Augenbrauen hoch.

»Sie wollte partout nicht vorbei.« Ich probierte ein Bällchen.

»Oh, und was hast du dann gemacht?«

Seltsam, sonst war sie immer viel freundlicher. Und jetzt

verschränkte sie sogar die Arme. Was war denn nur los? »Na ja, ich habe es ein paarmal versucht, aber so richtig geklappt hat es nicht.«

»Oh, das ist ja nicht so toll«, sagte Corinna und runzelte die Stirn. »Habt ihr denn dann aufgehört, als du nicht mehr weiterkamst?«

Ich nickte und spielte am Klettverschluss meiner Chaps herum.

»Hm, das nächste Mal läuft es hoffentlich wieder besser.« Corinna beugte sich vor und sah mich eindringlich an. »Aber wenn du Hilfe brauchst, dann gib mir bitte Bescheid, ja?«

»Klar.«

Sie lächelte kurz. »Ich möchte einfach, dass du den richtigen Weg mit ihr einschlägst, wenn es Schwierigkeiten gibt.«

»Natürlich.«

»Fein.« Sie stand auf. »Wenn du morgen Vormittag reitest, gucke ich noch mal zu.«

»Okay.«

»Nur um mir ein Bild zu machen«, beruhigte sie mich. »Keine Sorge, du kommst ja an sich toll mit Willow zurecht.«

Sobald Corinna um die Ecke verschwunden war, schauten Mila und ich uns an. Ich atmete erst einmal aus. Der Appetit aufs Picknick war mir gründlich vergangen.

»Was war das denn eben?«

»Keine Ahnung.« Mila runzelte die Stirn. »Irgendwie kam es mir ein bisschen seltsam vor.«

»Fand ich auch. Es war …«

»… fast so, als hätte sie irgendwas gewusst.«

»Meinst du, jemand hat ihr etwas gesteckt?«, fragte ich.

»Kann schon sein«, meinte Mila nachdenklich.

»Aber ich war die ganze Zeit allein auf dem Platz«, sagte ich verwirrt. Oder etwa nicht? Meine Gedanken wirbelten im Kopf herum wie Strohhalme im Wind.

»Vielleicht hat jemand heimlich zugesehen.« Mila spielte mit dem Verschluss einer Dose herum.

Plötzlich fiel mir das merkwürdige Gefühl von vorhin ein. »Jetzt, wo du es sagst …«, begann ich stockend. »Zwischendurch habe ich mich wirklich beobachtet gefühlt.«

»Mensch, da hat also jemand zugeguckt und ist dann zu meiner Mutter gerannt!«, sagte sie verärgert.

»Bloß wer?« Ich rieb mir über das Gesicht. »Wer macht denn so was?«

»Doch nicht etwa Josse?«, überlegte Mila laut und knabberte an einer Gewürzgurke.

Wir tauschten wieder einen Blick.

»Nein, der bestimmt nicht«, sagten wir beide gleichzeitig.

»Außerdem kann er das doch gar nicht beurteilen, wie du mit Willow zurechtkommst«, fügte Mila hinzu und ich nickte. »Das hab ich gern«, platzte sie dann heraus. »Erst petzen und dann zu feige sein, es offen anzusprechen.«

Wir hingen einen Moment unseren Gedanken nach.

»Langsam wird es komisch.« Sie stopfte die angebissene Gurke zurück in die Dose. »Erst die Ponykasse, dann mein Datenstick und jetzt auch noch das ... Also, im Internat ging es friedlicher zu.«

»Wieso, den Datenstick hattest du doch bloß verloren«, wandte ich ein.

Mila schnitt eine Grimasse und zuckte mit den Schultern.

»Denkst du, nicht?«, fragte ich überrascht.

»Ich fand es seltsam«, erklärte sie. »Normalerweise bin ich nicht so schusselig.«

»Aber wer steckt hinter dem Ganzen?« Ich konnte mir keinen Reim darauf machen. »Das sind doch alles ganz unterschiedliche Sachen. Das mit dem Geld kann ich ja noch irgendwie verstehen ... Aber ein USB-Stick? Und wer hat etwas davon, mich bei Corinna zu verpfeifen?«

Sie packte die letzten Sachen in die Behälter. »Keine Ahnung. Ich kann es mir bei keinem hier vorstellen. Das ist ja das Schlimme.«

KAPITEL 35

In der Nacht war es schwül und stickig im Zimmer, dabei hatte ich das Fenster schon weit aufgerissen. Immer wieder schreckte ich aus seltsamen Träumen auf, an die ich mich im nächsten Moment schon nicht mehr erinnern konnte. Müde und zerschlagen quälte ich mich morgens aus dem Bett.

»Du isst ja gar nichts«, bemerkte Mama kurz darauf beim Sonntagsfrühstück.

»Keinen Appetit.«

»Dann nimm dir wenigstens etwas mit«, sagte Papa. Er stand auf, holte eine Brotdose und packte mir das Brötchen ein, das er gerade für sich selbst geschmiert hatte.

Als ich kurz darauf zum Hollerhof radelte, fühlte ich mich wie vor einer entscheidenden Klassenarbeit.

Mila erwartete mich schon im Stall. »Hey, mach dir keine Sorgen«, begrüßte sie mich.

»Leichter gesagt als getan«, brummte ich.

Sie legte den Arm um mich. »Mama ist überhaupt nicht sauer auf dich.«

»Aber ist sie zufrieden?«

»Nimm es dir nicht zu Herzen. Sie wollte euch nur helfen.«

Sie hakte sich bei mir unter und zusammen gingen wir zur Weide.

»Normalerweise stellt sie sich geschickter an«, sagte Mila. »Deswegen hat sie sich gestern Abend noch Vorwürfe gemacht.«

Auf der Koppel stand Willow schon vor dem Gatter.

»Soll ich mitkommen?«, fragte Mila, als ich Willow wenig später fertig geputzt, gesattelt und aufgezäumt hatte.

»Ja, gern!« Ein wenig Rückendeckung würde mir bestimmt guttun.

Als wir auf dem versteckten Reitplatz ankamen, wartete Corinna schon. Sie lächelte herzlich und kam uns gleich entgegen.

»Hör mal, ich wollte dich gestern nicht beunruhigen«, sagte sie und nahm mich in den Arm. Ich war völlig überrumpelt. »Wir gucken jetzt, wie es läuft, und dann ist die Sache vom Tisch, in Ordnung?«

Ich nickte erleichtert.

Corinna ließ uns heute besonders viel Zeit zum Aufwärmen, anschließend gab sie mir lauter Aufgaben, die rein gar nichts mit der Tonne zu tun hatten. Mit jeder Übung ging es mir besser. Willow machte prima mit und ich wurde wieder sicherer.

»Und jetzt reite mal mit zwei, drei Metern Abstand an der Tonne vorbei«, sagte Corinna schließlich.

Willow spitzte zwar die Ohren, lief ansonsten aber brav weiter, als wir uns der Tonne näherten.

»Super!«, jubelte Mila vom Zaun aus.

»Gleich noch einmal«, meinte Corinna.

Auch diesmal gab es keine Probleme und wir verringerten Stück für Stück den Abstand, bis wir am Ende direkt neben der Tonne hielten.

»Das war klasse«, lobte ich Willow und strahlte.

Ob es daran lag, dass Corinna dabei war? Oder ob Willow und ich heute Morgen einfach besser miteinander klarkamen? Eigentlich war es aber auch egal. Wir hatten Corinna auf jeden Fall überzeugen können, dass ich weiter gut mit Willow zurechtkam. Und die Hauptsache: Willow und ich waren wieder auf einer Wellenlänge.

Im Gegensatz zum Hollerhof herrschte auf Birkenmoor Hochbetrieb. Alle nutzten den Sonntag, um in Ruhe die Ausrüstung für das Turnier zusammenzutragen.

»Nächsten Samstag ist es so weit.« Maries Augen glänzten. Sie ließ Caruso ein Stück zurückweichen und legte ihm dann den Sattel auf.

»Ich kann es kaum erwarten!« Sophia klopfte den Striegel aus. »Wir haben so viel dafür trainiert, hoffentlich zahlt sich das aus.«

Jupiter stand ganz ruhig in der Stallgasse, während ich mit kräftigen Bürstenstrichen über seine Kruppe fuhr. Nötig war das nicht, denn wie immer war sein Fell ganz sauber und glänzte, doch er schien die kleine Massage zu genießen.

»Freust du dich auch schon?« Marie war neben mich getreten und sah mich neugierig an.

»Ja, natürlich.« Aber so ganz stimmte das nicht, wurde mir im nächsten Moment bewusst. In der letzten Zeit war ich vor allem mit Willow beschäftigt gewesen, denn mit ihr hatte sich ständig etwas verändert. Klar, wir hatten Rückschläge wie gestern mit der Tonne, trotzdem hatten wir uns immer weiter angenähert. Mit Jupiter fühlte sich das dagegen noch ziemlich anders an, selbst nach den vielen Trainingsstunden. Das Seltsamste war, dass mir das Turnier überhaupt nicht mehr wichtig erschien. Klar, ich wollte mich nicht blamieren und Hanno beweisen, dass er auf die richtige Reiterin für Jupiter gesetzt hatte, aber wenn ich so darüber nachdachte, war mein Herz bei Willow – und nicht bei den Turniervorbereitungen.

Kurz darauf führten wir die Pferde in die Halle, wo Lukas bereits Peanut am hingegebenen Zügel im Schritt warmritt.

»Nächsten Samstag wird es ernst«, sagte Hanno und

grinste. »Dann zeigt doch mal, an welchen Schrauben wir noch drehen müssen.«

»An keinen«, rief Marie ausgelassen, doch damit lag sie leider falsch.

Natürlich fand Hanno noch jede Menge Details, bei denen wir uns noch verbessern konnten.

»Lass die Zügel einen Hauch lockerer«, korrigierte er Marie, »und du, Lukas, lass Peanut nicht so durch die Gegend latschen. Etwas mehr Schwung bitte!«

Jupiter machte heute gut mit, doch wie immer hatte er seinen eigenen Kopf. Wenn ich etwas wollte, musste ich ihn schon überzeugen. Von allein bot er mir kaum etwas an.

Ich schnaufte, als ich im Arbeitsgalopp auf dem Zirkel ritt.

»Wechsle mal aus dem Zirkel mit einfachem Galoppwechsel bei X«, riet mir Hanno, »du musst ihn immer beschäftigt halten.«

Nach der Hälfte der Stunde war ich schon wieder völlig fertig. Mit Willow war das vorhin ganz anders gelaufen, dabei hatten wir ähnliche Übungen absolviert. Aber klar, Jupiter war natürlich auch nicht Willow.

»Noch einmal, Ylvi, lass dich nicht hängen«, ermahnte Hanno mich. »Die Lektionen müssen nächsten Samstag sitzen, sonst braucht ihr gar nicht erst anzutreten.«

Ich biss mir auf die Unterlippe.

Jupiter spitzte die Ohren, denn Peanut kam in Reichweite.

»Nein, wir bleiben schön dahinter«, warnte ich ihn, doch das scherte ihn nicht groß. Er fiel in einen schnellen Trab, den ich kaum aussitzen konnte. Mit ziemlich wenig Abstand rauschten wir an Lukas und Peanut vorbei.

»Was war denn das?«, donnerte Hanno. »Wer entscheidet bei euch beiden, wo es langgeht?«

Na, ich natürlich. Aber offensichtlich nur theoretisch. Ich ließ Jupiter angaloppieren und wechselte dann in den Trab, als wir uns nach einer Runde erneut auf Peanut zubewegten. Diesmal würde ich mir das Zepter nicht aus der Hand nehmen lassen!

Mit aller Anstrengung hielt ich Jupiter im selben Tempo.

»Gut so, lass ihm nichts durchgehen«, lobte Hanno uns.

Nach drei weiteren Runden zuckte Jupiter nicht mehr mit der Wimper, sobald auch nur eines der anderen Pferde in die Nähe kam, selbst bei Peanut nicht. Stolz gab ich ihm nach dem Unterricht ein Leckerli.

»Eigentlich hätte ich auch eins verdient«, raunte ich ihm zu.

Er schnaubte nur und versuchte, seinen Kopf an meinem Oberarm zu reiben, dabei stieß er mich fast um.

»Nein, so nicht!«, wies ich ihn streng zurecht und seufzte.

Auch wenn es heute gut geklappt hatte, so richtig stimmig war es nicht zwischen uns.

»Habt ihr es eilig?«, fragte Lukas, nachdem wir die Pferde versorgt hatten. »Wir könnten noch zu mir und einen Film gucken.«

»Nein, wir müssen los«, sagte Sophia. »Unsere Mutter hat heute Geburtstag.«

»Und danach wollen wir noch ein paar Turniervideos anschauen«, meinte Marie. »Oder wollen wir das zusammen machen?«

Lukas und ich sahen uns an, dann lachten wir gleichzeitig los.

»Nee, sorry, das wird mir echt zu viel«, sagte er. »Ich dachte mehr an Zombiefilme. Oder diesen neuen Science-Fiction-Film.«

»Bei Zombies bin ich raus.« Ich lächelte ihn an. »Aber den anderen würde ich mitgucken.«

»Echt?« Er sah mich überrascht an. »Super! Meine Mutter hat vorhin auch Pizzateig gemacht.«

»Dann mal viel Spaß euch zweien«, sagte Marie säuerlich.

»Sind sie jetzt beleidigt?«, wunderte sich Lukas, als wir zu den Rädern gingen.

Ich zuckte mit den Schultern. »Sie haben doch abgesagt.«

Wenig später schloss Lukas die Haustür auf und ein Schwall Pizzaduft wehte uns entgegen.

»Ich habe alles schon geschnitten«, sagte seine Mutter und begrüßte mich herzlich. »Nur belegen müsst ihr sie selbst.«

Mein Magen knurrte laut und wir kicherten.

»Nimm dir alles, was du brauchst, Ylvi.« Sie öffnete die Küchentür und winkte mich herein. »Du kennst dich ja schon aus.«

Ein paar Minuten später bogen sich die Pizzateige unter dicken Schichten von Gemüse und Käse.

»Hoffentlich geht es schnell«, stöhnte Lukas und guckte durch das Backofenfenster.

»Lass uns lieber in deinem Zimmer warten. Oder willst du jetzt die ganze Zeit daneben sitzen?«

»Nein, nein, hast schon recht, davon geht's ja auch nicht schneller.«

Lukas Zimmer war wie immer vollgestopft mit allem möglichen Sportzeug.

»Fängst du jetzt richtig mit Hockey an?«, fragte ich und nahm den Hockeyschläger vom Bett.

Lukas hockte sich auf sein Skateboard. »Nein, dann könnte ich ja nicht mehr so viel reiten. Aber ab und zu will ich auf jeden Fall hin, das macht echt Spaß.«

»Und Tennis?« Ich wies auf den Tennisschläger, der an der Seite des Schranks hing.

»Da ist es genauso.«

Unsere Blicke trafen sich und mir wurde ein bisschen schummerig. Ich musste dringend etwas essen!

Im nächsten Moment sprang er auf und wühlte auf dem Schreibtisch nach der Fernbedienung.

»›Invasion vom Planeten Q‹ oder ›Kampf den Erdlingen‹?«

Ich kicherte. »Klingt beides bescheuert. Hast du nichts anderes?«

Bis wir uns auf einen Film geeinigt hatten, war auch die Pizza fertig. Wir setzten uns beide gemütlich aufs Bett, denn Lukas hatte kein Sofa. Er beugte sich halb über mich und angelte nach der Fernbedienung. Dabei streckte er sich noch mehr und seine Haare kitzelten mich im Gesicht. Ich atmete seinen Geruch ein und mein Magen kribbelte wieder.

»Ich hätte sie dir auch geben können«, sagte ich, als er sich wieder aufrichtete und bequem zurechtsetzte.

Er grinste. »Ging doch auch so.«

Nach dem ersten Film fingen wir noch einen zweiten an, doch nach der Hälfte musste ich los, bevor Mama und Papa nervös wurden.

Lukas brachte mich nach unten.

»Bis morgen in der Schule«, verabschiedete ich mich.

»Schlaf gut.« Er blieb noch stehen und wartete, bis ich mein Fahrrad durchs Tor geschoben hatte und aufgestiegen war, erst dann schloss er die Haustür.

KAPITEL 36

Völlig unbeschwert radelte ich am übernächsten Nachmittag zum Hollerhof. Es war ganz anders als am Sonntag, denn heute hatte ich ja nichts zu befürchten! Zum hundertsten Mal freute ich mich darüber, dass ich mit Willow die blaue Tonne gemeistert hatte. Und gleich würde ich sie wieder reiten, diesmal ohne Aufsicht.

Erneut stand Willow am Gatter, als ich auf die Koppel kam.

»Wartest du etwa schon auf mich?«, neckte ich sie und drückte mein Gesicht in ihre Mähne. Sie stieß ein lustiges Brummen aus und folgte mir willig Richtung Putzplatz.

Der kleine Reitplatz lag verlassen vor uns. Oder doch nicht?

Ich schob den Gedanken schnell beiseite, denn ich hatte ja nichts zu verbergen – ganz egal, wie es lief, bestimmt würde ich mit Corinna alles klären können. Trotzdem musterte ich noch einmal misstrauisch die Holunderbüsche ringsum, während ich nachgurtete.

Hey, sie blühten ja schon!

Ich führte Willow noch einmal zum Ausgang und zog mir einen Zweig heran. Dieser Duft! Ich atmete tief ein und konnte gar nicht genug davon bekommen. Etwas kitzelte mich in der Nase und ich musste niesen, während Willow gleichzeitig ein tiefes Schnauben ausstieß.

»Magst du das auch so?«, fragte ich und umschlang kurz ihren Hals. »Dann wollen wir mal!«

Sobald wir losritten, vergaß ich jeden Gedanken an irgendwelche heimlichen Zuschauer. Es war wie im Traum! Willow schien jede meiner Hilfen vorauszuahnen. Und ihr Galopp kam Schweben schon verdammt nahe! Ich strahlte die ganze Zeit über und konnte gar nicht mehr aufhören, mich zu freuen. So hatte ich mir das immer gewünscht!

Leise pfeifend spazierte ich später über den Hofplatz und verstaute das Halfter und Putzzeug in der Sattelkammer. Als ich wieder hinauskam, bemerkte ich neben der Scheune eine kleine Versammlung. Mila, Kay, Corinna und Mieke umringten den alten Pferdetransporter.

»Das gibt es doch nicht!« Corinna fuhr sich durchs Haar. »Neulich ist er doch noch angesprungen.«

»Gutes Timing«, sagte Mila trocken. »Direkt vor dem Turnier.«

»Vielleicht kann er ja noch repariert werden«, meinte Kay.

»Ich rufe gleich die Werkstatt an.« Corinna lief sofort los.

»Und wenn er nicht mehr rechtzeitig fertig wird?«, fragte Mieke. »Das würde mich bei dem ollen Teil nicht wundern.«

»Also, einen neuen können wir uns im Moment auf keinen Fall leisten«, meinte Mila betrübt.

»Aber dann können wir nicht starten.« Mieke runzelte die Stirn. »Wir können ja schlecht zum Turnier reiten!«

»Warum eigentlich nicht?«, fragte Mila nachdenklich.

»Vielleicht kann er ja auch schnell repariert werden«, versuchte ich die Lage zu beruhigen.

Mila seufzte. »Wäre ja zu schön, wenn auch mal wieder was reibungslos laufen würde ...«

»Hey, ich habe einen neuen Science-Fiction-Film runtergeladen«, begrüßte mich Lukas am nächsten Tag im Stall. »›Die finstere Seite des Pluto‹.«

Ich kicherte. »Klingt vielversprechend.«

»Wir können ja demnächst mal reinschauen.« Er blinzelte mir zu.

»Unbedingt! So lange nicht wieder blutdürstige Aliens irgendwelche Raumschiffe kapern.«

»Das kann ich nicht versprechen.«

Wir lachten beide.

»Wo sind denn die Zwillinge?«, fragte ich verwundert, denn die Stallgasse war leer.

»Sie kommen später, Hanno hat den Unterricht etwas nach hinten geschoben«, klärte Lukas mich auf.

»Oh, ich habe gar nicht mehr aufs Handy geguckt.« Dann hätte ich mich ja gar nicht so beeilen müssen.

»Eine Bekannte von Elanis Mutter ist mit ihren fünf Pferden angereist«, fuhr er fort.

»Hoher Besuch?«

»Keine Ahnung.« Er hob die Schultern. »Sie überlegt wohl, zu Hanno zu wechseln.« Er wies Richtung Stalltor. »Wollen wir ein bisschen zugucken?«

Auf dem vierten Reitplatz entdeckten wir eine schlanke Gestalt auf einem großen Fuchs. Neugierig stellten wir uns neben Hanno an den Zaun. Die Frau ritt ganz gut, keine Frage, aber sie hielt die Zügel verdammt kurz, das arme Pferd konnte sich ja kaum bewegen!

Je länger ich zuschaute, umso weniger gefiel mir ihr Reitstil. Sie arbeitete mit Kandare und Sporen, doch für meinen Geschmack setzte sie die viel zu doll ein. Immer wieder pikte sie dem Fuchs in den Bauch, was Hanno anscheinend auch bemerkte, denn er presste jedes Mal die Lippen aufeinander. Ansonsten sagte er nicht viel, sondern antwortete nur, wenn ihm die Frau ab und an eine Frage zurief.

Lukas stieß mich an. »Das läuft nicht gut«, raunte er mir ins Ohr.

Ich zog eine Grimasse. Allerdings!

Hanno verschränkte die Arme. Die Frau trieb den Fuchs im Galopp über den Platz, und sobald er ein wenig im Tempo nachließ, holte sie sofort mit der Gerte aus.

Ich schluckte. Das war ja nicht mitanzusehen! So ein Mensch hätte eigentlich gar nicht reiten dürfen. Spätestens jetzt musste Hanno doch etwas sagen, doch er guckte nur finster, schwieg aber eisern.

Neben mir trat Lukas unruhig auf der Stelle. Auch er konnte das alles kaum ertragen. Wie gut, dass wir da einer Meinung waren!

Nach einer halben Stunde war die Tortur endlich vorüber und sie ritt auf uns zu.

»Und, was sagst du?«, fragte sie und strich sich das maßgeschneiderte Jackett glatt. Lukas und mich beachtete sie gar nicht.

Hanno rieb sich über den Nasenrücken. »Wir haben da schon noch ein ganzes Stück Arbeit vor uns.«

Die Frau lächelte zufrieden. »Kein Problem.«

»Na gut«, sagte Hanno, »dann probieren wir es mal.«

Siegessicher ballte die Frau die Faust. Der Fuchs trat einen Schritt zur Seite und sofort bekam er einen Klaps mit der Gerte. Ich wäre ihr am liebsten ins Gesicht gesprungen, doch Hanno blieb ganz ruhig. Lukas legte mir eine Hand auf die Schulter und warf mir einen warnenden Blick zu.

»Das habe ich doch gewusst.« Die Frau nickte selbstgefällig. Was für eine ätzende Person!

»Aber du wirst einiges umstellen müssen, wenn ich dich trainieren soll.«

Die Frau lachte auf. »Das hört sich ja fast wie eine Warnung an.«

»Sagen wir mal so: Es fällt nicht jedem leicht, neue Wege zu gehen«, sagte Hanno bloß und wandte sich ab.

Lukas und ich blieben ein Stück hinter ihm zurück.

»Er will sie trainieren?«, zischte ich. »Das darf doch nicht wahr sein.«

Lukas machte ein bekümmertes Gesicht. »Schrecklich, dass die jetzt bei uns einzieht.«

»Das ist noch untertrieben«, fauchte ich. »Er hätte sie hochkant rauswerfen sollen.«

»Das ist aber nicht immer so einfach.«

»Was ist daran denn kompliziert? Eine Tierquälerin davonzujagen!«

»Ich kenne das aber von meinen Eltern.«

»Die sind doch Architekten. Was hat das damit zu tun?«

»Sie sind genau wie Hanno selbstständig.«

»Ja und?«

»Wenn du auf das Geld angewiesen bist, musst du dir gut überlegen, welche Kunden du vergraulst«, erklärte er.

Ich stöhnte. »Aber wenn sie Pferde schlagen!«

»Ja, aber er will doch versuchen, sie auszubilden.«

»Das wird sowieso nichts, bei der ist doch alles zu spät.«

»Er kann es immerhin versuchen«, verteidigte er Hanno.

»Weil er das Geld braucht? Das verstehe ich nicht, der Reitstall ist doch voll.«

»Du weißt genau, dass der Unterhalt ein Vermögen kostet.« Lukas blieb stehen, denn wir hatten das Stalltor erreicht und Hanno sprach einige Meter vor uns mit einem Pferdepfleger. »Und außerdem wechseln auch immer mal wieder Einsteller zu anderen Höfen«, versuchte er es weiter.

Ich stöhnte entnervt auf. Warum wollte er mich denn nicht verstehen? Das waren doch die völlig falschen Prioritäten.

Lukas trat einen Schritt auf mich zu. »Ich bin ja auf deiner Seite, Ylvi, aber manchmal muss man eben vernünftig sein.«

Ich sah ihm in die Augen. »Das ist die falsche Vernunft, wenn es um so etwas geht!«

KAPITEL 37

»Was ist denn hier los?« Ich staunte, als ich am folgenden Nachmittag die Sattelkammer auf dem Hollerhof betrat.

Der kleine Raum war nicht wiederzuerkennen. Waren hier die Heinzelmännchen am Werk gewesen? Die Fenster waren blitzblank, Staub und Spinnweben wie von Zauberhand verschwunden. Die Schränke, die vorher kreuz und quer herumgestanden hatten, waren nun alle in eine Reihe an die Wand geschoben. Und dunkelrot gestrichen! Über dem Leder- und Leckerli-Geruch lag ein deutlicher Farbduft in der Luft.

Die Wand gegenüber der Tür zierte ein niedriges, frisch gezimmertes Regal, ebenfalls in sattem Dunkelrot. Darüber hingen die Zaumzeuge, darunter reihte sich säuberlich ein Putzkasten an den nächsten und in der Mitte waren die Böcke mit den Sätteln aufgestellt, in Zweierreihen und alle repariert, sodass sie nun tatsächlich alle gleich hoch waren. Außerdem gab es jetzt Platz für zwei bequeme alte Sessel am Fenster, auf denen Schaffelle lagen, dazwischen stand ein lackiertes Tischchen.

Auf der Waschmaschine befand sich nun ein alter Wäschekorb, in dem gebrauchte Schabracken lagen – eindeutig ein besserer Ort als der Fußboden.

»Hallo! Kann mir mal jemand sagen, was hier passiert ist?«, brüllte ich nach draußen.

»Josse ist passiert«, gab Kay zurück, die gerade Mortimer an der offenen Tür der Sattelkammer vorbeiführte.

Hinter ihr tauchte Josse auf.

»Mensch, wann hast du das denn alles gemacht? Sogar Namensschilder sind an den Schränken«, rief ich.

»Kleine Nachtschicht gestern Abend«, antwortete er und tat so, als müsste er einen Staubfleck von seiner Hose abklopfen.

»Echt jetzt?« Während ich einen gemütlichen Spieleabend mit meiner Familie verbracht hatte!

Er kehrte mit einem Besen ein Büschel Pferdehaare und einen Rest Erde auf dem ansonsten blank gefegten Fußboden zusammen, leerte die Schaufel in den Mülleimer und stellte beides hinter die Tür.

»Da hat Corinna sich bestimmt gefreut, oder?«, meinte ich.

»Keine Ahnung. Ich habe sie seit gestern Nachmittag nicht mehr gesehen«, erwiderte er.

Gerade als ich nach draußen gehen wollte, tauchte Mila in der Tür auf. »Mama war heute den ganzen Tag unterwegs, um Banksachen zu regeln. Aber ganz ehrlich: Wenn sie das hier sieht, wird sie heulen vor Freude.«

»Nun übertreib mal nicht«, wehrte er ab. »Das war ja jetzt nicht soo viel, was ich hier gemacht habe.«

»Doch, du wirst schon sehen«, beharrte sie. »Ist einfach unheimlich viel Arbeit auf dem Hof. Ich meine, ich helfe ja, wo ich kann. Aber meine Stärken liegen eher woanders. Fürs Aufräumen hab ich nicht so das Händchen.«

»Ich weiß gar nicht, was du meinst.« Ich grinste. »Dein Zimmer ist doch in einem Topzustand!«

Mila lachte und knuffte mich in die Seite.

»Jedenfalls sieht es hier echt klasse aus«, sagte Kay. »Sag mal ehrlich: Wie hast du das so schnell hinbekommen? An einem Tag?«

»Jetzt kann ich es euch ja verraten: Ich hab ein blau-rotes Kostüm im Schrank hängen.« Er grinste breit.

Auch Mieke schaute sich anerkennend um. »Nicht schlecht. Kannst du auch mal bei uns vorbeikommen zum Aufräumen und Saubermachen? Du könntest unserer Putzfrau echt noch was beibringen.«

Stille breitete sich aus. Kay sah aus, als hätte sie in einen faulen Apfel gebissen, Milas Augen weiteten sich. Typisch Mieke!

Josse blieb ganz cool. »Du kannst mich gar nicht bezahlen.«

Mieke grinste. »War ja nur ein Scherz. Ich muss los. Bis morgen!«

Kay seufzte, als sie aus der Sattelkammer verschwunden war. »Also, Diplomatie ist nicht gerade ihre Stärke. Na ja, was soll's. Wollen wir die Pferde von der Weide holen?«

Kay hatte ein paar Hindernisse auf dem großen Reitplatz aufgebaut, jetzt absolvierte sie mit Mortimer den Parcours. Während ich Willow die Hufe auskratzte, warf ich immer wieder einen Blick zu ihnen hinüber.

»Machst du eben ein Foto?«, bat sie mich und drückte mir im Vorbeireiten ihr Telefon in die Hand. »Für meinen Cousin.«

Geschmeidig segelten sie über ein Hindernis nach dem anderen und Mortimer zeigte deutlich, wie viel Spaß ihm das machte. Kay wirkte konzentriert und ernst, strahlte aber nach jedem gelungenen Sprung. Ich hörte gar nicht mehr auf zu fotografieren, sie waren das reinste Dreamteam. Das fanden wohl auch die jüngeren Reitschülerinnen, denn sie hingen in Trauben am Zaun und schauten den beiden mit offenem Mund zu.

»Danke«, sagte Kay, als ich ihr das Telefon zurückgab. »Machst du jetzt was mit Willow?«

»Ja.« Ich lächelte und ging los, da rief sie mir noch nach: »Vielleicht gehört sie ja eines Tages dir.«

»Willow?«, fragte ich überrascht. Darüber hatte ich mir kaum Gedanken gemacht. Bisher war ich ganz zufrieden damit, dass ich mich um sie kümmern durfte. »Ich könnte sie ja gar nicht bezahlen. Und Corinna hat auch nie gesagt, dass die Besitzerin sie verkaufen will.«

»Ach, wer weiß, was noch passiert?«, meinte sie. »Jedenfalls passt ihr echt gut zusammen.«

Das hörte ich nur zu gern. Gut gelaunt brach ich ein paar Minuten später mit Willow zum Dressurviereck auf.

»Willst du allein hin?«, erkundigte sich Mila.

»Quatsch, komm mit.«

Die Sonne versteckte sich heute größtenteils hinter Wolkenbergen und es war kühl. Willow scheute, als wir den Trampelpfad zwischen den Holunderbüschen entlangliefen und es rechts von uns raschelte.

»Nur ein Hase oder ein Reh«, beruhigte Mila sie.

Ich erzählte ihr von der Frau mit dem Fuchs gestern auf Birkenmoor.

»Unglaublich, was manche sich herausnehmen«, regte sie sich auf.

»Absolut!«

»Bei uns sind manche Besitzer von Berittpferden auch total schräg.«

»Aber wenn jemand sein Pferd schlägt, hört der Spaß auf.«

Mila nickte. »Jipp.«

Eine kleine Staubwolke wehte über den Platz. Willow blieb stehen und sog die Luft mit den Nüstern ein. Ich ritt langsam im Schritt und plauderte dabei mit Mila.

»Freust du dich schon auf das Turnier?«

»Ja.« Ihre Augen glänzten. »Bin schon auf den ganzen Trubel gespannt.«

»Aber bist du gar nicht aufgeregt?«

»Nö, wieso? Du etwa?«

»Schon etwas.« Mit jedem Tag wurde es ein bisschen mehr. »Es ist gar nicht so sehr, wie ich abschneide.« Ich überlegte. »Na gut, blamieren will ich mich auch nicht.«

»Was denn dann?«

»Vor allem bin ich gespannt, wie das mit Jupiter wird.«

»Weil er so ein Sturkopf ist?«

»Ich habe Angst, dass ihn die Atmosphäre nervös macht und ich ihn dann nicht beruhigen kann.«

»Wenn du dich unwohl fühlst, steigst du einfach ab«, schlug sie vor.

Ich kicherte. Unvorstellbar! Nach all dem Training würde Hanno wahrscheinlich in Ohnmacht fallen, wenn er das mitansehen müsste.

»Du musst dich doch wohlfühlen. Außerdem geht es um nichts Ernstes.«

»Stimmt auch wieder.«

Bei einer Windböe brach einer der kleinen Zweige von einem Ahornbaum in der Nähe und Willow machte einen Satz zur Seite.

Ich versuchte, mich zu konzentrieren und ihr Aufgaben zu geben, aber meine Gedanken schweiften immer wieder zum Turnier ab. Eine gute Platzierung wäre toll, damit sich das viele Training gelohnt hätte!

Willow fiel in Schritt, was ich erst nach einer halben Runde bemerkte. Ich ließ sie wieder antraben und sah aus dem Augenwinkel, dass Corinna neben Mila aufgetaucht war. Nanu, ob ihr wieder jemand Bescheid gesagt hatte?

Als ich an den beiden vorbeiritt, bekam ich Gesprächsfetzen mit und war erleichtert. Es ging um etwas anderes, also war sie nur zufällig hier.

Willow schlug mit dem Schweif und schüttelte unwillig den Kopf. Ich trieb sie ein wenig an und machte aus der Ecke kehrt, doch sie wich aus und trabte keine enge Wendung, sondern holte weit aus.

»Ylvi, ich will dir etwas zeigen.« Corinna kam in die Mitte und wartete, bis ich vor ihr hielt. »Steigst du kurz ab?«

Huch, was kam jetzt?

Sie schwang sich in den Sattel und ritt los. Willow spitzte die Ohren, als sie nach zwei Runden die Galopphilfe gab. Corinna ritt viele Tempounterschiede zwischen und innerhalb der Grundgangarten und jedes Mal reagierte Willow auf das kleinste Signal. Sie war ein völlig anderes Pferd! Entgeistert schaute ich ihnen zu, Mila war genauso beeindruckt.

»Das kannst du auch«, sagte Corinna und zwinkerte mir zu.

»Im Leben nicht!«

Sie stieg ab und drückte mir die Zügel in die Hand. »Du bist dran.«

Ob sich etwas verändert hatte? Willow senkte den Kopf und schnaubte. Ich spürte Corinnas Blick auf mir, doch je länger ich ritt, umso mehr vergaß ich, dass sie und Mila überhaupt da waren. Konzentriert gab ich Willow meine Hilfen und wir wechselten von Trab zu Galopp und wieder in den Schritt – alles klappte fast wie von selbst.

Und endlich fiel es mir auf: Natürlich, vorhin war ich die ganze Zeit im Kopf beim Turnier gewesen – und sie hatte es mir gezeigt!

»Du bist doch mein Stimmungsbarometer«, erinnerte ich mich.

»Das passt ja gut«, meinte Corinna. »Aber es hat nicht nur mit dir zu tun.«

»Nicht?«

»Nein, heute reagiert sie selbst auf kleinste Reize, die ihr sonst gar nichts ausmachen.«

»Aber warum?«

»Tja, vielleicht hat sie einen schlechten Tag. Oder sie wird rossig.« Corinna hob die Hände. »Wichtig ist, dass du aufmerksam bleibst.«

Genau, das war es. Ich musste einfach nur da sein. Richtig da! Jetzt genoss ich den Galopp in vollen Zügen. So schwer war es doch gar nicht!

KAPITEL 38

Der Wald war ganz still. Nur hin und wieder raschelte es, wenn meine Füße durch trockenes Laub tappten. Über mir funkelten unzählige Sterne, die Milchstraße beleuchtete den Weg vor mir. Zwischen den Bäumen schimmerte eine weiße Gestalt. Mit kraftvollen Sprüngen jagte sie dahin. Auch ich lief schneller, setzte über einen Baumstamm, dann weiter, immer weiter. Ein Felsen versperrte mir die Sicht, doch ich hörte noch ihre Hufe auf den Waldboden trommeln. Ich duckte mich unter einem Ast hindurch, schob Zweige aus dem Weg. Ewig rannten wir so, hügelaufwärts und wieder hinab, und nie ging mir die Kraft aus.

Auf einer Lichtung blieb sie stehen, direkt unter einer Weide. Die Zweige mit den schmalen silbergrauen Blättern streiften ihren Rücken und der Nachtwind fuhr durch ihre Mähne. Ich ging auf sie zu. Aus großen dunklen Augen sah sie mir entgegen. Und eine Stimme wisperte in meinem Kopf: »Ich will dir noch so viel zeigen.«

Mit einem Ruck wachte ich auf. Helles Mondlicht fiel durchs Fenster und es dauerte einen Moment, bis ich merkte, dass ich in meinem Bett lag. Ich war nicht im Wald. Verschlafen stützte ich mich auf die Ellenbogen und betrachtete eine Weile Willows Foto an der Wand. Im Mondschein leuchtete ihr Fell besonders weiß.

Sie hatte mir etwas zugeflüstert und ich hatte verstanden. Ich musste eine Entscheidung treffen. Und jetzt wusste ich auch, wie sie ausfallen würde.

»Danke, Willow«, murmelte ich, rollte mich auf die Seite und sah dem Vollmond zu, wie er langsam weiterzog, bis mir irgendwann die Augen zufielen.

Am nächsten Nachmittag stand Hanno gerade vor Jupiters Box, als wir in den Stall kamen.

»Gehen wir auf den Platz oder in die Halle?«, fragte Sophia, doch Hanno erwiderte: »Keins von beiden.«

Marie klappte der Unterkiefer herunter. »Was?«

»Zwei Tage Unterrichtspause«, verordnete Hanno uns.

Die Zwillinge protestierten und auch Lukas sah nicht gerade erfreut aus.

»Ihr habt die letzten Wochen hart trainiert, das habt ihr euch verdient«, erklärte Hanno. »Außerdem könnt ihr so kurz vor dem Start sowieso nichts verbessern.«

»Nicht vielleicht eine Stunde morgen?«, jammerte Marie,

doch Hanno blieb standhaft. »Ab mit euch und eine schöne Zeit mit den Pferden.«

Ich staunte. Das hätte auch von Corinna kommen können.

Er scheuchte uns aus dem Stall und eilte zurück in die Halle, wo die Frau mit den fünf Pferden gerade ihren Rappen bearbeitete.

»Stopp, so nicht!«, rief er. »Ich habe es dir doch schon so oft gezeigt …«

»Dann heute mal die Turniervideos?«, fragte Marie uns hoffnungsvoll. Als ich den Kopf schüttelte, verzog sie genervt das Gesicht.

Ich verabschiedete mich von den dreien und fuhr direkt weiter zum Hollerhof. Die Pause passte mir richtig gut, denn ich wollte sowieso noch Willows Mähne und Schweif waschen, die waren in den letzten Tagen ganz schön schmutzig-grau geworden.

Kurz darauf seifte ich mit Milas Hilfe Willow ein. Die war erstaunlich geduldig und ließ jeden Handgriff über sich ergehen. Währenddessen quoll mein Postfach über, denn die Zwillinge überfluteten mich mit Nachrichten.

»Mein einer Handschuh ist weg!! Kann ich mal bei dir im Spind gucken?«

»Aaah! Caruso kann nicht mehr Rückwärtsrichten!«

»Wir bekommen neue Boxen zugeteilt. Soll Jupiter neben Delilah stehen?«

Das Telefon piepte praktisch ununterbrochen.

»Meine Güte!«, stöhnte Kay und nahm ihre Kette ab. »Die sind ja noch aufgeregter als ich!«

Mieke gab ihr einen Stups. »Das will echt was heißen!«

»Ha, du bist genauso hibbelig!«

Während sich die beiden kabbelten, ging die nächste Nachricht ein, diesmal von Lukas.

»Kommst du vor dem Turnier noch mal?«

»Weiß nicht«, tippte ich, damit ich Willow schnell abduschen konnte. *»Melde mich, okay?«*

Als Antwort bekam ich einen weinenden Smiley.

Hinter mir schien aus der Neckerei ein kleiner Streit geworden zu sein, jedenfalls zischte Mieke etwas, das ich nicht verstand, und stapfte aus dem Stall. Kay verdrehte nur die Augen und fuhr damit fort, Mortimers Sachen für das Turnier durchzugehen.

»Meine Güte!«, hörte ich plötzlich hinter mir eine vertraute Stimme rufen. »Seid ihr aber fleißig!«

Mila kicherte.

Ich fuhr herum. »Papa!« Dann knuddelte ich Bella, die freudig durch die Stallgasse sauste.

»Hallo, besonderes Pferd.«

Papa streckte Willow vorsichtig die Hand hin. Sie wandte den Kopf und beschnupperte ihn eingehend, dabei blieben ein paar weiße Schaumflöckchen an seinem Hemd hängen.

»Du duftest ja gut.« Er lächelte. »Bring das Shampoo doch mal mit, das können wir für Bella auch gebrauchen.«

Bella saß zwischen uns und fegte vor Begeisterung mit dem Schwanz über den Boden. Hätte sie gewusst, worüber wir sprachen …

»Wolltest du etwas Bestimmtes?«, erkundigte ich mich.

Er grinste. »Wieso, soll ich schon gehen?«

»Nein, so meine ich das nicht!«

»Die anderen sind mit Oma im Biergarten und ich wollte dich dazuholen«, erklärte er.

»Ich brauche aber noch ein bisschen.«

Er zog sich einen Strohballen heran und machte es sich bequem. »Keine Bange, ich kann warten.«

Bella rollte sich zu seinen Füßen zusammen und verfolgte jede unserer Bewegungen. Als Josse in den Stall kam, sprang sie auf und lief ihm entgegen.

»Du bist ja süß!« Er warf sich auf die Knie und balgte mit ihr herum. »Ja, fein, du bist so fein!«, lobte er sie und Bella drehte fast durch vor Begeisterung. Sie winselte und rollte sich auf den Rücken, damit er ihr den Bauch kraulte. Da hatten sich ja zwei gefunden.

Nachdem wir mit dem Abspülen fertig waren, führte ich Willow noch eine Weile in der Abendsonne herum. Drinnen im Stall hörte ich Papa mit Kay, Mila und Josse lachen und schwatzen.

Jetzt fühlte sich meine Entscheidung von letzter Nacht noch richtiger an. Übermorgen würde ich auf dem Turnier mein Bestes geben. Jupiter und ich würden das schon schaukeln! Hoffentlich erreichten wir einen guten Platz – damit würde ich mich bei Hanno für all die tollen Jahre bedanken können. Und danach würde ich mit ihm sprechen.

Aber was war mit Lukas? Ob wir danach immer noch Freunde waren? Ich spürte einen kleinen Stich. Hoffentlich nahm er es mir nicht übel, aber sicher war ich mir da überhaupt nicht. Trotzdem, meine Entscheidung stand fest.

Meine Zeit auf Birkenmoor war definitiv vorbei.

KAPITEL 39

Der folgende Tag verging wie im Flug und mit jeder Stunde, die verstrich, bekam auch Mila mehr Lampenfieber. Sogar Corinna wurde nervös.

»Viel schlimmer, als wenn ich selbst antreten würde«, stöhnte sie.

Erst gegen Abend kehrte Ruhe auf dem Hollerhof ein. Die Stallgasse war endlich leer, als ich zu Willow in die Box huschte, um ihr eine gute Nacht zu wünschen. Ich schmiegte mich an sie und gab ihr einige Mohrrüben. Willow schnaubte und beschnupperte meinen Bauch, als hielten sich unter dem Pullover weitere Möhren versteckt.

»Nee, du hattest genug.«

Ich wuschelte ihr durch die Mähne, als ich eine Bewegung in der Stallgasse wahrnahm. Schritte hatte ich keine gehört, dennoch stand ein paar Meter weiter Mieke vor einer Box und durchwühlte einen roten Samtbeutel.

»Bist du noch am Vorbereiten?«

Sie fuhr herum und suchte einen Moment, bis sie mich in der Box entdeckte. Sie runzelte die Stirn. »Nein, wir sind durch für heute. Ich suche nur gerade mein Handy. Hast du es irgendwo gesehen?«

Ich schüttelte den Kopf.

»Tja, es findet sich schon wieder.«

Sie lief zur Tür und wir waren wieder allein.

Ich legte mich halb über Willows Rücken und sie blieb ganz still stehen, während ich eine Weile aus dem Fenster sah. Ein paar Spatzen balgten sich auf dem Hof um ein paar Körner und zwitscherten energisch, ansonsten war es still.

Nachdem ich mich von Willow verabschiedet hatte, radelte ich langsam los. Auf direktem Weg wäre ich in einer Viertelstunde zu Hause gewesen, doch mir war noch nicht nach Trubel zumute. Es war hell und warm, also schlug ich einen Schleichweg neben den Schrebergärten ein und erreichte kurz darauf den Wald.

Hier war noch einiges los. Radfahrer, Jogger und Spaziergänger genossen das schöne Wetter. Ich folgte dem Weg und hing meinen Gedanken nach, bis mir die Gegend plötzlich bekannt vorkam. Ich bremste und stützte mich mit dem Fuß auf einem Baumstumpf ab. Da war ja der See! Er glitzerte in der Abendsonne und alles wirkte friedlich und vertraut.

Es gab also eine direkte Verbindung zwischen Hollerhof und Birkenmoor – das hätte mir mal eher auffallen können!

Ich setzte mich ans Seeufer und schaute den Mücken zu, die dicht über dem Wasser schwirrten. Dann wurde es Zeit, umzukehren, sonst würden sie sich zu Hause Sorgen machen.

Am nächsten Morgen konnte ich mein Fahrrad stehen lassen, denn Papa brachte mich mit dem Auto nach Birkenmoor. Wir wollten gerade losfahren, da kam Mama im Bademantel aus dem Haus gerannt. Ich ließ die Fensterscheibe herunter und sie gab mir einen Kuss.

»Schatz, du hast schon wieder so wenig gegessen. Hier, nimm das mit.« Sie drückte mir ein unförmiges braunes Bündel in die Hand.

»Was ist denn das?«

»Brote. Selbst geschmiert.« Sie lächelte stolz, bis Papa sagte: »Dabei konnte wenigstens nichts anbrennen.«

Empört schnitt sie eine Grimasse und streckte ihm die Zunge heraus. Eltern!

»Die sind bestimmt lecker«, sagte ich schnell und hängte mich halb aus dem Fenster, um Mama noch einmal zu drücken.

»Jetzt müssen wir aber los, sonst kommt sie am Ende noch zu spät«, mahnte Papa.

Die Zufahrt war vollgeparkt mit Autos.

»Soll ich auf den Hofplatz fahren?«, fragte Papa.

»Lieber nicht, da ist bestimmt auch alles dicht.«

»Viel Glück!« Er umarmte mich. »Und viel Spaß!«

Ich winkte ihm nach und ging dann die Allee hinunter, bis es hinter mir hupte. Hatte er noch etwas vergessen? Doch Papa war längst davongefahren, stattdessen rief Kay aus dem Fenster eines Autos: »Hey, du Blindfisch!«

Jetzt erst erkannte ich den SUV ihres Vaters, an dem nun ein Pferdeanhänger befestigt war.

»Unser Transporter ist immer noch in der Reparatur«, erklärte Corinna, die gerade mit Mila und Josse ausstieg. »Aber zum Glück haben wir noblen Ersatz bekommen.«

»Leider passen jeweils nur zwei Pferde in den Anhänger«, sagte Kay.

Ich stellte mich auf die Zehenspitzen und spähte hinein. »Was macht denn Willow hier?«, rief ich erstaunt.

»Sie schnuppert ein bisschen Turnierluft«, sagte Corinna. »Als kleine Gewöhnungsübung.«

Neben Willow stand Gonzo, was eine gute Entscheidung war, denn mit ihm zusammen war sie immer gleich viel ruhiger.

Nachdem Kays Vater den Anhänger geöffnet hatte, führte Mila Gonzo heraus und Corinna folgte mit Willow.

»Wo lasst ihr die beiden denn?«, fragte ich neugierig.

»Hanno hat für alle Auswärtsleute Stallzelte und mobile Paddocks auf dem Gelände aufstellen lassen«, erzählte Corinna. »Wir haben uns für einen Paddock entschieden, er liegt bei der Scheune.«

»Ihr habt hier vielleicht tolle Bedingungen. Gleich mehrere große Plätze, so ein Luxus«, staunte Mila, als wir über den Hofplatz gingen. »Kein hektisches Auf- und Abbauen zwischen den Disziplinen – man spaziert einfach von einem Platz zum nächsten.«

Ich hätte gedacht, Kay würde in das Lob einstimmen, doch sie zuckte nur mit den Schultern und meinte: »Ach, dafür ist es bei uns richtig schön gemütlich. Und eine Rampe mit Sofanische gibt es hier auch nicht.«

Damit hatte sie genau auf den Punkt gebracht, warum ich den Hollerhof so liebte, abgesehen von Willow natürlich.

Ich begleitete alle zum Paddock, wo Mieke schon wartete. Mortimer und Sunny knabberten eifrig an einem Heunetz herum, als Mila Willow und Gonzo zu ihnen stellte.

»Ich gehe besser«, sagte ich, nachdem ich Willow noch einmal gekrault hatte, »ich muss Jupiter noch fertig machen.«

»Wir kommen gleich nach zum Gucken«, versprach Mila.

Jupiter hob den Kopf, als ich die Box betrat. Um uns herum herrschte Chaos und mir graute schon davor, dass ihn das nur wieder anstachelte, doch zu meiner großen Überraschung schien das Gegenteil der Fall zu sein.

»Du bist ja die Ruhe selbst«, staunte ich und gab ihm ein Leckerli. Er beschnupperte mich gut gelaunt und stupste mich dann an, als wolle er sagen: »Na, legen wir jetzt los?«

Lukas schaute über den Rand der Box. »Alles klar?«

»Glaube schon.«

Wir grinsten uns an.

»Schade, dass du gestern nicht gekommen bist«, sagte er.

»Tut mir leid, aber es war so viel los.«

»Aber unsere Verabredung steht?«

Im ersten Augenblick war ich verwirrt, doch dann fiel mir der Film wieder ein. »Ach so! Du meinst ›Die dunkle Seite des Saturn‹?«

»Abgesehen davon, dass der Titel völlig falsch ist: Ja.«

»Klar machen wir das«, versicherte ich ihm.

»Dann viel Glück«, wünschte er mir und sah mir tief in die Augen, bevor er im Nachbarstall zu Peanut verschwand.

Einigermaßen beschwingt holte ich das Putzzeug, führte Jupiter aus der Box und polierte sein ohnehin schon glänzendes Fell. Doch im Trubel der Stallgasse fühlte er sich weitaus weniger wohl als in der Box. Sobald ihm ein anderes Pferd zu nahe kam, legte er die Ohren an.

»Hallo«, grüßte mich jemand.

»Hi, Silvana«, sagte ich. »Startest du auch?«

»Nein, noch nicht. Ich bin im Orgateam und heute dazu eingeteilt, die Preise im Zelt zu bewachen. Damit bin ich die wichtigste Person hier«, antwortete sie und verdrehte die Augen. »Aber vorher wollte ich schnell Luna Guten Tag sagen.«

Sie wünschte mir viel Glück und winkte mir zu, bevor sie in Lunas Box verschwand, und ich wandte mich wieder meiner Aufgabe zu. Jupiter wurde mit jedem Pferd, das vorbeigeführt wurde, zappeliger und blieb kaum eine Minute am selben Fleck stehen. Da hatte ich mich eindeutig zu früh gefreut!

Ich holte den Hufkratzer aus der Kiste und wollte gerade an seinem Vorderbein entlangfahren, als ich bemerkte, dass seine Beine viel zu nah beieinanderstanden. Ich richtete mich auf.

»So kannst du mir ja gar nicht die Hufe geben.«

Es dauerte einen Moment, bis ich ihn dazu bewegen konnte, einen Schritt rückwärtszutreten und sich anders hinzustellen. Anschließend musste er bei jedem Huf überlegen, ob er ihn nun geben wollte oder nicht. Bei dem Tempo brauchte ich mir ums Reiten gar keine Sorgen mehr zu machen – wahrscheinlich waren wir erst fertig, wenn das Turnier vorbei war. Während ich mich noch mit ihm abmühte, tauchten die Zwillinge neben uns auf.

»Und, wie läuft es?«, fragte Sophia.

Ich richtete mich auf und wischte mir eine verschwitzte Haarsträhne aus der Stirn. »Ganz okay.«

»Ganz okay?«, wiederholte sie und machte große Augen. »Was ist denn los?«

Ich berichtete den beiden von meinen Sorgen wegen Jupiter. »Er wird immer sturer. Ich habe Angst, dass er macht, was er will, und nicht auf mich hört«, gestand ich. »Und dass wir dann total schlecht abschneiden.«

»Jetzt reg dich ab, du reitest das beste Pferd im Stall!«, rief Marie genervt. »Was soll da groß passieren?«

Ich blies die Wangen auf. Diese Spitze hätte sie sich verkneifen können! Jupiter wendete ihr sein Hinterteil zu, als wolle er damit zeigen, wie gleichgültig sie ihm war.

»Und worüber willst du dich noch beschweren?«, fragte Marie laut.

»Spinnst du? Ihr habt mich doch gefragt, wie es mir geht!« Langsam wurde ich sauer. Genervt schob ich mit dem Fuß die Putzkiste beiseite, damit Jupiter nicht drauftrat. Eine Verletzung hätte mir gerade noch gefehlt.

»Das hätten wir besser lassen sollen«, zischte Sophia und Marie pflichtete ihr bei.

»Seitdem Silvana die Reitbeteiligung auf Luna hat, bist du unausstehlich«, sagte sie.

»Das stimmt doch gar nicht!«, widersprach ich, doch Marie redete einfach weiter.

»Dabei durftest du Luna gegen den Champion hier tauschen.«

»Apropos: Startet Silvana heute mit ihr?«, fragte Sophia.

»Nein, sie hat Dienst im Preiszelt«, antwortete ich. »So, und jetzt zum letzten Mal: Ich habe nicht …«

Da stand plötzlich Mieke vor uns. »Waren die anderen schon hier?«, fragte sie und streckte Jupiter ihren Handrücken zum Beschnuppern hin, bevor sie sich kurz hinhockte, um etwas an ihrem Reitstiefel zurechtzuzupfen.

»Noch nicht.«

»Dann gehe ich sie mal woanders suchen.« Mieke lächelte mir zu. »Bis später.«

Ich drehte mich wieder zu den Zwillingen um, doch die waren inzwischen einfach gegangen.

KAPITEL 40

Josse

War hier was los! Die ganze Anlage war mit Girlanden und Blumengebinden geschmückt. Allein die Dekoration musste einen Haufen Geld gekostet haben. Doch wahrscheinlich fiel das gar nicht ins Gewicht, wenn man den Rest des Hofs berücksichtigte. Es kostete ja einiges, einen Reiterhof zu unterhalten, das hatte er bei Corinna und Mila mitbekommen. Dass auf Birkenmoor eine Menge investiert worden war, sah er auf den ersten Blick.

Eine Weile betrachtete er das Treiben um sich herum. Auf den Reitplätzen herrschte Hochbetrieb, denn die ersten Prüfungen starteten bereits. Auf einem anderen Platz in der Nähe schienen sich die Reiterinnen und Reiter aufzuwärmen.

Lautsprecherdurchsagen schallten über das Gelände, vermischt mit Kindergeschrei, Hundegebell und lautem Gelächter. Überall waren Buden aufgebaut, in denen verschiedenes Reiterzubehör angeboten wurde. Dazwischen gab es Stände mit Crêpes und Würstchen und einen Toilettenwagen.

In einer Ecke entdeckte er ein rot-gelb gestreiftes Zelt, ein bisschen wie im Zirkus. Was da wohl drin war?

Kay tippte ihm auf die Schulter. »Du, Josse, ich habe die Schabracke im Auto vergessen. Und noch viel schlimmer: Meine Kette ist weg!«

Sollte er die Sachen etwa herbringen? Er war doch kein Stallbursche!

Doch da fuhr sie fort: »Kommst du mit, wenn ich sie hole?«. Und lächelte so niedlich, dass er sich fast ein bisschen schämte. So etwas würde Kay doch nie von ihm verlangen!

»Klar.«

Gemeinsam stürzten sie sich in die Menge.

»Lass mich mal vorgehen«, schlug er nach einigen Metern vor. Vielleicht konnte er sie in dem Gedränge ein bisschen abschirmen. Sie berührte von hinten seine Fingerspitzen und schob ihre Hand in seine. Ein warmes Gefühl durchflutete ihn. Von ihm aus hätte der Weg zum Hänger ewig dauern können, doch leider waren sie viel zu schnell dort.

Auf der Allee waren kaum Leute unterwegs und Kay ließ seine Hand los. Zu schade!

»Wo ist eigentlich dein Vater?«, fragte er, als sie auf das Auto zugingen.

»Er hat vorhin einen Bekannten getroffen«, antwortete sie. »Sag mal, hast du meine Kette wirklich nicht gesehen?

Ich habe schon die anderen gefragt, aber keiner weiß etwas. Das ist total blöd! Sie ist doch mein Glücksbringer!«

»Tut mir leid, aber ich weiß auch nicht, wo sie ist.«

Sie seufzte und fuhr im nächsten Moment zurück, als sich die eine Seitentür der kleinen Sattelkammer im Anhänger öffnete. Doch es war nur Mieke. Sie musterte ihn so streng, dass er fast froh war, dass er nicht mehr mit Kay Händchen hielt.

»Was machst du denn hier?«, fragte Kay verdutzt.

»Ich hatte noch etwas vergessen.« Mieke lächelte schief. »Und ihr?«

»Meine Kette ist hoffentlich dadrin.« Kay stieg in den Anhänger. »Die Schabracke brauche ich auch noch.«

»Die habe ich irgendwo auf der linken Seite gesehen«, rief Mieke ihr nach. Sie drehte sich zu ihm um. »Willst du nicht losziehen?«

»Und wohin?«

»Keine Ahnung. Aber hier ist es doch bestimmt total langweilig für dich.«

Er grinste. Wollte sie ihn etwa loswerden? »Keine Sorge, ich amüsiere mich schon.«

Kay hielt die Schabracke aus der Tür. »Hab sie.« Sie guckte traurig. »Nur die Kette ist immer noch weg.«

»Sollen wir noch mal die Autositze absuchen?«, fragte er und machte einen Schritt auf den Wagen zu, doch Kay schüttelte den Kopf. »Das habe ich vorhin beim Aussteigen schon gemacht.« Sie seufzte.

»Habt ihr schon das Pferd gesehen, auf dem Ylvi reitet?«, fragte Mieke.

»Noch nicht, aber ich bin schon total neugierig.« Kay sprang aus dem Hänger.

»Ich habe vorhin gehört, er sei das beste Pferd im Stall«, warf Mieke ein. »Komisch, für so ehrgeizig hätte ich sie gar nicht gehalten.«

»Findest du?«, fragte Kay. »Na ja, bei Willow ist sie schon sehr engagiert.«

Mieke wandte sich zum Gehen. »Wollen wir? Dann kann ich Sunny noch einmal chic machen, bevor wir dran sind.«

KAPITEL 41

Ich war fast fertig mit Putzen, als Mila in den Stall kam.

»Tut mir leid, ich musste noch ein bisschen bei Willow und Gonzo bleiben«, entschuldigte sie sich.

»Alles gut.« Ich war ja froh, dass sie ein Auge auf Willow hatte. Mit einer kleinen Verbeugung zeigte ich auf Jupiter. »Darf ich vorstellen? Das ist Jupiter.«

»Der sieht aber chic aus!«, rief sie. »Und das ist das Pferd, das du reiten darfst?«

»Ja.« Ich lächelte angespannt. Jetzt war nicht die Zeit, um ihr zu erklären, wie viel lieber ich mit Willow gestartet wäre. »Wo ist eigentlich Corinna?«

»Irgendwo in diesen weitläufigen Hallen.« Sie wedelte theatralisch mit dem Arm. »Wir hätten ihr Brotkrumen mitgeben soll, damit sie den Weg zurück zu den Paddocks findet.«

»Soweit ich weiß, gibt es hier nirgendwo einen heißen Ofen, in dem man die Konkurrenz verschwinden lässt.«

Sie grinste. »Sie begrüßt Hanno und klärt noch ein paar Formalitäten vor dem Start.«

Ich sammelte Jupiters Sachen ein und legte sie in die Putzkiste. Meine Kehle war so trocken, dass ich gern was getrunken hätte, aber ich hatte keine Zeit mehr, mir noch eine Flasche Wasser zu besorgen. Nicht mehr lange, dann waren wir schon an der Reihe!

»Kann ich dir etwas helfen?«, fragte Mila.

»Vielleicht den Schweif verlesen?«

»Kein Problem.« Sie bückte sich nach der Putzkiste und ich lief zur Sattelkammer, wo ich aus dem Wasserhahn am Waschbecken trinken konnte. Langsam wurde es Zeit, dass ich Jupiter zäumte und sattelte.

Als ich zurückging, betraten Kay und Josse gerade am anderen Ende der Gasse den Stall. Ich winkte ihnen zu und beschleunigte meine Schritte.

»Was guckst du denn so komisch?«, fragte ich, denn Mila stand neben Jupiter und rührte sich nicht vom Fleck. Sie schien irgendetwas zu betrachten, doch was es war, konnte ich nicht sehen, also schaute ich ihr über die Schulter.

»Oh, das ist ja Kays Anhänger«, erkannte ich.

Mila nickte und räusperte sich. »Weißt du, wo ich ihn gefunden habe?«

Bevor ich etwas vermuten konnte, hatten Kay und Josse uns auch schon erreicht.

»Mein Glücksbringer!« Kays Hand fuhr an ihren Hals, an dem normalerweise ihre Kette hing. »Ich hatte schon Angst, dass er weg ist.«

»Wo war er denn?«, fragte ich verwirrt.

Mila schaute betreten zu Boden. »Also ...«

»Was, also?«, fragte Kay ungeduldig.

Josse sah zu uns herüber und runzelte die Stirn. Ich verstand genauso wenig. Was zum Teufel war denn hier los?

Mila warf mir einen Blick zu, den ich nicht deuten konnte. »In Jupiters Putzkiste. Er hing an der Kardätsche.«

Einen Augenblick war es still, bis auf das Stimmengewirr, das von draußen hereindrang.

»Was?«, fragte ich verblüfft. Wie konnte das denn sein?

»Was macht denn mein Glücksbringer in deiner Putzkiste?« Kay zog die Augenbrauen zusammen.

Ich hob die Hände. »Keine Ahnung.«

Kay stemmte die Fäuste in die Hüften. Mein Hirn funktionierte leider immer noch nicht, also tat ich das Erstbeste, was mir einfiel: Ich legte Jupiter den Sattel auf.

»Also?« Kay blitzte mich an.

»Es tut mir wirklich leid, ich weiß ja, wie sehr du daran hängst, aber ich hab keinen blassen Schimmer, wie er da hineingeraten sein könnte«, verteidigte ich mich.

»Mein Anhänger war in deinem Putzkasten«, rief Kay, »und du willst nicht wissen, wie er da hingekommen ist?«

Ich holte tief Luft. Zusammen mit all der Anspannung wurde mir das jetzt echt zu viel. Ich spürte, wie mir die Tränen in die Augen stiegen, und blinzelte. »Kay, glaub mir doch, ich bin genauso verwirrt wie alle hier. Ich weiß wirklich nicht, wieso er dadrin war. Ich habe ihn überhaupt nicht gehabt.«

»Aber wer sonst kommt an die Kette und an Jupiters Sachen ran?« Kay verschränkte die Arme.

Einen Moment lang starrte ich sie an. »Was sagt ihr denn dazu? Denkt ihr, ich hätte ihn hier versteckt?«, fragte ich Mila und Josse.

Josse brummte etwas Unverständliches und Mila stand einfach nur mit offenem Mund da und brachte nichts heraus.

»Für mich ist die Sache klar: Du hast die Kette genommen und hier versteckt und jetzt bist du zu feige, es zuzugeben«, stellte Kay erschüttert fest.

»Aber ich war es wirklich nicht«, sagte ich kläglich.

Kay schüttelte nur traurig den Kopf.

In diesem Moment klingelte auch noch mein Telefon. Ich warf einen Blick aufs Display und erschrak. Hanno.

»'tschuldigung, es ist Hanno!«

»Wo bleibst du denn, Ylvi?«, schnauzte er, als ich ranging. »Die anderen sind alle schon auf dem Abreiteplatz.«

»Ich komme sofort«, versprach ich und drückte ihn schnell weg, dann nahm ich das Zaumzeug und versuchte, es Jupiter anzulegen, doch der nahm immer wieder nervös den Kopf zur Seite.

»Kay, bitte glaube mir«, flehte ich, während ich nach dem Kehlriemen angelte. »Wer oder was auch dahintersteckt: Ich habe nichts damit zu tun.«

Kays Lippen waren ein dünner Strich. Hatte sie mich überhaupt gehört? Da machte Josse einen Schritt nach vorn und legte seine Hand auf ihre Schulter.

»Kay, wahrscheinlich gibt es eine völlig andere Erklärung dafür.«

Sie blickte ihn aufgebracht an. »Und welche?«

»Das weiß ich leider auch nicht.« Josse fuhr sich durch die Haare. »Aber aus eigener Erfahrung weiß ich eins: Es fühlt sich verdammt mies an, wenn man zu Unrecht beschuldigt wird.«

Kay wurde knallrot.

Ich schöpfte schon Hoffnung, da flog das Stalltor auf und Lukas rannte auf mich zu. »Ylvi, was machst du denn hier? Hanno sucht dich überall!«

Hastig nahm ich den Helm vom Boden und klopfte den Staub ab.

»Ich muss los«, entschuldigte ich mich bei den anderen. Mila nickte, sagte aber immer noch nichts. Mir wurde ganz schlecht! Dachten sie wirklich, ich hätte den Anhänger geklaut?

Lukas trat unruhig von einem Fuß auf den anderen. Die miese Stimmung schien er nicht zu bemerken. Völlig von den Socken fummelte ich an meinem Kinnriemen herum, während ich gleichzeitig mit Jupiters Zügeln hantierte.

»Lass mich mal«, sagte er und fasste nach dem Kinnriemen. Ich spürte seinen Atem im Gesicht und fühlte mich einen winzigen Moment lang getröstet.

So lange, bis Kay sagte: »Das klären wir, sobald du wiederkommst.«

Ich zuckte zusammen und Lukas klemmte ein Stück Haut ein.

»Autsch!«

»Tut mir leid, ich habe es gleich.«

Hinter uns begann Jupiter, unruhig auf und ab zu tänzeln. Verflucht! Ich hatte ihn noch nicht einmal anständig aufgewärmt! Hoffentlich reichte die Zeit dafür noch. Diese Sorge lenkte mich fast von dem verflixten Anhänger ab.

»Fertig.« Lukas fasste meine Hand und zog mich mit sich. »Wir müssen uns beeilen.«

Ich rannte hinter ihm her und auch Jupiter fing sofort an zu traben. Wir jagten an den Zwillingen vorbei, die gerade die Gasse herunterkamen.

»Was ist denn hier los?«, rief Marie verdutzt.

»Das wüssten wir auch gern«, gab Kay zur Antwort.

Hinter mir redeten alle aufeinander ein. Sie wurden immer lauter und aufgeregter. Ich bekam nur einige Satzfetzen mit.

»Ylvi hat …«

»… das glaube ich nie im Leben …«

»Die Tatsachen sprechen aber …«

»… vorschnell …«

»Und ihr wollt ihre Freunde sein?«

»Bei solchen Freunden …«

Am liebsten hätte ich mir die Ohren zugehalten. Noch nie war mir der Weg durch den Stall so lang vorgekommen!

In diesem Moment betrat noch eine Gestalt die Stallgasse. Vor Schreck wäre ich am liebsten sofort umgedreht, doch ich zwang mich weiterzulaufen.

»Ylvi!«, donnerte Hanno. »Ab mit dir auf den Abreiteplatz! Du bist in ein paar Minuten dran!«

KAPITEL 42

Draußen war es laut und wuselig. Überall wimmelte es von Menschen und im ersten Augenblick war ich komplett orientierungslos. Wo musste ich hin? Zum Glück war Lukas da und lotste mich schnell zum Abreiteplatz. Dort war es ziemlich voll. Wie ich es befürchtet hatte! Mehrere Reiterinnen spulten ihr Programm ab und ritten enge Volten. Jupiter warf den Kopf nach oben und wieherte.

»Ich muss los, bin auch gleich dran«, sagte er. »Viel Glück! Du schaffst das!« Und schon war er weg.

Unsicher blickte ich mich um und entdeckte Hanno inmitten einer Menschentraube. Alle gestikulierten und redeten aufgeregt auf ihn ein. Doch da hob er den Kopf und sah mich noch immer am Rand des Abreiteplatzes stehen. Er kam auf mich zu und nahm mir Jupiters Zügel aus der Hand.

»Ich halte ihn, während du aufsteigst. Mach nicht so ein ängstliches Gesicht, Ylvi, das soll doch auch Spaß machen heute!«

»Spaß?«

»Ja, so eine Turniererfahrung ist doch toll.«

Ich nickte mechanisch und nahm die Zügel auf. Jupiters Schweif peitschte hin und her und ich wurde noch nervöser. Mit einem unguten Gefühl gesellte ich mich zu den anderen auf dem Abreiteplatz. Ich warf einen letzten Blick zurück, doch Hanno war bereits in der Menge verschwunden.

Jupiter tänzelte auf der Stelle, als ich um »Tür frei« bat und so lange wartete, bis sich endlich jemand erbarmte und »Ist frei« knurrte.

Raffinierte Aufwärmübungen konnte ich mir schon mal sparen, dafür war es einfach zu voll. Ich musste höllisch aufpassen, niemandem in den Weg zu reiten, und gleichzeitig Jupiter und mich selbst beruhigen. Dabei dachte ich die ganze Zeit daran, was eben passiert war. Sie hatten mir wirklich unterstellt, dass ich eine Diebin war. Wie konnten sie nur? Tränen stiegen mir in die Augen. Immer wieder sprang Jupiter aus der Reihe, lief zu dicht bei unseren Vorreitern auf und schnappte sogar nach einigen Pferden. Ich bekam ihn nicht einmal gleichmäßig an den Zügel, so sehr ich mich auch bemühte. Im Gegenteil, es wurde immer schlimmer! Mit durchgestrecktem Hals lief er im Kreis und war so hart im Maul, dass ich die Zügel eigentlich auch gleich loslassen konnte.

Im letzten Moment drehten wir ab, bevor wir gegen ein rothaariges Mädchen auf einem Fuchs prallten.

»Sag mal, bist du blind oder was?«, raunzte sie mich an.

Eine Lautsprecherdurchsage gab Jupiter den Rest. Er galoppierte los, kreuz und quer zwischen den anderen Dressurreitern hindurch.

»Hey, pass gefälligst auf!«

»Wenn du dein Pferd jetzt schon nicht beherrschst, bist du hier falsch!«

Wieder rauschten und knisterten die Lautsprecherboxen, dann kam die nächste Durchsage.

Wir waren an der Reihe.

Ich verstärkte meine Hilfen noch einmal und endlich reagierte Jupiter. Einigermaßen geordnet schafften wir es im Schritt durch den abgetrennten Bereich hin zum Turnierviereck.

Ich ritt eine Runde im Trab um das Viereck herum, bevor das Klingeln der Glocke ertönte. Dann ritt ich auf die Mittellinie zur Grußaufstellung ein und hielt bei X. Während ich die Richter grüßte, versuchte ich fieberhaft, mich an die Lektionen zu erinnern.

Völlig automatisch spulten wir das Programm ab. Zuerst lief es ganz gut, doch dann wurde Jupiter wieder nervös. Wir hangelten uns von Lektion zu Lektion. Die Richter verzogen keine Miene, aber besonders zufrieden wirkten sie nicht. Eine Schleife konnte ich mir abschminken, doch das war mein geringstes Problem. Plötzlich knallte es irgendwo auf dem Hofplatz. Mit angelegten Ohren stürmte Jupiter die lange Seite der Reitbahn entlang. Er würde doch nicht über den Zaun springen! Im letzten Moment bremste er ab und ich hielt mich gerade noch so im Sattel. Hektisch machte er einige Schritte rückwärts, dann drehte er sich im Kreis und reagierte auf keine Hilfe.

In einer einzigen Bewegung nahm ich die Füße aus den Steigbügeln und sprang aus dem Sattel, im gleichen Augenblick hüpfte Jupiter zur Seite und hätte mich fast umgerissen.

Ich keuchte, Tränen liefen mir übers Gesicht. Die wenigen Meter bis zum Ausgang kamen mir unendlich weit vor.

Jupiter wieherte schrill und zog mich fast vom Platz, als könnte auch er nicht schnell genug verschwinden. Einer der Richter sah uns erstaunt nach.

Völlig niedergeschmettert blieb ich hinter einem Pferdeanhänger stehen und schluchzte in Jupiters Mähne.

»Ylvi!« Schon war Mila an meiner Seite. Wir streichelten Jupiter, bis er sich wieder beruhigt hatte, dann nahm sie mich fest in den Arm. »Ich habe alles gesehen, das war ja furchtbar!«

Und dann stand Hanno vor uns. »Ylvi, was war denn da los?«, fragte er schockiert.

Mir liefen die Tränen über das Gesicht, ich weinte so sehr, dass ich nicht antworten konnte. Er musterte mich streng, doch da klingelte es in seiner Tasche.

»Das auch noch!« Er holte sein Telefon heraus und sprach leise hinein. »Ich komme sofort«, versprach er und beendete das Gespräch. »Versorg bitte Jupiter«, sagte er zu mir. »Wir sprechen uns später.«

Ich schluckte und wischte mir die Tränen weg. »Natürlich!«

»Ich helfe dir«, sagte Mila und begleitete mich zu Jupiters Box.

Gemeinsam sattelten wir ihn ab, und während ich seine Ausrüstung in der Sattelkammer verstaute, übernahm Mila das Putzen. Eine Weile kraulten und verwöhnten wir ihn und steckten ihm jede Menge Leckerli zu. Danach ging er fast von allein in seine Box und schnaubte drinnen kräftig ab. Ich atmete erleichtert auf. Um ihn musste ich mich jetzt wenigstens nicht mehr sorgen.

»Da ist sie ja!«

Ich fuhr herum. Kay, Josse und Lukas stürmten auf mich zu. Erschrocken wich ich einen Schritt zurück, doch Mila legte mitfühlend den Arm um mich.

»Ist dir inzwischen eingefallen, was mit meinem Anhänger passiert ist?« Kay baute sich vor mir auf.

Lukas schob sie ein Stück beiseite. »Sag mal, was war

denn eben auf dem Platz los?«, fragte er besorgt. »Ihr wart ja beide komplett durch den Wind.«

»Kay glaubt, ich habe ihre Kette gestohlen«, sagte ich bitter.

»Was?« Lukas starrte mich verständnislos an. »Das ist doch völliger Unsinn.«

Ich verschränkte die Arme vor der Brust. »Aber es glaubt mir ja keiner.«

»Ich schon«, sagten Mila und Josse gleichzeitig. Kay schnappte nach Luft.

»Dann wäre das geklärt!« Lukas schnaubte. »So ein Blödsinn!«

Bevor wir weiterreden konnten, unterbrach uns eine Durchsage und meine Gedanken wanderten zum Turnier zurück. Dabei fiel mir ein, dass ich ja noch gar nicht wusste, wie es bei den anderen gelaufen war.

»Seid ihr schon alle geritten?«, fragte ich, nachdem es wieder leise war.

»Längst«, sagte Kay. »Wir sind alle durch.« Sie sah sich um. »Wo steckt eigentlich Mieke?«

»Ich glaube, sie wollte zur Toilette«, meinte Josse.

»Wir müssen zu den Pferden«, wechselte Mila das Thema. »Es hat schon lange keiner mehr nach ihnen gesehen.«

Ich wandte mich an Kay. »Glaubst du immer noch, dass ich deine Kette genommen habe?«

»Eigentlich spricht alles gegen dich«, sagte Kay unsicher, »aber jetzt, wo du das Turnier abgebrochen hast …« Sie zuckte ratlos mit den Schultern.

So richtig überzeugt klang das nicht, aber fürs Erste konnte ich wohl nicht mehr tun. Hoffentlich konnten wir das später richtig klären!

»Und was ist mit dir?«, fragte ich Mila, als wir zu den Paddocks unterwegs waren. »Wann musst du starten?«

»Ich habe es sausen lassen«, erwiderte sie. »Du bist mir tausendmal wichtiger als jede Turnierprüfung.«

Jetzt kamen mir noch mal die Tränen! Gerührt fiel ich ihr um den Hals.

»Tut mir leid, dass ich dich vorhin nicht verteidigt habe«, flüsterte Mila. »Ich war so überrumpelt.«

»Ist schon gut.« Aber ich war trotzdem froh, dass sie es gesagt hatte. »Glaubst du mir denn?«

»Natürlich!«

KAPITEL 43

Bei den Pferden zumindest war alles in Ordnung. Mortimer und Gonzo dösten auf dem Paddock in der Sonne, während Sunny und Willow sich über die Heunetze hermachten.

»Wie ist es eigentlich bei euch gelaufen?«, fragte Mila.

»Eine Platzierung werden wir bestimmt nicht bekommen, wir hatten bei einem Oxer total Pech und auch bei einem Steilsprung«, erzählte Kay. »Und Mieke ist ausgeschieden, denn Sunny hat dreimal verweigert.«

»Ich habe ein ganz gutes Gefühl«, sagte Lukas, »aber die Konkurrenz war auch echt stark.« Er deutete hinter uns. »Guckt mal, da hat anscheinend noch jemand einen schlechten Tag.«

Ich brauchte gar nicht erst zu fragen, wen Lukas damit meinte. Silvana kam auf uns zugerannt. Ihr Gesicht hatte einen Farbton zwischen grau und weiß angenommen, nur die knallroten Augen stachen daraus hervor.

»Oje, die sieht echt verzweifelt aus«, sagte Mila mitleidig.

Das war die Untertreibung des Jahres.

Silvana keuchte, schleppte sich die letzten Meter auf uns zu und sank dann vor dem Zaun halb in die Knie. Willow streckte den Hals und beschnupperte interessiert ihre Hand, doch Silvana riss sie weg, als hätte Willow einen feurigen Atem.

»Habt ihr jemanden ins Zelt gehen sehen?«, keuchte sie und sah mich dabei scharf an.

»Welches Zelt?«, fragte Lukas.

»Na, das, in dem die Preise aufbewahrt werden!« Sie schluchzte und fing an zu weinen.

»Mensch, was ist denn passiert?« Ich wollte den Arm um sie legen, doch sie stieß mich zurück.

»Die Umschläge mit den Preisgeldern sind weg.« Sie wischte sich mit dem Ärmel über das Gesicht.

»Wie, weg?« Mila runzelte die Stirn. »Sind schon alle verteilt? Ich dachte, da kommen noch einige Prüfungen. Das Turnier ist doch erst in ein paar Stunden zu Ende.«

»Nein, sie sind weg. Das Geld ist weg, versteht ihr?« Silvanas Stimme klang schrill. »Jemand ist reingegangen und hat es mitgenommen.« Sie schaute finster zu mir herüber.

Jetzt wurde auch Lukas blass. »Aber die Pokale, die Umschläge und der Schmetterlingsbaum sind doch in der Vitrine. Da kommt man nicht einfach so ran.«

»Welcher Schmetterlingsbaum?«, fragte ich.

»Ach, das ist ein Geldbaum mit tausend Euro in Scheinen dran«, erklärte er mir.

Jetzt krümmte Silvana sich zusammen, als hätte er ihr in den Bauch geboxt. »Sie ist aufgebrochen«, wimmerte sie. »Da waren lauter Scherben.«

»Und alles ist weg?«

»Nein, nur der Schmetterlingsbaum und die Umschläge, die Pokale sind noch da. Aber der Baum ist ja einer der Hauptpreise. Das ganze Geld ist weg!«

»Tausend Euro? Einfach so weg?«, fragte Lukas fassungslos.

Josse pfiff durch die Zähne. »Das lohnt sich ja.«

»Was, so viel?« Mila schaute mich verdattert an. »Und das lasst ihr einfach so unbewacht in einem Zelt rumstehen? Hier sind doch lauter Leute, da kann ja jeder rein.«

»Normalerweise werden die Preise immer bewacht«, erklärte Lukas. »Das macht Hanno sonst auch bei viel kleineren Preisgeldern.« Er fuhr sich durch die Haare. »Tausend Euro!«

»Wer ist so dreist und klaut auf einem Turnier das Geld?«, fragte Kay.

»Ylvi«, brachte Silvana hervor.

Wie bitte? Mit wackeligen Knien lehnte ich mich gegen die Paddockstange. Was war denn heute mit den Leuten los? Ich war doch nicht für alles verantwortlich!

Wieder schauten mich alle an.

»Quatsch!«, rief Mila empört.

»Ich ... ich war das nicht!«, stammelte ich. »Warum sollte ich so etwas machen?«

»Kommt dir das nicht gelegen?«, forderte Silvana mich heraus.

»Wieso?«

»Hanno hat mich zum Aufpassen ins Preiszelt geschickt«, erklärte sie. »Bestimmt denkt er jetzt, ich könnte mich nicht um Luna kümmern.«

»Was hat das denn mit Luna zu tun?«

»Weil ich noch nicht mal auf diesen blöden Schmetterlingsbaum aufpassen konnte!«, schrie sie los.

Ich starrte sie entsetzt an.

»Er wird mir die Reitbeteiligung wegnehmen.« Silvana schluchzte. »Und du bist schuld!«

»Ich klaue doch keine tausend Euro, um dir eins auszuwischen! Und deswegen nimmt Hanno dir kaum die Reitbeteiligung weg!«

»Aber vielleicht klaust du tausend Euro, weil du sie brauchst?«, fragte Kay bohrend. »Um Willow zu kaufen?«

»Doch nicht mit geklautem Geld! Und ich war den ganzen Tag noch nicht in der Nähe des Zeltes! Ich hatte echt was anderes zu tun.« Langsam war ich richtig wütend. Ich starrte Kay an, doch sie zuckte mit keiner Wimper.

Lukas trat neben mich. »Merkt ihr nicht, dass hier etwas richtig faul ist?«

Keiner antwortete ihm.

»Erst soll Ylvi die Kette geklaut haben und nun das Geld?« Er stöhnte. »Leute, da stimmt doch was nicht! Wacht auf! Da steckt jemand anders dahinter!«

Dankbar nickte ich ihm zu. Jetzt verteidigte er mich schon zum zweiten Mal heute. Ich wünschte nur, es wäre nicht nötig gewesen.

Josse atmete aus. »Sehe ich genauso. Ylvi hat zu mir gehalten, als die Ponykasse weg war.«

»Und wir können uns immer voll auf sie verlassen«, ergänzte Mila.

Kay warf den beiden einen unentschlossenen Blick zu und überlegte.

»Okay«, sagte sie schließlich, »dann müssen wir eben herausfinden, was hier los ist.«

»Und wie machen wir das?« Mila setzte sich ins Gras und umschlang ihre Knie.

In dem Moment klingelte Kays Handy.

»Ist gut«, sagte sie nach einem Moment. »Und wo ist Mieke? Ah, okay.« Sie drückte den Anrufer wieder weg. »Das war Corinna. Mortimer und Sunny sollen demnächst verladen werden. Sonst stehen wir nachher ewig im Stau.«

»Und danach Gonzo und Willow?«, fragte Mila.

Kay nickte. »Wir müssen ja zweimal fahren. Wenn wir uns beeilen, sind wir alle zur Preisvergabe wieder hier.«

Silvana stöhnte auf. »Welcher Preis?«

»Okay, also Kay ist raus«, sagte Lukas schnell. »Ylvi und Mila bilden eine Gruppe und Josse und ich bleiben zusammen. Verteilt euch auf dem Gelände und schnüffelt herum. Irgendwo muss es einen Hinweis geben!«

Kay stand auf und begann, die Turnierausrüstung einzupacken.

»Und ich?«, fragte Silvana.

»Du gehst wieder auf deinen Posten«, antwortete Lukas.

»Stopp«, hielt ich sie zurück. »Du warst also die ganze Zeit im Zelt?«

Silvana nickte.

»Und wie konnte dann jemand die Vitrine aufbrechen?«

Sie lief knallrot an. »Ähm«, druckste sie herum.

Lukas sah sie scharf an. »Spuck es schon aus.«

Silvana sah sich nach allen Seiten um. »Ich … ich war kurz weg«, flüsterte sie.

»Du warst weg?«, fragte Lukas. »Und dann verdächtigst du einfach so Ylvi?«

»Aber sie hat einen Grund!«

»Hat sie nicht!«

Sie schob bockig die Unterlippe vor. »Ich gehe jetzt zu Hanno und erzähle ihm alles.«

»Bloß nicht!«, riefen Lukas und ich gleichzeitig.

»Hier ist der Teufel los, wenn rauskommt, dass das Geld weg ist.« Lukas war ganz blass geworden. »Es ist noch nicht mal Hannos.«

Kay ließ Mortimers Abschwitzdecke sinken. »Wie jetzt?«

»Es wurde gestiftet«, erklärte Lukas. »Von einer Kette mit zig Blumenmärkten.«

»Deshalb der Schmetterlingsbaum«, meinte Mila.

»Genau, und wenn rauskommt, dass das Geld weg ist, kriegt Hanno richtig Ärger«, sagte Lukas. »Keine gute Werbung für Birkenmoor.«

»Aber er muss es wissen!«, beharrte Silvana. »Wir müssen die Polizei rufen, vielleicht findet sie das Geld!«

»Erst versuchen wir es selbst.« Lukas wies in die Richtung, in der das Preiszelt stand. »Und du gehst schön wieder auf deinen Posten. Sonst drehen wir den Spieß um.«

»Wie denn?«, fragte Silvana herausfordernd.

Lukas lächelte dünn. »Hattest du nicht von uns allen die beste Gelegenheit für den Diebstahl?«

Silvana blieb der Mund offen stehen.

Mila rappelte sich auf und klopfte sich die Reithose ab. »Wir haben noch knapp zwei Stunden bis zur Siegerehrung. Beeilen wir uns besser, Ylvi.«

Ich nickte. In Silvanas Gegenwart hielt ich es keine Sekunde länger aus.

KAPITEL 44

Josse

Bevor Mila und Ylvi aufbrachen, kletterte Ylvi noch einmal zu Willow in den Paddock. Sie flüsterte ihr etwas ins Ohr und legte die Stirn an Willows Kopf.

Etwas in ihm zog sich zusammen. Er wusste nur zu gut, wie sie sich fühlte. Aber gab es wirklich irgendjemanden, der Ylvi ernsthaft für eine Diebin hielt? Gut, Kay war misstrauisch und Mieke hatte er noch nicht gesprochen. Aber die anderen?

Silvana stand etwas blöde in der Gegend herum.

»Lass uns los«, drängte Lukas.

»Gleich.« Josse baute sich vor Silvana auf. »Wieso bist du überhaupt aus dem Zelt gegangen?«

Sie wich einen Schritt zurück, dann noch einen, bis sie mit dem Rücken an den Paddockzaun stieß.

Lukas kam zu ihnen herüber. »Sag schon, warum?«

»Jemand hat mich rausgerufen«, antwortete sie widerstrebend.

»Und wer?« Lukas runzelte die Stirn. »Lass dir doch nicht jedes Wort aus der Nase ziehen!«

Sie druckste herum, dann rückte sie endlich mit dem Rest der Geschichte heraus.

»Also hat dir ein Junge gesagt, Luna wäre in Gefahr?«, fasste er zusammen.

Sie nickte.

»Wer fällt denn auf so einen Mist herein?«, polterte Lukas los. »Kann es sein, dass dir die Story nur ausgedacht und das Geld selbst genommen hast?«

Sobald sie aus ihr eine halbwegs brauchbare Beschreibung von dem Jungen herausgeholt hatten, hetzte Josse mit Lukas über das Hofgelände.

Frustriert schob er sich durch die Menge. Wie sollten sie in diesem Gewühl einen kleinen Jungen mit roten Haaren und Sommersprossen finden? Noch dazu unter Zeitdruck! Nicht mehr lange, dann begann die Siegerehrung.

Sie klapperten sämtliche Buden auf dem Gelände ab und fragten nach dem Jungen. Leider hatten sie keine Ahnung, wie alt er war, nur eine ungefähre Größenangabe. Anschließend mischten sie sich unter die Zuschauer des Turniers. Noch immer wurden verschiedene Disziplinen ausgetragen. Alle schauten gebannt auf die Reiterinnen und Reiter, niemand wollte sich durch Fragen ablenken lassen.

»Und nun?«, fragte Lukas nach einer Stunde entnervt. »Uns läuft die Zeit davon.«

Als wüsste er das nicht selbst! Sie mussten sich schleunigst etwas einfallen lassen.

»Die Parkplätze«, entschied Josse.

Auf der Allee parkten Autos mit Anhängern und Pferdetransporter dicht an dicht. Sie schauten durch jedes Fenster, doch nirgendwo tauchte ein roter Haarschopf auf.

»So wird das nie was!« Lukas kickte einen Stein weg, als eine quäkende Lautsprecherstimme auf die letzten Wettkämpfe des Tages aufmerksam machte.

Sie kehrten um und streiften weiter über das Hofgelände. Ein Clown mit einem Bündel Luftballons kam ihnen entgegen, dann ein Verkäufer mit einem Bauchladen voller Marshmallows in Form von Ponys und Hufeisen.

Plötzlich blieb Josse stehen. »Was ist mit dem Stall?«

»Mir fällt keiner ein, der so aussieht«, wandte Lukas ein.

Josse marschierte auf das erste Stallgebäude zu und öffnete das Tor. Die Stallgasse war leer, nur ein paar Pferde schauten ihnen neugierig über die Boxentüren entgegen. Sie vergewisserten sich, dass wirklich niemand dort war, dann nahmen sie sich den zweiten Stall vor. Hier war es ebenso ruhig. Anscheinend waren die meisten Pferde entweder im Einsatz oder auf den Koppeln hinter der Reithalle untergebracht.

»Fehlanzeige«, murrte Lukas, doch Josse packte ihn am Arm und raunte: »Warte!«

In einer der leer stehenden Boxen flackerte blaues Licht auf. Sie schlichen lautlos näher. Zuerst waren da nur ein paar Füße in Reitstiefeln ... und dann: Volltreffer!

Der Junge schaute erschrocken auf, als sie plötzlich vor ihm standen. Er lag bäuchlings auf zwei zusammengeschobenen Strohballen und hatte ein Tablet vor sich. Krieger und Amazonen kämpften im Dschungel mit überdimensionalen Anakondas. Die Auflösung war beeindruckend – das Spiel würde Josse sich bei nächster Gelegenheit auch besorgen. Was hieß: sobald er ein bisschen im Plus war.

Er ging neben dem Kleinen in die Hocke.

»Was wollt ihr denn?«, fragte der Junge entgeistert und richtete sich auf.

»Keine Angst, wir wollen nur etwas wissen. Ich bin übrigens Josse.«

»Elvis«, murmelte der Kleine.

Echt jetzt? Der konnte seine Eltern später verklagen, bei dem Namen hätte er gute Aussichten vor Gericht.

»Sag mal, kennst du ein Pferd namens Luna?«

»Sie gehört Hanno«, ergänzte Lukas.

»Klar kenne ich die«, sagte Elvis.

»Also reitest du hier?«

Er nickte. »Auf Frogger.«

Noch so ein bescheuerter Name!

»Eigentlich heißt er Ferdinand, aber weil er so toll springt und wegen seiner grünen Decken nennen wir ihn Frogger«, erklärte Elvis, als er Josses Miene sah.

Lukas' Miene hellte sich auf. »Hey, hast du nicht letztes Jahr dieses Kinder-Springturnier gewonnen?«

»Ja«, bestätigte Elvis stolz.

»Und du hast neulich auf Delilah und Caruso aufgepasst, stimmt's?«, fragte Lukas weiter.

»Ja, dabei musste ich los. Meine Mutter war stinksauer, dass sie warten musste. Sie …«

»Blöd gelaufen«, sagte er, bevor das hier ausuferte. »Hat heute jemand mit dir über Luna gesprochen?«

»Ja, irgend so ein Mädchen.«

»Und worum ging es da?«

Unsicher sah er von ihm zu Lukas. »Ich habe nichts falsch gemacht.«

»Wir fragen nur wegen einer Freundin«, beruhigte er ihn.

»Das Mädchen hat mich zu Silvana geschickt.«

»Warum?«

»Sie dachte, Luna hätte vielleicht eine Kolik. Silvana sollte lieber mal nach ihr sehen.«

Lukas und er wechselten einen alarmierten Blick. Die war ja ganz schön durchtrieben!

»Und dann?«, hakte er nach.

»Dann bin ich zu Silvana gegangen. Sie ist sofort losgerannt.«

»Wie sah sie denn aus?«

»Wer? Silvana?«

Er stöhnte innerlich. »Nein, das andere Mädchen!«

»Puh, ganz normal. Blonde Haare.«

Okay, dann kam ja nur die Hälfte der Besucherinnen in Frage.

»Was hatte sie denn an?«, versuchte Lukas es.

»Irgend so eine weiße Bluse und eine helle Reithose.«

Mehr war bei ihm nicht zu holen, also ließen sie ihn in Ruhe und Elvis nahm sich wieder seine Anakondas auf dem Tablet vor.

»Eins ist jetzt klar«, sagte Lukas draußen. »Silvana hat sich das alles nicht ausgedacht, dieses Mädchen gibt es wirklich.«

»Ja, oder sie hat Elvis als Komplizen.« Sie sahen sich an und lachten.

»Blonde Haare, weiße Bluse, helle Reithose …«, zählte Lukas auf.

»Passt zu Ylvi.«

»Zu vielen anderen Mädchen auch«, gab Lukas zurück.

»Ich glaube ja nicht, dass sie es war«, sagte Josse nachdenklich.

Lukas hob die Augenbrauen.

»Na ja«, meinte Josse widerstrebend, »in letzter Zeit sind auf dem Hollerhof ein paar Sachen verschwunden.«

Sie umrundeten ein paar Leute, die sich abmühten, ihr Pferd zu verladen.

»Aber bei euch hier ist alles klar, oder?«, fragte Josse.

»Schon«, sagte Lukas. Einen Tick zu schnell.

Josse ließ ihm einen Augenblick Zeit.

»Mir ist nur aufgefallen ...«, meinte Lukas zögernd und brach dann ab. Er seufzte. »Seit ein paar Wochen ist Ylvi irgendwie anders als sonst.«

KAPITEL 45

Eine Weile irrten wir ziellos über das Gelände. Ich konnte keinen klaren Gedanken fassen. Was ging hier ab? Warum wurde ich ständig verdächtigt? Wer steckte bloß hinter dem Ganzen? Erst verdächtigte Kay mich, ihre Kette geklaut zu haben. Dann vermasselte ich das Turnier. Und jetzt sollte ich auch noch das Preisgeld gestohlen haben! Am liebsten wäre ich einfach nach Hause gefahren und hätte mir die Bettdecke über den Kopf gezogen. Aber ich konnte doch Hanno nicht im Stich lassen. Wir mussten ihm helfen, damit die Siegerehrung nicht ins Wasser fiel.

Da durchzuckte mich noch ein Gedanke: Was, wenn mir wirklich niemand glaubte, dass ich mit alldem nichts zu tun hatte? Dann würde mich doch auf dem Hollerhof niemand mehr haben wollen und auf Birkenmoor brauchte ich mich auch nicht mehr blicken zu lassen. Keine Pferdespaziergänge mit Mila mehr, keine lustigen Picknicks mit Josse und den anderen und mit Lukas wäre es dann ganz sicher auch vorbei. Und Willow! Die würde ich nie wiedersehen!

Mir wurde ganz schlecht. Meine Hände fühlten sich schwitzig an und ich blieb stehen und lehnte mich an eine Laterne. Es wurde immer verzwickter! Mein Magen fühlte sich flau an, doch zum Glück kamen wir gerade an einem Imbiss vorbei.

»Willst du auch etwas?«, fragte ich Mila, doch sie schüttelte nur den Kopf.

»Ein Bismarckbrötchen bitte«, sagte ich zu der Fischfrau.

Die Mischung aus salzigem Fisch und süßem Brötchen war jetzt genau richtig. Mit wenigen Bissen verschlang ich es. Jetzt ging es mir schon besser.

Ich atmete tief durch. Nein! Nein, ich würde nicht kampflos aufgeben! Wir mussten das alles aufklären.

»So bringt das doch alles nichts«, sagte Mila düster, als ich die Serviette in einen Mülleimer pfefferte. »Wir brauchen einen Plan.«

»Ich habe eine Idee. Komm mit!«, sagte ich und zog sie durch die Menge.

Das Zelt mit den Preisen stand etwas abseits zwischen ein paar Zierbüschen in der Nähe der Allee.

Als ich die Plane zurückschlug, fuhr Silvana hoch und

starrte uns erschrocken an, dann sank sie wieder erleichtert in ihren Stuhl. »Ich dachte schon, es wäre Hanno!«

»Ist sonst jemand reingekommen?«

»Nein, aber ich gehe auch alle paar Minuten vors Zelt«, sagte sie. »Bisher konnte ich noch jeden abfangen, der was wollte.«

Lange würde das bestimmt nicht mehr gutgehen.

Ich guckte mich um. Auf dem ersten Blick sah es aus wie immer. Vor den Zeltwänden standen Glasvitrinen, in denen die Pokale für die verschiedenen Disziplinen aufbewahrt wurden. Auf einem Tisch befanden sich die üblichen flachen Holzkisten mit den Rosetten in verschiedenen Farben. Daneben noch der wackelige Campingtisch mit dem Gartenstuhl, auf dem Silvana saß.

Und dann entdeckte ich etwas weiter hinten noch eine Vitrine. Die war neu! Im Gegensatz zu den anderen war sie eher klein und quadratisch. Sie stand auf einem Sockel, wahrscheinlich damit man besser herankam. Hinten war die Glaswand herausgebrochen und auf dem Boden lagen kleine Scherben.

»War es da drin?«, fragte Mila und Silvana nickte.

»Sie wurde aufgebrochen.« Sie guckte mich misstrauisch an.

Himmel, glaubte sie etwa immer noch, ich sei es gewesen?

Es knackte unter meinen Schuhen, als ich den Sockel umrundete. Mist, jetzt zerstörte ich noch die Spuren! Hastig trat ich einen Schritt zurück.

»Wie sah das Ding eigentlich aus?«, fragte Mila. »Gibt es ein Bild davon oder so?«

Silvana zögerte, dann nahm sie ihr Smartphone vom Campingtisch und suchte etwas.

»Hier!« Sie hielt uns das Display entgegen. »Ich hab vorhin ein Bild gemacht und es meiner Freundin geschickt.« Sie wurde ein bisschen rot. »Nur weil ich noch nie so viel Geld auf einem Haufen gesehen hab.«

Es war tatsächlich ein kleines Bäumchen, kunstvoll aus Draht gebogen. Die Blätter bestanden aus grünem Papier und die Äste waren mit braunem Bast umwickelt. Überall waren bunte Stoffblüten befestigt, was total hübsch aussah. An den Ästen hingen Geldscheine, die zu kleinen Schleifen gefaltet waren. Ich nahm Silvana das Handy aus der Hand und versuchte, die Größenverhältnisse einzuschätzen.

»So groß ist der gar nicht, oder?«

»Nein, vielleicht dreißig, vierzig Zentimeter.« Sie hielt die Hände auseinander, um uns die Größe zu zeigen.

»Passt also genau in die Vitrine.«

»Ja, die hat der Sponsor gleich mitgeliefert.«

Ich gab ihr das Handy zurück und ging noch einmal zum Sockel. Und da bemerkte ich es.

»Kommt mal her!« Ich deutete mit dem Finger auf eine der Glasscherben am Boden. »Seht ihr das?«

»Die roten Punkte?«, fragte Silvana. »Ist das Farbe? Aber der Baum war rosa, gelb und grün.«

»Das ist doch keine Farbe!«, sagte Mila. »Das ist Blut.«

»Und hier ist noch etwas, am Sockel!« Ich hockte mich hin. Auf einer der Scherben am Boden war auch ein Blutfleck. »Der Dieb hat sich geschnitten beim Aufbrechen.«

Wir rannten zu den Paddocks, wo Lukas und Josse auf uns warteten.

»Die anderen fahren gleich los. Kay und Mieke sind schon beim Hänger«, rief uns Josse entgegen. »Corinna sucht noch nach Hanno, um irgendwas mit ihm zu klären.«

»Habt ihr was herausgefunden?«, fragte Mila außer Atem.

Lukas und Josse wechselten einen Blick.

»Nicht viel«, antwortete Lukas, »nur eine Beschreibung. Es war wohl ein Mädchen.«

»Was? Das ist doch super. Und, wie sieht sie aus?«

»Es ist ziemlich vage.« Josse guckte schon wieder zu Lukas hinüber.

Was drucksten sie denn so herum?

»Jetzt sag schon!«, drängte ich.

»Der Junge meinte, sie hat eine weiße Bluse getragen und eine helle Reithose«, sagte Lukas.

»Und sie hatte blonde Haare«, ergänzte Josse.

Alle Blicke wanderten zu mir. Ich hätte auch nackt dastehen können, so unwohl fühlte ich mich. Ich schluckte. Na toll! Jetzt passte auch noch die Beschreibung des Mädchens auf mich.

»Stopp!«, sagte Mila mit scharfer Stimme. »Jetzt sind wir dran!« Sie packte meine Hand und hielt sie hoch. »Zeig's ihnen, Ylvi.«

Gehorsam streckte ich meine Hände aus.

»Bisschen dreckig, aber sonst …« Lukas grinste.

»Guckt genau hin!«, befahl Mila.

»Also, ich sehe da nichts«, meinte Josse.

Mila schaute triumphierend in die Runde. »Ganz genau! Und das ist der Beweis, dass Ylvi unschuldig ist.«

»Ich kapiere überhaupt nichts«, sagte Josse ratlos.

Mila grinste. »Wir haben die Vitrine untersucht, in der der Baum stand.«

»Darauf sind wir gar nicht gekommen.« Lukas schlug sich an die Stirn.

»Der Dieb muss einen Schnitt an den Händen haben oder ein paar Blutflecken auf den Klamotten«, erklärte Mila.

Lukas klatschte sich mit Josse ab. »Ihr seid genial!«

Gonzo schnaubte und Willow spitzte die Ohren. Wen begrüßten sie denn da? Wir drehten uns um. Der Junge mit den roten Haaren! Schlagartig erinnerte ich mich.

»Dich hatte ich überhaupt nicht auf dem Zettel!«, rief ich überrascht.

»Ging mir genauso«, sagte Lukas. »Nimm es nicht persönlich, Elvis.«

Stimmt, Elvis, so hieß er ja.

Elvis guckte trotzdem ein bisschen beleidigt.

»Mir ist noch was eingefallen«, sagte er. »Schien ja wichtig zu sein, deshalb dachte ich, ich suche euch noch mal.«

In dem Moment dröhnte eine Lautsprecherdurchsage über den Platz. Elvis redete aufgeregt weiter, aber wir verstanden nur, dass jetzt der letzte Durchgang des Turniers angekündigt wurde. Mist! Wenn wir nicht bald etwas herausfanden, mussten wir unbedingt zu Hanno und ihn warnen. Wir konnten ihn ja nicht die Siegerehrung anfangen lassen und dann stand er ahnungslos ohne Hauptgewinn da!

»Was hast du gesagt?«, riefen wir, sobald die Durchsage zu Ende war.

»Das Mädchen hatte lauter Glitzersteine an der Hose.« Elvis zeigte auf die Seitennaht. »Überall hier. Ich glaube, es waren kleine Herzchen.«

Lukas lachte und schlug mir gutmütig auf den Rücken. »Damit bist du endgültig raus, Ylvi. So Chichi ist ja überhaupt nicht deins.«

Ich musste auch grinsen.

Josse holte tief Luft. »Wir gehen jetzt zuerst zu Hanno

und erzählen ihm das mit dem Preisgeld und dann soll er die Polizei holen.«

Mila schlug sich die Hand vor den Mund.

»Was denn?«, fragte ich.

Sie gab einen erstickten Laut von sich und sank auf einen Strohballen. »Vielleicht lassen wir das erst noch mal mit der Polizei.«

»Hä? Wieso das denn?« Lukas zog die Stirn kraus.

Mila schluckte, dann sagte sie: »Die Beschreibung passt auch auf Mieke. Und sie hat genau so eine Reithose.«

Einen Augenblick lang waren wir alle baff.

»Wie, mit Glitzersteinen?«, fragte Josse. »Ist mir gar nicht aufgefallen.«

»Wo du doch so ein Modeexperte bist«, neckte ich ihn.

Da fiel mir plötzlich etwas ein. »Dein Stick! Und der Beutel!«

In wenigen Worten setzte ich die anderen ins Bild und berichtete, wie ich Mieke vom Balken im Stall befreit und direkt danach den Stick gefunden hatte.

»Und gestern Abend ist noch etwas passiert«, fuhr ich fort und erzählte, wie ich Mieke an dem roten Samtbeutel gesehen hatte. »Dabei war das doch Kays Box und auch ihr Beutel!«

»Stimmt, in dem Beutel hat sie immer ihr Portemonnaie und ihr Handy und so«, sagte Mila.

»Was also, wenn Mieke gar nicht ihr Handy gesucht hat, sondern den Wolfsanhänger herausgenommen hat?«, fragte ich.

»Das sind doch auch nur Vermutungen.« Josse schüttelte den Kopf. »Woher sollte sie denn wissen, dass Silvana Lunas Reitbeteiligung ist? Oder hast du es ihr mal erzählt, Ylvi?«

»Nein, aber sie könnte es mitbekommen haben, als ich mit Mila darüber geredet habe.« Ich lehnte mich an den Paddockzaun und kraulte Willow hinter den Ohren. »Nein, halt! Da war noch was!«

Mieke war doch vorhin im Stall gewesen. Wenn sie das Gespräch mit den Zwillingen belauscht hatte, war sie auf jeden Fall voll im Bilde. Und dabei hatte sie Kays Glücksbringer in Jupiters Putzkasten gelegt.

»Am besten sprechen wir mal direkt mit ihr, oder?« Lukas wandte sich zum Gehen.

»Dann streitet sie es auf jeden Fall ab.« Josse überlegte kurz. »Wir müssten ihr Versteck finden. Sie kann den Geldbaum schlecht in ihrer Hosentasche herumtragen.«

»Ja, das dauert bestimmt einige Zeit, bis man die ganzen Geldscheine vom Baum gepuhlt hat«, sagte Mila.

»Für einen Rucksack ist er wahrscheinlich zu groß«, meinte ich. »Aber einfach über das Gelände kann sie ihn auch nicht transportiert haben, das wäre ja total auffällig gewesen.«

»In Birkenmoor kennt sie sich doch nicht aus, oder?«, vergewisserte sich Lukas und wir schüttelten den Kopf.

Aber welche Möglichkeiten blieben ihr dann noch?

Josse und ich sahen uns an. »Der Hänger!«

KAPITEL 46

Wir rasten über das Turniergelände, doch als wir die Allee erreichten, bog das Auto von Kays Vater mit dem Pferdeanhänger gerade am anderen Ende auf die Straße ab. Josse hechtete noch ein paar Meter hinterher und wedelte mit den Armen, doch das war völlig sinnlos.

Mila tippte wie wild auf ihrem Handy herum. »Sie geht nicht ran!«

»Wahrscheinlich ist noch der Ton abgestellt«, vermutete Josse und schlug mit der Faust in die Handfläche. »Verdammt!«

»Wenn sie erst mal auf dem Hollerhof sind, dann ist das Geld hundertprozentig weg«, befürchtete Mila. »Dort gibt es tausend mögliche Verstecke.«

Ich drehte mich um und rannte zurück zu den Paddocks. »Worauf wartet ihr noch? Wir müssen eben vor ihr da sein!«

»Und wie sollen wir hinkommen?«, keuchte Lukas. Er war mir dicht auf den Fersen. »Mein Fahrrad steht zu Hause.«

»Mit den Pferden natürlich! Oder hat einer von euch heimlich den Führerschein gemacht oder einen Haufen Geld für ein Taxi?«

Abrupt bremste ich ab und Josse prallte in meinen Rücken.

»Verflucht!« Immer dasselbe: Mila und Lukas hatten natürlich Pferde – aber ich nicht!

»Ach was, du reitest Willow«, sagte Mila energisch, als sie mein ratloses Gesicht sah.

»Aber deine Mutter würde das bestimmt nicht erlauben. Ich durfte doch immer nur mit ihr auf den Platz!«

Sie packte mich an den Schultern. »Traust du dir das denn zu, auf ihr zum Hollerhof zu reiten?«

»Ja. Wir nehmen den Weg außen herum und reiten nicht quer durch die Stadt.« Wie gut, dass ich den gestern entdeckt hatte!

»Umso besser!«

»Aber was, wenn deine Mutter dann sauer auf mich ist und ich nicht mehr auf Willow reiten darf?«

Mila lachte auf. »Du hast keine Ahnung, wie froh sie ist, dass du dich um Willow kümmerst.« Sie holte tief Luft. »Du reitest Willow und das mit Mama regele ich.«

»Gut, wir treffen uns hinten bei den Koppeln«, sagte Lukas und wandte sich ab. »Ylvi weiß, wo ich meine. Ich hole schnell Peanut.«

Als wir die Paddocks erreichten, schaute Josse auf die Uhr

an seinem Handy. »Um diese Zeit ist es voll in der Stadt, wenn wir Glück haben, stehen sie an der einen Baustelle im Stau.« Er stöhnte. »Mit einem Rad könnte ich es vielleicht gerade so vor ihnen schaffen.«

»Dann nimm meins!«, rief Elvis.

Josse und Elvis rasten Richtung Fahrradständer, während Mila und ich die Kiste mit dem Zaumzeug öffneten.

»Oh Mist, ich kann sie doch nicht nur mit Halfter reiten«, stöhnte ich auf. Wie hatte ich das vergessen können? Ein Problem jagte das nächste!

Ich sank ins Gras. Jetzt wusste ich wirklich nicht mehr weiter. Allein würden Mila und Lukas niemals so schnell den Weg zum Hollerhof finden. Wir konnten nur hoffen, dass Josse schnell genug war, sonst war das Geld weg und wir konnten Mieke nichts mehr nachweisen.

Mila zupfte mich am Ärmel. »Du, wir haben Willows Zaumzeug dabei.«

»Wieso das denn?«

»Keine Ahnung.« Sie grinste schief. »Es war nur so ein Gefühl. Ich habe es einfach zu Gonzos Sachen in die Kiste getan.«

Eilig zäumten wir die Pferde auf und setzten die Helme auf.

Mila war so geübt, dass sie mit einem kleinen Hüpfer auf Gonzos Rücken sprang.

»Wir gehen hinter der Scheune entlang«, sagte ich. »Dort ist ein Trampelpfad und wir müssen nicht über den ganzen Turnierplatz.«

Ich führte Willow an den anderen Paddocks und dann an den Koppeln vorbei. Zum Glück war ich mittlerweile einige Male ohne Sattel auf ihr geritten, sogar im Galopp. Trotzdem stieg ich lieber erst auf, wenn wir den Turniertrubel auch wirklich hinter uns gelassen hatten.

Lukas wartete schon mit Peanut, als wir den schmalen Durchgang erreichten, der auf den Feldweg Richtung Wald führte.

»Ohne Sattel?« Er zog die Augenbrauen hoch.

»Ich bin schon froh, dass wir ein Zaumzeug haben!« Ich führte Willow zu einem größeren Stein. Zum Glück warteten Mila und Lukas hinter mir geduldig, während ich mich mit Willow vertraut machte. Auch wenn die Zeit drängte – das musste einfach sein. Ich streichelte über ihren Nasenrücken, dann stellte ich mich nah an ihren Bauch und legte mich mit dem Oberkörper auf ihren Rücken. Willow schnaubte zufrieden und blieb ruhig stehen. Ein paar Atemzüge lang spürte ich einfach nur ihre Nähe. Dann war ich gewappnet. Es konnte losgehen!

Vom Stein aus kam ich problemlos auf Willows Rücken. Sie spitzte die Ohren und machte einen Schritt nach vorn. Ich nahm die Zügel auf und wir ritten auf den Feldweg.

Nach einigen Metern ließ ich sie antraben, Lukas und Mila folgten mir.

»Am besten reitest du voran und gibst das Tempo vor, Ylvi«, sagte Lukas. »Du scheinst ja öfter ohne Sattel zu reiten, Mila.«

Sie lachte. »Gut beobachtet.«

Wir erreichten den Waldrand und kurz darauf den See. Ich sah mich um und entdeckte den halben Ring aus Tannen. Hier war ich Willow zum ersten Mal begegnet. Und nun ritt ich auf ihr! Unglaublich!

Wir umrundeten den See und kamen zu einer Abzweigung. »Da geht es zum Hollerhof«, sagte ich.

»Da ist auch ein Reitweg, der läuft parallel zum Spazierweg«, bemerkte Lukas.

Es war die perfekte Galoppstrecke. Ohne viele Worte nahmen wir die Zügel auf und galoppierten an. Willows Bewegungen waren weich und rund, und es war sogar leichter, hier ohne Sattel zu galoppieren, als auf dem Platz, denn die meiste Zeit ging es geradeaus. Mit jedem Galoppsprung fühlte ich mich sicherer auf ihr.

»Können wir das bitte öfter machen?«, rief Mila.

Zu meiner Überraschung antwortete Lukas: »Unbedingt!«

Fast zu schnell war der Reitweg zu Ende. Die letzten Meter mussten wir auf dem Waldweg zurücklegen, doch zum

Glück beschwerte sich keiner der wenigen Spaziergänger über die Pferde.

Im schnellen Schritt schlug ich den Schleichweg an den Schrebergärten entlang ein. Und da war auch schon der Hollerhof. Es klingelte hinter uns und Willow schlug mit dem Schweif, blieb aber ansonsten ganz ruhig.

Josse holte mich ein und radelte neben mir her. »Hey, gutes Timing!«

Mila und Lukas schlossen zu uns auf.

»Sind sie schon da?«, rief Mila.

Auf dem Parkplatz standen sie nicht, doch da entdeckte ich das Auto neben der Scheune. Gerade öffnete Kays Vater die Ladeklappe, Corinna und Kay warteten schon rechts und links daneben. Von Mieke war nichts zu sehen.

Auf meinen Unterarmen stellten sich die feinen Härchen auf. Wo war sie? Waren wir nun doch zu spät?

Mila und Lukas ritten auf die drei zu, Josse war schon fast dort. Er warf sein Fahrrad zu Boden und rannte an der Ladeklappe vorbei zur Seitentür des Hängers. Ich glitt von Willows Rücken und führte sie schnell zum nächsten Paddock. Lucifer wieherte leise zur Begrüßung und trabte zu ihr hin.

»Du bist die Beste!« Ich nahm ihr das Zaumzeug ab und drückte sie kurz, dann rannte ich hoch zur Scheune.

KAPITEL 47

»Was macht ihr denn hier?« Erstaunt drehte sich Corinna zu uns um. Aus dem Augenwinkel bemerkte ich, wie Josse im Hänger verschwand.

»Wo ist Mieke?«, rief Mila.

»Eben war sie noch hier«, antwortete Kays Vater, während Kay uns nur anstarrte.

»Jetzt sagt ihr sofort, was los ist«, verlangte Corinna.

»Mieke hat das Preisgeld geklaut«, entgegnete Lukas.

»Was? Das Preisgeld? Vom Turnier?« Corinna bekam schmale Augen. »Könnt ihr das beweisen?«

»Lange Geschichte.« Mila sprang von Gonzos Rücken und nahm ihm das Zaumzeug ab. »Wo ist sie?«

»In der Sattelkammer, glaube ich.« Kay rannte los, Mila und ich hinterher.

Die Tür der Sattelkammer war nur angelehnt, Kay stieß sie auf. Drinnen schaute ich mich hektisch um. Zum Glück hatte Josse neulich aufgeräumt!

»Nichts«, sagte Mila hinter mir. »In den Stall!«

Einige Pferde standen in den Boxen, ansonsten war der Stall leer, von Mieke keine Spur. Kay legte den Finger an die Lippen. Ich deutete mit dem Zeigefinger nach oben, die beiden anderen nickten stumm. Mila und Kay nahmen je eine Seite der Stallgasse ins Visier und kontrollierten jede Box.

Gebückt schlich ich nach oben. Das Fenster war weit geöffnet und eine kühle Brise wehte mir ins Gesicht. Das Sofa war natürlich leer. Ich wandte mich nach rechts und huschte zwischen den Holzpfeilern umher. Wo zum Teufel steckte Mieke? Von draußen hörte ich Corinna und Kays Vater mit Lukas sprechen, anscheinend versuchte er, ihnen zu erklären, was los war. Da raschelte hinter mir etwas. Ich fuhr herum.

Das Tor des Laufstalls stand offen. Schritt für Schritt ging ich darauf zu, bis ich endlich so nahe gekommen war, dass ich über die halbhohe Mauer sehen konnte. Der Stall war leer, doch einen Winkel konnte ich nicht einsehen, also schlüpfte ich durch das Gatter.

Im nächsten Moment riss mich etwas von den Füßen, ich fiel nach hinten und knallte gegen die Mauer. Einige Sekunden lang sah ich Sterne und ein scharfer Schmerz durchzuckte meinen Hinterkopf. Ich stöhnte und drehte mich auf die Seite und bekam so gerade noch mit, wie ein Paar Reitstiefel auf mich zukam. Instinktiv rollte ich mich zusammen. Mieke musste sich genau im toten Winkel versteckt haben!

»Mieke!«, schrie ich. »Passt auf, sie kommt!«

Ich hörte ihre Schritte auf der Rampe, rappelte mich auf und keuchte hinterher.

Unten stand das Tor weit offen – Kay und Mila waren erst halb durch die Stallgasse durch. Ich raste hinaus und sah Mieke über den Hofplatz rennen.

»Lukas!«, brüllte ich und lief weiter. Mein Herz klopfte, dass es mir fast den Brustkorb sprengte, doch ich biss die Zähne zusammen und hetzte weiter. Mieke schlug Haken wie ein Hase, erst zum Schuppen, dann wieder auf den Weg, der zu den Koppeln führte.

Der Trampelpfad!, schoss es mir durch den Kopf. Wenn sie den erst erreichte, konnten wir es vergessen. Bis zum Fluss gab es tausend Möglichkeiten, sich zu verstecken.

Hufe klapperten über das Kopfsteinpflaster. Lukas galoppierte an uns vorbei.

Mieke schaute sich kurz um und legte dann noch an Tempo zu – gleich würde sie den Trampelpfad erreichen! Lukas beugte sich tief über Peanuts Hals und feuerte ihn an. Viel schneller durften sie aber nicht werden! Wenn er nicht gleich abbremste, würden sie voll in die Hecke rauschen! Mieke hatte den Kopf eingezogen und rannte, so schnell sie konnte. Jetzt ließ Lukas mit einer Hand die Zügel los und beugte sich hinunter. Das sah verdammt gefährlich aus! Mieke schrie auf und strauchelte, im selben Augenblick packte Lukas sie und schleifte sie ein Stück weit mit, bis er Peanut zum Schritt durchparieren konnte. Ich rannte auf die beiden zu, während Mieke um sich schlug und versuchte, Lukas aus dem Sattel zu reißen.

»Nein!« Ich stolperte und flog im hohen Bogen hin. Mit voller Wucht prallte ich gegen Mieke.

Ihr blieb kurz die Luft weg, doch dann versuchte sie, mich wegzuschubsen, und zerkratzte mir die Wange.

»Runter von mir!«, stöhnte sie.

»Hör auf!«, schrie ich und da war schon Lukas neben mir und hielt sie fest. Ich rollte mich von ihr herunter und ergriff im nächsten Moment ihren Arm.

»Lasst mich los!«, schrie sie und wehrte sich weiter.

»Schluss damit!« Corinna stand plötzlich vor uns. Mila lief zu Peanut, der ein paar Meter weiter mit hängenden Zügeln stehen geblieben war und uns erschrocken beobachtete. »So, und jetzt erklärt ihr mir sofort, was hier eigentlich los ist.«

Kays Vater nickte. »Das war ja die reinste Wildwest-Show.«

»Du blutest!«

Kay kam zu mir und reichte mir ein sauberes Stofftaschentuch. Ich rang immer noch nach Luft und es dauerte eine ganze Weile, bis sich mein Atem wieder beruhigt hatte. Vorsichtig tupfte ich mir die Wange ab und befühlte dann die Beule an meinem Hinterkopf.

»Ich will sofort nach Hause!« Mieke versuchte, sich zwischen uns hindurchzudrängen, doch Kays Vater versperrte ihr den Weg.

»Schön langsam, jetzt reden wir erst einmal über alles.«

»Ich hab aber nichts zu sagen!« Mieke biss sich auf die Unterlippe, dann machte sie einen Satz zur Seite.

»Du bleibst jetzt hier!«, brüllte Kay und hielt sie fest.

»Du hast mir gar nichts zu sagen«, kreischte Mieke.

»Nein«, sagte Corinna. »Aber ich. Du bist auf dem Hollerhof, da geht es mich schon an, was hier passiert.«

Mieke presste eigensinnig die Lippen zusammen.

»Denk doch mal an Sunny. Nach dem langen Turniertag hätte sie es wirklich verdient, dass sie jetzt ordentlich versorgt wird.«

»Ich habe nichts gemacht«, sagte sie trotzig.

»Ach nein?«, fragte Mila. Sie drückte Lukas Peanuts Zügel in die Hand und baute sich vor Mieke auf. »Okay, was sagst du dann dazu?«

In kurzen Sätzen zählte sie alles auf, was wir uns heute zusammengereimt hatten. Mieke hörte mit verschränkten Armen zu und stritt alles ab. Corinna runzelte die Stirn und auch Kays Vater sah aus, als zweifele er an allem. Es musste doch etwas geben, um sie zu knacken! Ich sah an ihr herunter. Und da war es!

»Woher kommt das Blut an deiner Hose?« Ich zeigte auf ihren Oberschenkel, wo sich zwischen Staub und Dreckflecken deutlich einige Blutspritzer abzeichneten. »Außerdem haben wir einen Zeugen, der deine Glitzersteine wiedererkannt hat!«

»Von eben, als ich gestürzt bin«, sagte Mieke knapp, doch sie guckte noch nicht einmal hin!

Kays Vater beugte sich vor. »Das ist kein frisches Blut«, stellte er fest.

»Das Blut kommt von den Glasscherben der Vitrine und das weißt du auch genau. Zeig uns deine Hände!«, rief ich, doch sie schüttelte nur immer wieder den Kopf.

»Wenn es nicht dein Blut ist, was macht dann der Geldbaum hier?«, fragte Josse hinter uns. Er kam in den Kreis und hielt ein wirres Bündel aus Draht und halb zerfranstem Bast in der Hand. Papierfetzen und kaputte Blüten hingen daran herunter und dazwischen entdeckte ich lauter Schleifen aus Fünfzigeuroscheinen.

»Den kenne ich nicht«, behauptete Mieke.

»Josse«, sagte Corinna scharf. »Wo hast du den gefunden?«

»Im Anhänger.« Josse war die Ruhe selbst. »Unter Sunnys Abschwitzdecke.«

»Das genügt.« Corinna holte ihr Telefon aus der Tasche. »Ich rufe jetzt deinen Vater an und dann die Polizei. Vielleicht bekommt die ja mehr aus dir heraus.«

»Nein!« Miekes Aufschrei gellte über den Platz. »Mein Vater ist sowieso nicht da!«

»Aber deine Stiefmutter wird sich bestimmt kümmern.«

»Nein, nicht Sabrina!« Mieke schluchzte auf.

»Dann rede gefälligst mit uns!«, fuhr Kay sie an. »Was soll der ganze Scheiß hier?«

»Was das soll?«

Mieke machte einen Satz auf Kay zu, doch die wich keinen Millimeter zurück. Sie sah Mieke einfach nur an. Mieke schaute zurück, dann rann eine Träne aus ihrem Auge. Sie beugte sich vor und wimmerte. Tränen tropften zu ihren Füßen in den Sand, genau dort, wo der Trampelpfad begann. Sie bildeten kleine dunkle Krater. Wie bitterlich sie weinte! Es war kaum zu ertragen. Ich hob den Arm und legte sanft die Hand auf ihre Schulter, doch sie schüttelte sie ab und fuhr hoch.

»Du! Fass mich bloß nicht an! Du bist doch an allem schuld!«

Ich trat zurück. »Was?«

»Du und Josse! Wegen euch ist das alles hier total eskaliert!«

»Mieke!«, sagte Kay scharf. »Hör auf.«

»Nein!« Miekes Stimme wurde schrill. »Es stimmt! Auf einmal waren sie überall dabei und haben sich zwischen uns gedrängt! Von wegen beste Freundinnen!«

»Spinnst …?«, begann Kay, doch Mieke ließ sie nicht zu Wort kommen.

»Du hast dich plötzlich total verändert. Nur wegen diesem Idioten! Und Mila klebt die ganze Zeit an Ylvi. Dabei habe ich für den Hollerhof alles aufgegeben! Für dich bin ich hiergeblieben, Kay! Hab den ganzen Mist mit Sabrina auf mich genommen, nur damit ich meine Familie hier auf dem Hollerhof nicht verliere. Und was macht ihr? Ihr lasst mich einfach links liegen!« Sie riss ihre Augen auf. Sie waren vom Weinen knallrot. »Ihr habt keine Ahnung, wie es ist, mit Sabrina zu leben! Ständig nörgelt sie an mir herum und immer mischt sie sich ein. Und mein Vater tut null dagegen! Das war doch alles nur für dich!«

Sie stieß Kay nach hinten.

»Ich habe dir vertraut und was machst du? Du schmeißt unsere Freundschaft einfach weg! Weg!«

Sie fiel auf die Knie und krümmte sich zusammen. Jetzt tat sie mir richtig leid.

Corinna ging einige Schritte zur Seite. »Ja, hier Corinna Matou. Wir bräuchten bitte einen Notarzt. Ich gebe Ihnen die Adresse …«

KAPITEL 48

Nachdem Corinna auch mit Miekes Stiefmutter telefoniert hatte, kniete sie sich neben Mieke auf den Boden. Sie nahm sie in den Arm und hielt sie fest.

»Ist ja gut, ist alles gut«, raunte sie ihr immer wieder zu. »Wein dich aus, es ist gut. Ich bin bei dir.«

Schluchzer schüttelten noch immer Miekes Körper und sie klammerte sich mit aller Kraft an Corinna fest.

»Lass alles raus«, wisperte Corinna und strich Mieke übers Haar. »Du hast das viel zu lange in dich reingefressen.«

Mieke weinte und weinte.

»Wir finden bestimmt eine Lösung«, sagte Corinna mit fester Stimme. »Und wenn du willst, rede ich auch mit Sabrina.«

Es war kaum zu erkennen, als Mieke nickte, und dann hielten sich die beiden einfach nur fest.

Ich spürte eine Bewegung neben mir. Lukas zog mich ein

Stück beiseite, Mila und Josse folgten uns, während Kay noch wie erstarrt neben Mieke und Corinna stand.

»Elvis hat mir gerade geschrieben. Irgendjemand hat ihm wohl meine Nummer gegeben.«

»Und?« Ich packte ihn am Arm.

»In einer halben Stunde ist die Siegerehrung.«

Er hatte noch nicht ganz zu Ende gesprochen, da rannte ich schon auf die Paddocks zu.

»Hey, wo willst du denn hin?«, rief Mila.

Ich hielt kurz an. »Wenn wir uns beeilen, schaffen wir es gerade noch rechtzeitig, um das Preisgeld zurückzubringen.«

»Das klappt nie. Eben haben wir ja schon allein für den Weg so lange gebraucht«, widersprach Lukas mir.

Ich ließ die Arme hängen. Und jetzt?

Da wandte sich Kay um und kam zu uns. Sie rieb sich die Augen und jetzt erst bemerkte ich, dass sie geweint hatte.

»Steigt ins Auto«, sagte sie mit heiserer Stimme. »Mein Vater fährt uns.«

Lukas sattelte und zäumte Peanut ab, dann brachte er ihn in einen leeren Paddock neben Willow und Lucifer. Mila holte Gonzo. Der hatte während der ganzen Aktion neben dem Reitplatz gestanden und gegrast. Sie stellte ihn zu Willow und Lucifer, während Lukas schnell noch das Sattelzeug in der Sattelkammer verstaute. Dann liefen die beiden zu uns. Inzwischen hatte Kays Vater mit Josse schon den

Hänger abgekoppelt und gewendet. Nun warteten sie mit laufendem Motor auf uns.

Ich setzte mich neben Kay und drückte ihre Hand. Sie seufzte und lehnte ihren Kopf gegen meine Schulter. Als wir die Straße mit den vielen Holunderbüschen hinauffuhren, kam uns der Notarzt entgegen. An seiner Stoßstange klebte ein anderes Auto. Kays Vater fuhr schnell in eine Haltebucht, um die Wagen vorbeizulassen.

Kay drehte sich um und schaute dem Auto durch die Heckscheibe nach. »Das war Sabrina.«

Es hatten sich schon etliche Zuschauer vor dem Platz versammelt, auf dem die Preisverleihung gleich stattfinden sollte. Meine Finger zitterten leicht, als ich Hannos Nummer eintippte. Erleichtert atmete ich auf, als er nach dem zweiten Klingeln ranging.

»Ihr seid im Preiszelt?«, rief er. »Gut, ich komme.«

Zum Glück stellte er keine weiteren Fragen!

Kay, Lukas, Josse, Mila und ich drängten uns durch die Menge. Das Turnier war zwar beendet, aber nun schien es mir fast voller zu sein als vorher. Reiterinnen rannten kreuz und quer über den Platz und überall wurden Pferde verladen, während sich ein Teil der Zuschauer bereits auf den Heimweg machte.

Außer Atem erreichten wir das Zelt.

»Wisst ihr etwas darüber?«, fragte Hanno und zeigte auf die zertrümmerte Vitrine. Josse streckte ihm den Papiersack hin, in dem vorher noch Pferde-Leckerlis gewesen waren. Hanno warf ihm einen misstrauischen Blick zu, dann schaute er in den Sack. Er sog scharf die Luft ein. »Gibt es dafür eine Erklärung?«

»Wie viel Zeit haben wir noch?«, fragte ich. »Willst du die lange oder die kurze Version hören?«

Hanno seufzte. »Da die Siegerehrung sowieso nicht pünktlich anfängt, die ausführliche, bitte.«

Silvana stand auf und machte den Stuhl für ihn frei. Er setzte sich, zog den zerzausten Geldbaum aus der Tüte und legte ihn vor sich auf den Campingtisch. Wir hockten uns im Kreis auf den Boden und erzählten abwechselnd, was passiert war. Hanno unterbrach uns kein einziges Mal.

Als wir fertig waren, lehnte er sich zurück und überlegte.

»Ich danke euch für diesen Einsatz«, sagte er. »Dafür habt ihr was gut bei mir.«

Lukas und Josse freuten sich und sogar Kay lächelte trübe. Mir aber lag noch etwas anderes im Magen.

»Nächstes Mal kommt ihr aber gleich zu mir, wenn so etwas passiert.«

Wir nickten brav.

Er seufzte. »Allerdings hoffe ich, dass das hier ein einmaliger Vorfall war.«

Es knisterte in den Lautsprecherboxen vor dem Preiszelt, dann kündigte jemand die Siegerehrung an, die – fest versprochen – gleich stattfinden sollte.

»Showtime!« Er stand auf und hielt das Drahtgebilde hoch. »Das geht wohl als moderne Kunst durch, meint ihr nicht?«

Wir liefen zusammen nach draußen. Kay suchte ihren Vater, während Josse und Lukas Elvis aufspüren mussten.

»Ich hoffe, er kommt bis morgen ohne sein Rad aus«, hörte ich Josse sagen.

Lukas boxte ihn gegen den Oberarm. »Hey, bei der Aufregung konnten wir doch nicht noch daran denken. Und auf dem Hollerhof ist es ja gut aufgehoben.«

Während sich die anderen zerstreuten, hielt Hanno mich zurück. »Eins wollte ich noch wissen, Ylvi. Dein Auftritt heute mit Jupiter … Das lag daran, dass Kay dich beschuldigt hatte?«

»Ich war total durcheinander.«

»Ja, das überträgt sich natürlich aufs Pferd, gerade bei so einem wie Jupiter. Und dazu kommt noch die Turnieratmosphäre. Jetzt bist du bestimmt schrecklich enttäuscht?«

»Ach, das ist nicht so schlimm.« Das war die Gelegenheit! Ich schluckte und nahm all meinen Mut zusammen. »Mir tut es nur für dich leid.«

»Wieso für mich?«, fragte er überrascht.

Meine Augen brannten und ich sagte schnell: »Na ja, ich wollte mit einem richtig guten Abschluss aufhören.«

»Aufhören?«, wiederholte er.

Ich atmete tief ein. »Ich glaube, ich würde gern mal etwas anderes ausprobieren. Beim Reiten, meine ich.«

»Wie, etwas anderes?«

»Deshalb wollte ich dir sagen ...« Ich schluckte. »Also, ich möchte gern in Zukunft auf dem Hollerhof reiten.«

»Ja und?«

»Ich meine, dass ich ganz wechseln will. Ich werde auf den Hollerhof gehen.«

»Bist du dir sicher?« Hanno runzelte die Stirn. »Du hast hier doch alle Möglichkeiten, Ylvi! Hier bekommst du eine hervorragende Ausbildung und wirst optimal gefördert.«

»Ja, und es freut mich wirklich sehr, wie viel ich von dir gelernt habe und dass ich auf Jupiter reiten durfte.« Ich suchte nach den richtigen Worten. »Es fühlt sich einfach richtig an, verstehst du?«

»Ehrlich gesagt, nein. Aber ich respektiere deine Entscheidung, wenn auch mit Bedauern. Du hättest hier noch viel lernen können, gerade mit Jupiter.«

»Ich weiß«, sagte ich leise.

Er wandte sich zum Gehen, doch dann drehte er sich noch einmal um. »Na ja, wenn es so ist – dann wünsche ich dir alles Gute.«

KAPITEL 49

Die Schwalben sausten über den Hofplatz. Sie pickten in der lehmigen Pfütze hinter dem Schuppen winzige Erdbröckchen auf und düsten dann zurück zum Stall.

»Hast du gesehen, wo sie ihre Nester bauen?«, fragte Mila mich.

»Ja, oben, genau über dem Laufstall.«

Mila grinste. »Ich hoffe, sie nehmen keinen der Balken über dem Sofa!«

Willow schnaubte und wandte den Kopf in meine Richtung, als ich mit dem Striegel ihren Rücken massierte.

»Willst du gleich mitkommen?«

»Will ja, kann aber nicht.« Mila griff nach einem Besen und fegte ein Büschel Haare von Mortimer zur Seite. »Mein Opa kommt zu Besuch – das erste Mal! Ich habe versprochen, ihn am Bahnhof abzuholen, weil Mama keine Zeit hat.«

Hufe klapperten über das Kopfsteinpflaster und dann bog auch schon Kay mit Mortimer um die Ecke.

»Ich habe Muffins mit, bedient euch ruhig«, sagte sie. »Sie stehen oben auf dem Sofa.«

»Oh, dann müssen wir schnell sein, bevor Mr Mouse sie entdeckt.« Mila lachte. »Ich komme nach, sobald Opa hier ist, okay?«

Kay nickte. Sie war immer noch etwas blass, kein Wunder nach der Aufregung in den letzten Tagen!

»Hast du etwas Neues von Mieke gehört?«, fragte ich leise.

Sie seufzte. »Heute Morgen hat ihr Vater sie zum Flughafen gebracht.«

Mila hörte auf zu fegen. »Oh, zieht sie jetzt doch zu ihrer Mutter nach Singapur?«

»Ihre Eltern halten es für das Beste, zumindest für eine Weile. Und ihre Mutter freut sich auf Mieke. Sie hat sie schon die ganze Zeit eingeladen!« Sie biss sich auf die Unterlippe. »Das hatte ich gar nicht gewusst. Mir hat Mieke immer erzählt, ihre Mutter wollte nichts von ihr wissen.«

Eine Träne rollte ihre Wange hinunter.

Mila strich ihr über den Arm. »Vielleicht ist es so ja am besten. Und bestimmt bekommt sie dort auch Hilfe, oder? Von Therapeuten oder so?«

»Ja, ich glaube schon.« Kay wischte sich über das Gesicht. »Ein paar Tage war ja Funkstille, aber vorhin hat sie mir das erste Mal kurz geschrieben. Ich hoffe so, dass es ihr bald wieder besser geht.«

»Hat sie dir eigentlich erzählt, was sie mit dem Geld machen wollte?«, fragte ich.

»Davon wollte sie einen Flug nach Kanada buchen.« Kay zog eine Grimasse. »Am Morgen des Turniers hat sie sich heftig mit ihrer Stiefmutter gestritten. Sie wollte zu ihrem Vater.«

»Oje.«

»Und die Ponykasse?«, fragte Mila.

»Ach, damit hat sie ihr Taschengeld aufgebessert. Sabrina hat ihr nie etwas gegeben, wenn ihr Vater unterwegs war.«

»Die ist ja speziell.« Mila zog die Stirn kraus.

»Ach, ich weiß nicht, ich finde sie eigentlich sehr nett.« Kay nahm sich einen Hufkratzer. »Aber zwischen ihr und Mieke passt es einfach gar nicht.«

Sie schaute Mila an. »Deinen Datenstick hatte sie übrigens auch. Sie war sauer, dass wir uns alle so gut verstanden haben. Kaum zu glauben, oder?«

»Und was ist mit Sunny?«, fiel mir noch ein.

Kay ließ Mortimers Vorderhuf sinken. »Das ist noch nicht klar. Eigentlich sollte sie verkauft werden, aber jetzt darf sie erst einmal hierbleiben.«

Milas Miene hellte sich auf. »Genau, das hat mir meine Mutter vorhin erzählt. Sunny geht im Reitunterricht und dafür entfällt die Stallmiete.«

»Wie schön!« Ich freute mich, auch wenn Sunny für meinen Geschmack deutlich zu hibbelig war. Aber unter Corinnas Einfluss würde sie bestimmt bald ruhiger werden.

Plötzlich trat Kay neben mich. »Hör mal, ich habe mich noch gar nicht richtig bei dir entschuldigt. Es tut mir so leid, dass ich dich bei dem Turnier so angegangen bin! Ich hätte dir vertrauen müssen. Mieke hatte auch den Anhänger.«

»Warum eigentlich?«, fragte ich.

»Sie war wütend auf mich, wir hatten uns kurz vorher gestritten«, antwortete Kay.

»Ich bin froh, dass jetzt alles geklärt ist«, sagte ich erleichtert.

»Alles wieder gut?«

Als ich nickte, umarmte sie mich fest. Wir lächelten uns an, dann legte ich Willow das Zaumzeug an und führte sie zur Aufsteighilfe.

»Keinen Sattel?«, neckte Mila mich.

Ich lachte. »Nein, heute mal wieder nicht.«

Im Schritt überquerten wir den Hofplatz. Am Fluss waren wir gestern gewesen, also schlugen wir heute den Schleichweg an den Schrebergärten ein. Die ganze Zeit musste ich lächeln.

»Übrigens gibt es Neuigkeiten«, sagte ich laut. »Jetzt bin ich offiziell deine Reitbeteiligung. Ist das nicht fantastisch? Die Probezeit ist vorbei, das hat Corinna mir gestern gesagt!«

Willow schnaubte. Bestimmt gefiel ihr das genauso gut wie mir!

Sobald der Reitweg im Wald begann, spitzte sie die Ohren.

Ich beugte mich vor und flüsterte: »Eine kleine Runde Galopp?«

Willow setzte sich sofort in Bewegung. Die Bäume flogen an uns vorbei und ein warmer Wind strich mir durchs Haar. Ich atmete tief ein. Dieser Duft nach Tannen und frischer Erde war unvergleichlich! Willows Hufe schienen kaum den Boden zu berühren, so weich waren ihre Bewegungen. Als der See in Sicht kam, ließ ich sie langsamer werden.

»Hey, da ist er ja schon!«

Lukas hatte uns im selben Augenblick gesehen. Er winkte und trabte auf uns zu.

»Wartest du schon lange?«, fragte ich.

»Eben erst angekommen.«

Ich wendete Willow und wir ritten Seite an Seite zurück Richtung Hollerhof.

»Und, haben alle das Turnier verdaut?«, wollte ich wissen.

»Ja, abgesehen davon, dass Marie sich ärgert, dass sie den dritten Platz so knapp verpasst hat«, antwortete Lukas.

»Sind die Zwillinge immer noch sauer auf mich, weil ich den Stall gewechselt habe?«

»Ach, die beruhigen sich schon wieder.«

»Wäre ja schön.« Dann fiel mir noch etwas ein. »Was macht denn die Frau mit den fünf Pferden?«

Lukas lachte auf. »Die hat Hanno nach dem Turnier rausgeschmissen.«

»Wirklich?«

»Es gab ständig Ärger mit ihr. Sie wusste immer alles besser und hat ihre Pferde richtig mies behandelt, da hat es Hanno gereicht.«

»Gut so!«

Eine Weile schwiegen wir und genossen einfach nur den Ausritt. Peanut schien Willow richtig zu mögen, denn er legte kein einziges Mal die Ohren an, auch nicht, wenn wir aus Versehen etwas näher an ihn herankamen.

»Sag mal, Ylvi, willst du es dir nicht noch mal überlegen?«, fragte Lukas, als der Hollerhof in Sicht kam.

»Was denn überlegen?«

»Das weißt du doch genau!« Er hielt Peanut an und blieb dicht neben mir stehen. »Kommst du zurück nach Birkenmoor?«

Er sah mir in die Augen. Ich schluckte. Mein Magen fing schon wieder an, wild herumzuturnen, wie jedes Mal, wenn er mich so anschaute.

»Aber ich bin viel lieber hier«, brachte ich endlich heraus. »Es tut mir leid, aber ich will nicht wieder zurück. Und außerdem können wir doch jetzt viel besser zusammen ausreiten.«

Er sah mich weiter an und schwieg, dann beugte er sich vor und umfasste kurz meine Hand.

»Ist gut.« Er grinste. »Ich hätte mich geärgert, wenn ich es nicht noch mal versucht hätte. Ohne dich ist es im Unterricht einfach nicht dasselbe.«

Er wendete Peanut und verabschiedete sich.

»Willst du nicht noch mitkommen? Kay hat etwas zu essen mitgebracht und wir wollen es uns noch im Stall gemütlich machen. Du hast ja immer noch nicht die tolle Rampe gesehen und unsere Ecke mit dem Sofa!«

»Das wird heute zu spät, meine Eltern wollen mit mir ins Kino.«

»Schade«, sagte ich enttäuscht.

Seine Augen strahlten mich an. »Aber morgen, wenn du magst.«

»Abgemacht!«

Wir lächelten uns noch einmal an, dann ritt er davon.

Auf dem Reitplatz standen Kay und Mila neben einem älteren Mann, der mich sofort an Corinna erinnerte.

Ich stieg ab und führte Willow zum Putzplatz. Während ich sie versorgte, kam Josse aus dem Stall. Mit Sally!

Ich machte große Augen.

»Kommst du gleich?«, fragte er.

»Natürlich!«

Ich brachte Willow zur Weide und stellte mich neben Mila an den Zaun.

»Seine erste Stunde«, sagte Kay und klang ganz stolz.

Josse zwinkerte uns zu, als er mit Corinna zur Aufsteighilfe ging. Im Nu saß er oben und sie führte ihn durch die Reitbahn.

»Und, wie findest du es?«, rief ich ihm zu.

Als Antwort strahlte er uns bloß an. Wir lachten.

»Nun hat es ihn auch erwischt«, sagte Mila zufrieden.

Ich lehnte mich gegen den Zaun und atmete tief ein. Es roch nach Sommer: warmen Vollmondnächten, erfrischenden Bädern im Fluss und langen Ausritten über die Wiesen.

Von der Koppel her ertönte ein lautes Wiehern. Das kam ganz bestimmt von Willow.

Willow.

Ein Schauer rieselte durch meinen Körper und ich schloss einen Moment lang die Augen. Alles fühlte sich gut an. So, wie es sein sollte. Kein Zweifel: Der Hollerhof war genau der richtige Ort für mich.

© privat

Bereits in jungen Jahren versuchte sich Ruth Rahlff als Verkaufstalent in der Buchhandlung ihres Onkels. Sie absolvierte später eine Ausbildung zur Verlagsbuchhändlerin, arbeitete in einem sehr großen und einem sehr kleinen Verlag als Lektorin und ist seit 2004 freie Autorin.
Sie erfindet Geschichten für Kinder und Jugendliche – wenn sie nicht gerade liest, reist, Eis isst oder Pferde streichelt. Denn bisher ist es noch so: Sie schreibt viel besser als sie reitet!

DANKSAGUNG

An erster Stelle danke ich Frank Kühne, der an diese Geschichte geglaubt und sich seine Begeisterung für Ylvi und Willow über all die Zeit bewahrt hat.

Marion Perko, die die Reihe »Soulhorse« im Außenlektorat betreut, danke ich für ihren genauen Blick und kreative Anregungen.

Caroline Fuchs kümmert sich innerhalb des Verlages um »Soulhorse«: danke für das großartige Engagement und dass wir dabei so viel zu lachen haben.

Sabine Franz hat die erste Phase von »Soulhorse« begleitet. Ich danke ihr für die Ermutigung, kreative Impulse und unsere vertrauensvolle Zusammenarbeit!

Nicole Künzel hat mich fachlich beraten. Sie ist eine wahre Pferdeflüsterin. Sollten Fehler passiert sein, gehen diese auf mich.

Derya Yildirim hat aus dem Text ein wunderschönes Buch gemacht. Herzlichen Dank für die tolle Gestaltung!

Nura und Svea sind begeisterte Reiterinnen und Leserinnen, danke dafür!

Während des Schreibprozesses haben mich Bianca, Katrin und Petra auf vielerlei Art unterstützt und ermutigt – von Herzen danke!

Und wie stets danke ich meiner Familie: für einfach alles.

LESEPROBE SOULHORSE BAND 2

Schwacher Mondschein beleuchtete den Pfad, sobald sich die Wolkendecke lichtete. Der Weg war gerade breit genug, dass ich Willow dort entlangführen konnte. Nach einigen Minuten blieb ich stehen und schickte die Sicherheitsnachricht an die anderen. Kurz darauf blinkte mein Display.

»Hier alles ruhig«, lautete die Antwort.

Erleichtert wollte ich das Handy gerade wieder wegstecken, doch dann wählte ich schnell noch einmal Marlenes Nummer. Es geschah nichts, gar nichts.

Jetzt bereute ich, dass ich mich nicht richtig von Marlene verabschiedet hatte.

Wenn ihr jetzt etwas passierte ... Ich würde es mir nie verzeihen. In dem Moment, in dem sie mich gebraucht hatte, war ich nicht für sie da gewesen.

Plötzlich merkte ich, dass Willow immer unruhiger wurde. Sie schnaubte wieder und wieder und stemmte alle vier Hufe in den aufgeweichten Waldboden.

Ich musste sie so schnell wie möglich beruhigen. Sonst würde sie sich in den nächsten Minuten von mir losreißen und davongaloppieren.

»Schschschh«, machte ich, zupfte am Zügel und kraulte sie zugleich hinter den Ohren. Irgendwie musste ich sie dazu bringen, sich wieder zu entspannen.

Einige Augenblicke lang kämpfte sie gegen meinen sanften Druck, dann senkte sie den Kopf und schnaubte. Gut so!

Doch der ruhige Moment hielt nicht lange an. Es regnete und auch der Wind hatte zugenommen. Dann donnerte es auch noch – diesmal nicht in der Ferne, sondern ziemlich nah bei uns.

Als kurz darauf ein Blitz über den Baumwipfeln zuckte, wieherte Willow schrill.

»Alles gut«, beruhigte ich sie wieder, doch sie rollte mit den Augen. Ihr Schweif peitschte hin und her. Immer wieder versuchte sie sich auf dem schmalen Weg umzudrehen.

»Du willst bestimmt zu deiner Herde.« Ich schmiegte mich kurz an sie. »Es dauert nicht mehr lange. Versprochen! Sobald wir Marlene gefunden haben, kehren wir um.«

So gut es ging, zog ich sie weiter. In den nächsten Minuten beruhigte sich Willow wieder. Gut, dass sie nicht spürte, wie ich mich fühlte, weit weg vom Hollerhof, im Dunkeln, bei Regen und Gewitter.

Misstrauisch schnupperte Willow an jedem unbekannten Busch oder umgekipptem Baumstamm, während ich sie sanft streichelte und geduldig darauf wartete, bis sie ihre Untersuchungen abgeschlossen hatte.

Auch wenn es nur wenige Sekunden dauerte – das Warten war unendlich schwer. Alles in mir schrie danach, loszulaufen und Marlene zu suchen, sie endlich zu finden!

Mit aller Kraft schob ich den Drang beiseite. Jetzt zählten nur Willow und ich. Wenn ich das hier nicht hinbekam, konnte ich genauso gut aufgeben.

Ich musste sie überzeugen, dass sie bei mir in Sicherheit war. Auch wenn ich mich alles andere als sicher fühlte.

Das Warten lohnte sich. Willow ließ sich von meinen Streicheleinheiten beruhigen und durchsuchte meine Gesäßtaschen nach einem Leckerli. Schnell zupfte ich ein paar Löwenzahnblätter ab, die am Wegrand wuchsen.

Wieder donnerte es und der nächste Blitz erhellte die Landschaft. Doch zu meinem Erstaunen ließ Willow sich davon nicht aus der neu gewonnenen Ruhe bringen. Sie schmiegte sich nur näher an mich und stieß ein leises grummelndes Geräusch aus.

Der Regen prasselte ohne Unterlass. Der Weg löste sich langsam auf. Die Ränder des Pfads wirkten ausgefranst, Pflanzenteile, Erde und kleine Steinchen wurden davongespült.

Falls Marlene hier wirklich irgendwo lag, wurde es jetzt

richtig ungemütlich für sie. Hoffentlich hatte sie wenigstens einen kleinen Unterschlupf gefunden!

Ich lief schneller, um den Steinbruch so bald wie möglich zu umrunden. Je weiter wir kamen, desto zerklüfteter wurden die Felsen, die die rückwärtige Wand des Steinbruchs bildeten. Sobald es blitzte, taten sich dunkle Löcher zwischen den Felsen aus. Ob es dort in die Tiefe ging?

Der Weg machte unvermittelt eine Kurve. Ich bremste ab, doch nicht schnell genug. Der Boden war nass und glitschig, ich fand keinen Halt. Ich ruderte mit den Armen, dann rutschte ich aus und schlug hin. Wieder ein Donnerschlag, direkt gefolgt von einem gewaltigen Blitz. Mühsam kam ich wieder auf die Füße. Im gleißenden Licht sah ich, wie Willow sich erschrocken zur Seite warf. Das Gewitter musste jetzt direkt über uns sein, denn Donner und Blitz wechselten sich in schneller Folge ab. Wieder krachte es, so laut, dass ich mir am liebsten die Ohren zugehalten hätte.

Das war zu viel. Willow wieherte und bäumte sich auf. Ich wurde herumgeschleudert und knallte erneut zu Boden, dabei glitten mir die Zügel aus den Händen. Instinktiv umfasste ich meinen Kopf und rollte zur Seite. Leider war es die falsche. Unter meinen Füßen war plötzlich nur Leere. Meine Beine baumelten vom Knie abwärts in der Luft. Dunkel, wie es war, konnte ich nicht erkennen, ob der Boden darunter nun 50 Zentimeter oder 15 Meter entfernt war.

Jetzt bloß keine falsche Bewegung!

Wenn ich hier abrutschte, glitt ich vielleicht durch die Lücke zwischen den Felsen und riss Willow womöglich noch mit mir.

Ich atmete heftig ein und aus, trotzdem hatte ich das Gefühl, kaum Luft zu bekommen. Fieberhaft tasteten meine Füße nach Halt.

Willow schnaubte. Ich spürte mehr, als dass ich es im Dunkeln tatsächlich sah, wie sie sich leicht bewegte.

»Steeeh«, versuchte ich sie zu beruhigen und sie prustete laut. Hoffentlich war das als Zustimmung gemeint.

Sie war einen Schritt vorgetreten, nun senkte sie den Kopf und fuhr mir durchs Haar. Ihre Berührung brachte mich sofort zur Besinnung. Das hier war immer noch der Steinbruch, nicht der Mount Everest, ermahnte ich mich.

Vorsichtig tastete ich das Wurzelgeflecht über mir ab, bis ich eine einigermaßen stabile Stelle gefunden hatte.

»Jetzt oder nie.«

Willow schnaubte laut.

Schnell stützte ich die Hände auf und zog nacheinander die Beine an. In einer fließenden Bewegung hievte ich mich hoch und verlagerte beim Aufstehen das Gewicht nach vorn, weg von dem schwarzen Loch hinter mir.

Willow zitterte am ganzen Körper. Sie beschnupperte

mich kurz, während am Himmel wieder ein Blitz auf den nächsten folgte.

Ich sah an mir herunter: Schlammbraun und klatschnass von Kopf bis Fuß.

»Komm, weiter«, flüsterte ich. Unter krachendem Donnergetöse tasteten wir uns Schritt für Schritt den Abhang hinunter, der stetig steiler wurde. Ich stöhnte. Was für ein verdammter Weg! Hörte der denn nie auf?

Plötzlich blieb Willow stocksteif stehen. Ich schaute zu ihr hoch. Was hatte sie diesmal entdeckt? Ihre Nüstern bebten, ihr ganzer Körper war aufs äußerste gespannt.

»Was ist denn, Willow?« Ich streckte die Hand aus und erstarrte im selben Moment.

Nicht weit von uns erklang ein Ton, langgestreckt und hoch. Ein Ton, wie ich ihn noch nie gehört hatte. Trotzdem wusste ich sofort, was es war. Gänsehaut überkam mich und in meinem Nacken kribbelte es, als bissen tausend Ameisen gleichzeitig zu.

Klagend, wild, unheimlich. Das Heulen eines Wolfes.

Die Antwort der anderen ließ nicht lange auf sich warten.

Für die fachliche Beratung bei der Entstehung dieses Buches bedanken wir uns herzlich bei Nicole Künzel (www.evipo.de), Ausbilderin für klassische Reitkunst.

MIX
Papier aus verantwortungsvollen Quellen
FSC® C014496
FSC
www.fsc.org

Carlsen-Bücher gibt es überall im Buchhandel
und auf www.carlsen.de

Umschlaggestaltung: formlabor
Umschlagfotografie: shutterstock.com/© Callipso (374690968)/
© ArnaPhoto (1120818434)/© Nenilkime (231571603)
Illustration Karten & Vignetten: Henner Rahlff
Lektorat: Marion Perko
Redaktion: Frank Kühne, Caroline Fuchs
Herstellung: Derya Yildirim
Lithografie: Margit Dittes MEDIA
Satz: Dörlemann Satz, Lemförde
ISBN 978-3-551-65172-3

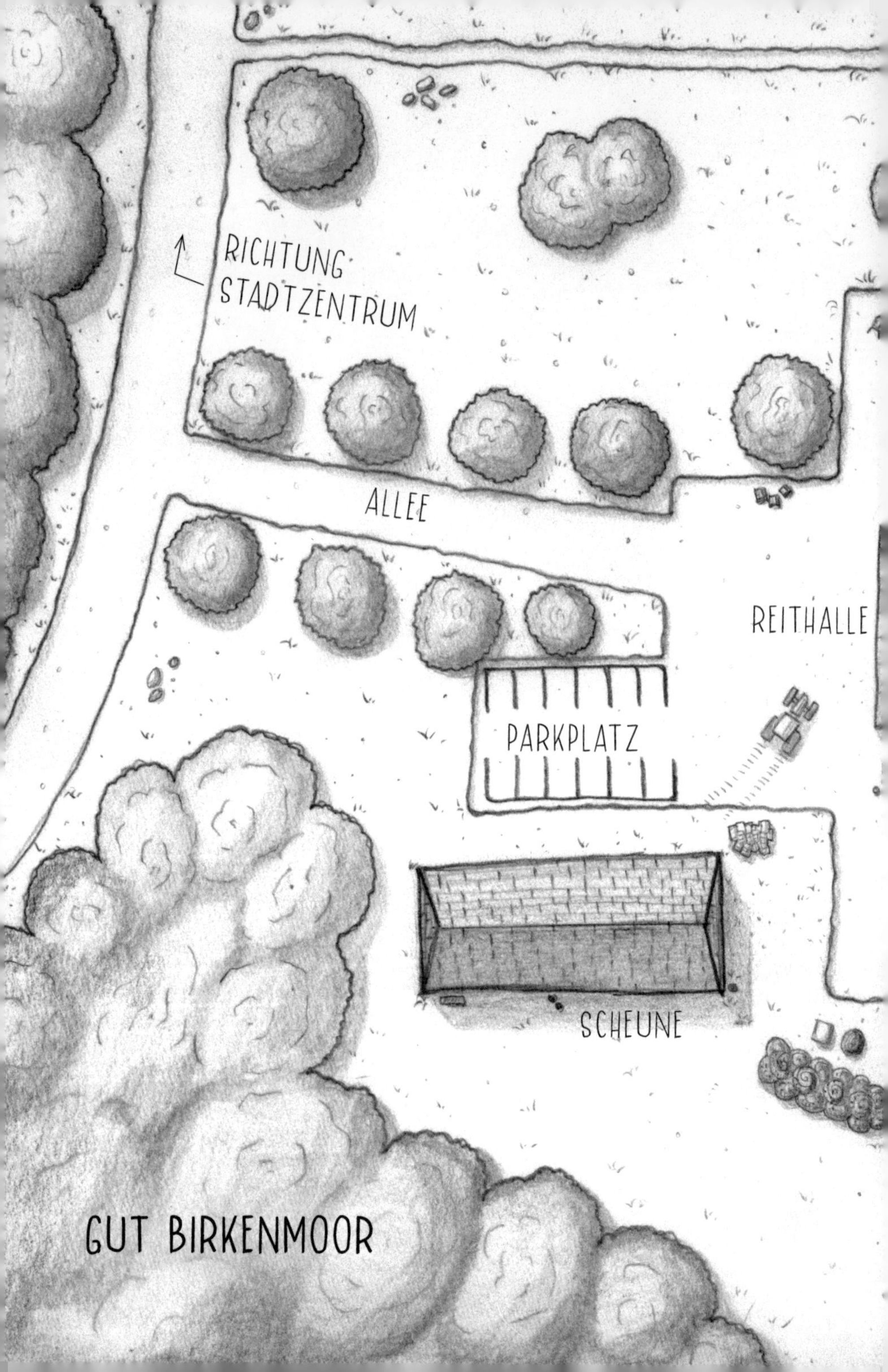
RICHTUNG
STADTZENTRUM
ALLEE
REITHALLE
PARKPLATZ
SCHEUNE
GUT BIRKENMOOR